Desculpa se não fico linda quando choro

# Joya Goffney

♥

# Desculpa se não fico linda quando choro

*Tradução*
Karine Ribeiro

**OUTRO Planeta**

Copyright © Joya Goffney, 2021
Copyright © Editora Planeta do Brasil, 2023
Copyright da tradução © Karine Ribeiro
Todos os direitos reservados.
Título original: *Excuse Me While I Ugly Cry*

Nenhuma parte desta publicação deve ser usada ou reproduzida de qualquer maneira sem permissão por escrito, exceto no caso de breves citações incorporadas a artigos críticos e resenhas.

*Preparação:* Karoline Melo
*Revisão:* Karina Barbosa dos Santos e Tamiris Sene
*Projeto gráfico e diagramação:* Maria Beatriz Rosa
*Capa e ilustração:* Marina Venancio

Dados Internacionais de Catalogação na Publicação (CIP)
Angélica Ilacqua CRB-8/7057

---

Desculpa se não fico linda quando choro
 Desculpa se não fico linda quando choro / Joya Goffney; tradução de Karine Ribeiro. – São Paulo: Planeta do Brasil, 2023.
 288 p.

ISBN 978-85-422-2185-5
Título original: Excuse Me While I Ugly Cry

1. Ficção infantojuvenil norte-americana 2. Horror I. Título
II. Ribeiro, Karine

23-1601                                                                                   CDD 028.5

---

Índice para catálogo sistemático:
1. Ficção infantojuvenil norte-americana

Ao escolher este livro, você está apoiando o manejo responsável das florestas do mundo

2023
Todos os direitos desta edição reservados à
Editora Planeta do Brasil Ltda.
Rua Bela Cintra, 986, 4º andar – Consolação
São Paulo – SP – CEP 01415-002
www.planetadelivros.com.br
faleconosco@editoraplaneta.com.br

*Para A-May, cujo nome eu pensei ser literalmente
A-hífen-May até uma idade bem constrangedora.
Você merece todo o amor. Dedico todo o meu amor
e todas estas palavras a você.*

## – 1 –

## O DIA EM QUE PERDI MEU DIÁRIO DE LISTAS

— Frank Sinatra.
  — Qual música? — pergunta Auden.
  — Só escreva *Frank Sinatra*.
  — Mas o sr. Green quer que a gente seja específico.

Carter suspira. Ele está sentado na grama diante de mim, os braços envolvendo os joelhos, discutindo com Auden. Estou distraída demais para prestar atenção, observando Carter enrolar as mangas da camiseta, o tecido branco contrastando com a pele negra. Nunca fui colocada no mesmo grupo que ele, mas agora que estamos aqui, não consigo me concentrar em nada além de seu físico.

Quando Carter se mudou para cá no segundo ano, lembro-me de pensar que ele parecia diferente dos garotos brancos e ricos que sempre estiveram ao meu redor – eles de bermuda e camisa polo, Carter com camisetas surradas e shorts de basquete. Eu não conseguia parar de olhar. Mas quando o olhar dele, enfim, encontrou o meu, ele o desviou imediatamente. Sei lá. Por algum motivo pensei que Carter me enxergaria, me enxergaria *de verdade*, já que temos a mesma pele negra retinta, mas não. Ele me olhou de maneira tão patética quanto olhava para todo mundo.

  — Hã, Quinn?

Tiro o olhar da barba por fazer no queixo de Carter e o vejo me encarando, as sobrancelhas franzidas como se estivesse pensando que enlouqueci.

Minhas bochechas esquentam enquanto cubro a boca com as pontas dos dedos.

— Qual era a pergunta? — questiono Auden, com medo demais para olhar de novo para Carter. Esta é a terceira vez que ele me flagra babando nele.

Auden desvia o olhar, impaciente.

— Você tem uma sugestão para a trilha sonora da nossa peça sobre John F. Kennedy? O projeto em que estamos trabalhando já faz horas.

Toco a base da minha garganta. *Certo*. Engulo em seco e procuro respostas no céu limpo.

— Quais músicas temos até agora? — enrolo, arrancando grama do chão.

Com um suspiro frustrado, Auden confere a lista que tem sobre o colo. Auden é assim: doce, mas não relaxa nem um pouquinho. Já fui colocada no grupo dele antes, e assim que recebemos a tarefa, ele começa a distribuir ordens. Também é o tipo que faz todo o trabalho do grupo, porque ninguém segue as ordens dele direito. As pessoas tendem a tirar vantagem disso. Estou tentando ao máximo não me tornar uma dessas pessoas, mas Carter...

*Controle-se, Quinn!*

Enquanto Auden continua a ler as músicas na nossa lista de trilha sonora, pego meu caderno vermelho de espiral da mochila, folheando minhas listas de coisas a fazer e de instruções, até a última parte, de listas aleatórias. Se eu conseguir tirar de uma vez só os pensamentos sobre Carter da cabeça, talvez consiga focar no assassinato do JFK.

CARTER É...
1. Legal. Em todos os sentidos da palavra.
2. Gato. Pra. Caramba.
3. Um cara "negro de verdade", como ouvi pelos corredores da escola particular predominantemente branca em que estudamos, o que me faz pensar sobre a autenticidade da minha própria negritude. Nunca ouvi ninguém me chamar de garota "negra de verdade". Na verdade, só escutei o contrário. Aposto que Carter nunca tem que lidar com gente contando piadas sobre negros perto dele. Deve ser legal.

4. Ser o típico aluno-do-fundão, testa-sempre-grudada-na-mesa, realmente o torna mais misterioso. Ele nunca compartilha suas ideias na aula, então de repente ter acesso a elas deve ser o motivo de eu estar tão chocada agora.
5. Nada materialista, ao contrário dos outros garotos da nossa escola. Ele nem liga para marcas. Se ainda funciona, está bom demais para ele. Gosto disso. Também me considero bem básica.
6. Cuidadoso com o próprio cheiro. Consigo sentir daqui, e não é nada enjoativo como as colônias que os outros garotos usam. Carter tem cheiro de banho tomado.
7. Relutante em namorar garotas da nossa escola, o que é bem desanimador.
8. Um pegador? Ouvi um boato sobre ele e Emily Hayes se pegando em uma festa no ano passado. Mas nunca foi confirmado.
9. Meio antissocial. Geralmente não se enturma com os alunos brancos da escola, o que significa que ele não tem muitos amigos. Eu só o vejo conversar com Olivia Thomas. Toda vez que os vejo rindo juntos, fico desejando ter amigos negros também.

— Hilary. — Espio por cima de minha lista, encontrando os olhos curiosos de Carter. — Você sabe que só podemos entregar uma lista em nome do grupo, certo?

Ele não consegue ver meu diário, mas parece saber que estou escrevendo sobre ele. Com as bochechas pegando fogo, fecho o diário de uma vez.

— Não é isso que estou fazendo. — Abaixo o olhar para a capa vermelha brilhante. — E pare de me chamar assim, por favor. Não me pareço nem um pouquinho com ela.

Carter está me chamando de Hilary desde que chegou aqui em casa hoje. Ele saiu do Nissan Versa de Auden, olhou para a minha casa como se fosse o Will em *Um maluco no pedaço* e disse:

— Caaaaara, eu não sabia que você vivia assim. Desse lado de cá, igual a Hilary Banks e tal.

Eu acho que sou pelo menos uma *Ashley*.

Carter me olha com diversão, os braços apoiados nos joelhos.

— Acho que você é mais inteligente que a Hilary. Mas aposto que é mimada que nem ela. Você parece só precisar gritar "papai" pra conseguir o que quer.

— Como é? — digo, surpresa. — Não sou mimada.

— E você fala como ela também! — Ele ri, inclinando a cabeça para trás.

— Não falo nada! — Abaixo o tom de voz. — Eu não falo que nem ela.

Carter balança a cabeça, emitindo um muxoxo, brincalhão.

— Não precisa ter vergonha, Hilary.

Reviro os olhos como se estivesse irritada, mas na verdade estou desviando a atenção dele. Não estou acostumada com Carter olhando para mim por mais de um segundo.

— Quem é Hilary? — pergunta Auden, nos lembrando de que não estamos sozinhos.

— Não é da sua época, amigão. — Carter se levanta, puxando a camiseta branca para baixo e cobrindo o elástico da bermuda preta de basquete. Ele se aproxima de mim, o corpo bloqueando o sol. — Preciso ir ao banheiro rapidão. Me mostra onde é?

Eu podia apenas dar instruções (pela entrada, seguindo pela sala de estar, primeira porta à direita), mas ele está me oferecendo a oportunidade de ficarmos sozinhos. Como posso recusar?

Meu pulso dispara em meus ouvidos enquanto ele me segue até a porta dos fundos.

— Ei. Aonde vocês estão indo? — pergunta minha mãe, da cadeira dela no quintal. Estava mexendo no celular, "vigiando", como se não estivéssemos no último ano do ensino médio, a dois meses da graduação.

— Vou mostrar para o Carter onde é o banheiro.

Ela volta ao celular.

— Tudo bem. Volte logo, Quinn.

Prendo um suspiro. Quer dizer, eu entendo. Ela não está acostumada a me ver recebendo em casa um garoto que não seja nosso vizinho, Matt. Principalmente não um garoto negro, alto e lindo.

Quando a porta se fecha atrás dele, fico muito consciente de como a cozinha é grande e vazia. De como estamos totalmente sozinhos. De como, enquanto o conduzo na sala de estar, não tenho ideia de para onde ele está olhando. Tiro meu cabelo da nuca e o deixo cair sobre o ombro.

— Bonita sua casa, Hilary.

Eu me viro e começo a andar de costas, passando pelo sofá branco impecável e pelas mesinhas laterais de madeira.

— Por que você ainda está me chamando assim? Não decidimos que sou mais inteligente do que ela? — Estou dando um sorrisinho, jogando o joguinho dele.

Mas então Carter diz:

— Será que é mesmo?

Minhas costas batem na moldura da porta do lavabo.

— Você tá brincando?

— Quer dizer... — Ele dá de ombros, se aproximando de mim, olhando para os móveis da sala. — Entrar em Columbia não quer dizer que você é inteligente. Só que você é rica.

Sinto meu estômago revirar com a menção à Columbia. O tom dele não está mais divertido, nem sua expressão. Meu sorrisinho desaparece, e Carter se junta a mim na soleira da porta, tão perto que posso sentir sua fragrância impecável.

— E, é óbvio, você é muito rica — diz ele, gesticulando para o vaso de milhares de dólares na cornija e para a lareira elétrica de um metro e meio. O tom de voz dele é amargo. Em seguida, olha dos meus chinelos até o topo do meu cabelo volumoso. — Garotas como você nem de longe têm que trabalhar duro como alguém como eu.

Sinto meu maxilar enrijecer. Carter não faz ideia do quanto tive que lutar. Mesmo que eu seja rica, ainda sou uma das únicas pessoas negras da nossa escola. Tenho que lidar com a mesma merda racista que ele.

— Você não sabe nada sobre mim.

Ele resmunga, pensando e mantendo o dedo indicador em riste.

— Sei que você entrou em Columbia.

Meu estômago revira outra vez.

Carter estreita os olhos, falando baixo.

— Mas também sei que você está tendo dificuldade em todas as aulas.

Ergo as sobrancelhas.

— Como é que você sabe? — pergunto antes de sequer considerar esconder o fato de que ele está certo.

— Está na cara. — Ele sorri. — E eu sou observador.

Está na cara que estou com dificuldade? Não é como se eu saísse por aí mostrando minhas notas menos-que-espetaculares, então o que ele sabe sobre isso, caramba? E, de qualquer forma, quem é ele para falar? Carter nunca diz uma palavra sequer na aula, imagine pegar uma caneta e fazer anotações. Duvido que as notas dele sejam muito melhores que as minhas.

Ele assente enquanto observa todos os nossos móveis.

— Aposto que seu pai doou uma biblioteca ou algo assim. — O olhar superior dele pousa em mim. — Imagino que só assim pra *você* ter entrado em Columbia.

Ele diz *você* como se soubesse exatamente como sou pouco impressionante. A presunção dele se arrasta sob a minha pele e se aninha lá.

— Quer saber? O banheiro fica ali. — Indico a porta à esquerda com a cabeça. — Fique à vontade.

Então passo por ele, empurrando-o com o ombro.

Quem ele pensa que é? Troquei duas palavras com esse cara, e ele acha que sabe tudo sobre mim. Eu falei que ele era gato? Engano meu. Carter parece uma sujeira no meu sapato. Esse é o tamanho do meu interesse por ele no momento.

Bato a porta do quintal com força, fazendo as janelas dos fundos tremerem. Minha mãe ergue a cabeça de uma vez. O olhar dela pergunta se eu enlouqueci.

— Desculpe — digo antes que ela me repreenda.

Quando me aproximo, Auden está de cabeça baixa, analisando a lista da trilha sonora. Pego meu diário e folheio até a nova lista sobre Carter.

— Tá tudo bem? — pergunta Auden.

— Tudo perfeito.

CARTER É...
10. Um babaca julgador.
11. Um filho da mãe sabe-tudo, arrogante e pretensioso.

12. Pior do que parece. Queria nunca ter visto os pensamentos horríveis da cabeça dele.

Estou pensando em mais insultos quando Carter desliza pela porta dos fundos com um sorriso convencido. Nem olho quando ele se senta na grama.

— Seu pai está em casa — diz ele, sorrindo, mas então o sorriso falha, como se fosse difícil manter a pose. — Quando me viu, achou que eu fosse um ladrão. — Carter abaixa o olhar, pressionando os lábios. — Acho que não está acostumado a ver um preto de verdade na casa dele.

Meu estômago revira, um suor frio tomando conta de mim. Auden ergue a cabeça.

— Então vou dar no pé. — Carter assente, irritado e decepcionado e magoado. Ele parece estar a ponto de dizer *Eu disse. Disse que sei exatamente quem você é.* Mas está enganado. Isso tem que ser um engano.

Largo meu diário na grama e me apresso pelo quintal. Minha mãe percebe minha agitação.

— Quinn, o que foi?

Encontro meu pai na cozinha quando ele está prestes a subir a escada, os sapatos de trabalho na mão.

— O que você falou para o Carter?

Ele me olha por cima do ombro, as sobrancelhas erguidas.

— Quem é Carter?

Está se fazendo de bobo, mas não tenho tempo para isso.

Aponto para trás de mim.

— O garoto que acabou de passar por aquela porta. Carter ficou com a impressão de que você achou que ele era um ladrão.

— Desmond, é sério? — sibila minha mãe, fechando a porta atrás de si.

— Eu *não achei* que ele era um ladrão. — O rosto dele se contorce. — Minha casa inteira estava vazia, exceto por um estranho saindo do meu banheiro. Só perguntei o que ele estava fazendo aqui.

Reviro os olhos, balançando a cabeça negativamente. Consigo imaginar agora: Carter sai do banheiro quando meu pai entra em casa, já tendo tirado os sapatos na porta. Quando se veem, a voz do meu pai troveja: *O que você está fazendo na minha casa?*, a acusação óbvia em seus olhos. Mas ele não vai admitir e não vai se desculpar. Ele nunca se desculpa por nada.

— Você perguntou por que ele estava em casa? É óbvio que ele é meu colega da escola — digo.

— Conheci vários dos seus colegas, mas nunca vi aquele garoto antes.

— Não estou acreditando nisso, Desmond — diz minha mãe.

O olhar dele encontra o dela.

— Como se você pudesse falar alguma coisa, Wendy.

— Como é? Eu jamais pensaria que ele era um criminoso. Baseado em quê? Na aparência dele? Eu sou de Chicago...

Meu pai joga os braços para cima, deixando os sapatos caírem.

— Lá vamos nós. Você é de Chicago. Nós sabemos, Wendy! Que tal se você não mencionar toda vez?

*Ótimo.* Eles encontraram um motivo para brigar.

Mas a cozinha fica silenciosa quando a porta do quintal se abre. Carter e Auden entram com as mochilas nas costas, totalmente cientes do que estão interrompendo. Estou entre meus pais, mortificada.

— Vocês já vão? — pergunta minha mãe, com um sorriso charmoso de anfitriã.

— Sim, senhora — responde Auden. — Obrigado por nos receber.

— Vocês gostariam de algo para a viagem? Carter? — pergunta ela a ele em específico, tentando suavizar o fiasco do meu pai.

— Não, senhora — responde ele, olhando por sobre o ombro. E então passa por mim, enojado.

— Te vejo na escola, Quinn — diz Auden.

Carter fica em silêncio.

A porta da frente se fecha, e não há nada que eu possa fazer para que ele mude de ideia sobre mim ou sobre minha família rica e metida.

Minha mãe se volta para meu pai.

— Você insultou aquele garoto. Precisa se desculpar.

— Não vou. Se o garoto acha que eu pensei que ele era um criminoso, então acho que isso diz mais sobre ele do que sobre mim.

Minha mãe ri, passando por mim e indo até o balcão.

— Você *nunca* se responsabiliza pela forma como faz as pessoas se sentirem.

— Não sou responsável pelas percepções distorcidas das pessoas. Só perguntei o que ele estava fazendo na minha casa. Não fiz nada de errado!

— Você nunca faz nada de errado, Desmond!

A briga não é mais sobre Carter.

Já ouvi o bastante, então vou para fora e tento tirar da minha mente o nojo nos olhos de Carter. O que ele deve estar pensando de nós? Nem eu sei o que pensar a esse respeito. Não sei exatamente o que aconteceu, mas é vergonhoso que ele tenha tido que passar por isso na casa de uma família negra. Na *minha casa*.

Mesmo do quintal, consigo ouvi-los gritando. Nunca é suficiente ir para fora, então saio. Vou à casa de Matt, ao lado, e subo na cama elástica dele, dando o meu melhor para manter o vestido no lugar. Mando uma mensagem para ele: **Estou na base. Cadê você?**

Alguns segundos depois, ele responde: **Tô indo.**

Estico as pernas para a frente e espero, flexionando as panturrilhas e examinando o esmalte nas unhas dos meus pés. A cada segundo aumenta o peso das batidas do meu coração.

A porta dos fundos se abre. Matt vem para fora, usando uma camisa vermelha e preta da Escola Particular Hayworth e uma bermuda amarelo-intensa, sem sapatos. Ele começa a correr, o cabelo castanho perfeito balançando ao vento. Quando chega à extremidade da cama elástica, ele pula do meu lado, me fazendo pular também e me forçando a segurar o vestido no lugar. Eu rio contra minha vontade.

Matt se senta aos meus pés, esticando as pernas.

— Quinnzinha. — Ele sorri, e me alegro só de olhá-lo.

— Mattzinho — digo, meu sorriso não tão intenso quanto o dele.

Ele percebe, seu sorriso se desfaz.

— O que aconteceu? — Ele agarra meus pés e se puxa para mais perto. Então se abaixa, cruzando os braços sobre minhas canelas.

Gostamos de jogar esse jogo de gangorra, onde eu empurro o peito dele com os dedos dos pés, e ele empurra meus pés com o peito. Matt diz que é um bom jeito de exercitar minhas panturrilhas e, ao mesmo tempo, alongar suas coxas. Afinal de contas, ele é jogador de futebol, e seu corpo mostra isso.

Eu não preciso exercitar minhas panturrilhas – *odeio* futebol –, mas essa brincadeira me deixa mais tranquila.

— Meus pais estão brigando de novo — digo, me perdendo na maciez e no calor da camisa dele, e na rigidez de seu peito por baixo dela.

— Sobre o que desta vez?

— O de sempre. — Não quero falar do assunto de Carter de jeito nenhum. — Meu pai nunca admite que está errado, mas é óbvio que minha mãe gritar com ele não ajuda.

— Mas é melhor eles gritarem. — Matt olha para mim, seus olhos azuis iluminados por um raio de sol. Os pais dele não brigam, ou melhor, brigam em silêncio. É tão intenso quanto a gritaria dos meus pais, se não mais. — Você tem que se preocupar quando eles pararem de gritar.

Ele está sorrindo de um jeito triste.

— Preocupar com o quê?

— Divórcio.

Empurro meus dedos no peito dele, firmando meus calcanhares na cama elástica.

— Os seus pais...

Matt balança a cabeça, fazendo o cabelo cair na testa, e então corre os dedos por ele, alinhando os fios.

— Não até que eu me mude.

— Como você sabe?

— Ouvi eles conversando quando acharam que eu não estava por perto.

Relaxo os músculos da panturrilha, deixando o peso do peito dele empurrar as solas dos meus pés.

— Sinto muito, Matt.

Ele dá de ombros.

— Acho que é uma droga, mas não vou estar por perto para ver.

— E quando você voltar para casa no Dia de Ação de Graças e no Natal?

Matt franze as sobrancelhas.

— Não pensei nisso. — Ele me olha, franzindo a testa. — Obrigado, Quinnzinha.

Dou risada.

— Foi mal!

— Que jeito de arruinar minha perspectiva. — Ele ri também.

Apoio as mãos atrás de mim, inclinando o rosto em direção ao céu.

— Eles vão se sentir tão culpados que você vai ganhar o dobro de presentes de Natal e o dobro do jantar de Dia de Ação de Graças.

— Não é assim que a minha casa funciona. Parei de receber presentes de Natal depois que fiz catorze.

— Sério? — pergunto, distraída. O céu está tão azul e limpo. Inspiro fundo, o ar entrando nas minhas narinas tão quente quanto sai.

— Não temos dinheiro pra Columbia — provoca Matt.

Fico tensa, tirando os olhos do céu.

— Melhor ainda, não temos dinheiro tipo aquele pessoal que dá uma Mercedes novinha pra parabenizar um filho.

Me encolho, cedendo sob a culpa.

— Droga, queria que eles não tivessem feito aquilo.

— Você não ama a Mercê? — Reviro os olhos, empurrando o peito dele com força. Matt ri, se inclinando mais. — O que tem de errado com ela?

— Eu só... — Suspiro e me deito. Minha mãe vai me matar se descobrir que deitei nesta cama elástica suja. — Sinto que não mereço.

— Quinn, você entrou em Columbia, pelo amor de Deus. É óbvio que merece.

Fecho os olhos com força.

— Não, não mereço.

Meu sussurro é para o vento; tenho medo de admitir exatamente por que não mereço. Se Matt soubesse. Se meus *pais* soubessem. Eles devolveriam a Mercedes rapidinho.

— E, olha só, eu ainda não tive a chance de andar nela.

— Ninguém teve.

— Que mentira. Quando seus pais te deram, Destany foi a primeira pessoa a pegar uma carona.

Meu corpo todo enrijece com a menção do nome dela. *Por favor, não pergunte.*

— Falando nela...

*Ai, Deus, lá vamos nós.*

— O que está rolando entre vocês duas? O que aconteceu na festa do Chase no fim de semana?

Não respondo. Meus olhos estão arregalados, tomados pelo enorme céu azul do Texas.

— Quinn — chama Matt, dando tapinhas na minha canela.

— Não quero falar sobre isso, Matt. — Não quero nem pensar no assunto.

— Fiquei sabendo de umas coisas do caralho. — Ele sussurra o palavrão. Matt não fala palavrão, a não ser que esteja falando sério.

— O que você ficou sabendo? — pergunto, como se eu já não soubesse.

— Que vocês duas estavam brigando por *minha* causa.

Fecho os olhos.

Matt solta minhas canelas e afasta o peito dos meus pés. Eles estão frios agora, e meus tornozelos parecem leves. Ele engatinha ao meu redor e se senta de pernas cruzadas ao lado da minha bochecha.

— É verdade?

Viro meu pescoço para encontrar seus olhos preocupados.

— Não estamos brigando por sua causa. A essa altura, nem estamos brigando. Nosso divórcio está finalizado.

O olhar de Matt encontra o meu, sério.

— Se você tivesse um problema com o fato de eu chamar ela para sair, teria me dito, não é?

— Matt, você e eu somos amigos. Você pode namorar quem quiser.

Torno a fechar os olhos. Podemos voltar a brincar de gangorra e não falar de mais nada? Porque por mais que talvez eu tenha "tido um problema" com Matt chamando Destany para sair, não sou mesquinha a ponto de deixar isso arruinar uma amizade de dez anos.

Ele ergue as pernas, pega uma mecha do meu cabelo e brinca com ela em seu colo. Fico nervosa com a quantidade de creme que passei nele esta manhã e se Matt vai sentir na textura. Tiro meu cabelo da mão dele e o deixo cair sobre meu outro ombro.

Não passa despercebido. Matt deixa a mão cair, desanimado.

— Bem, *agora* é que não posso chamar ela para sair. Não se eu quiser manter minha amizade com você.

Viro de lado, encarando-o com meu cotovelo apoiado na cama elástica.

— Isso é verdade.

— É por isso que mereço saber. — Os olhos azuis dele escaneiam meu rosto, descendo até minha mão descansando na frente do meu abdômen. Ele agarra meus dedos entre os deles.

Então a porta dos fundos range, abrindo. A mãe dele coloca a cabeça para fora.

— Matt?

Afasto minha mão.

— Ah, Quinn. — Ela nos vê e sorri. — Oi, querida.

— Oi, sra. Radd. — Me endireito, alisando meu vestido.

— O jantar está pronto. — Ela apoia a cabeça na porta. — Você é bem-vinda para se juntar a nós.

— Obrigada, mas preciso ir. Tenho certeza de que minha mãe está cozinhando alguma coisa.

Mentira total. Minha mãe não cozinha para mim há anos. Mas eu com certeza não quero ficar para o jantar, não com Matt fazendo todas essas perguntas sobre Destany e meus sentimentos em relação a ele – não estou pronta para discutir nada disso.

— Diga a Wendy que eu mandei um oi.

Assinto, sorrindo. Então volto a olhar para Matt.

— Já vou, mãe — diz ele.

— Tá bom. — Ela tira a cabeça da porta. — Bom te ver, Quinn.

— Igualmente.

Matt se vira para mim com um olhar cansado.

— Você podia mesmo ficar. Sei que sua mãe não está cozinhando.

Sorrio.

— Preciso ver se a casa ainda está de pé.

— Você poderia pelo menos dizer por que é um segredo?

— Você não saber é para o seu próprio bem. — E assim eu me levanto e vou até a extremidade da cama elástica.

— Isso só me faz querer saber ainda mais.

Olho para Matt por sobre o ombro.

— Estou de vestido. Você se importa de se virar?

Ele olha para minhas pernas nuas, suspira e fecha os olhos.

Me apresso para a chegar à beirada, com o celular na mão, fazendo o possível para manter minha saia baixa caso a mãe dele esteja observando pela janela. Quando consigo calçar meus chinelos de novo, digo:

— Tchau, Mattzinho. Obrigada por vir me ver.

— Até a escola.

Há muitos motivos pelos quais não posso contar a ele o que aconteceu entre mim e Destany. Todos eles estão enchendo minha cabeça enquanto volto para casa, de modo que é difícil pensar – é difícil *não* pensar.

Tipo, primeiro, contar para Matt vai me fazer reviver o fim de semana passado.

Segundo, contar a ele vai fazê-lo perceber quem é Destany de verdade, e isso vai arruiná-la para ele.

Terceiro, se o que eu contar *não* arruinar Destany para Matt, então arruinará ele para mim.

Quarto, Matt pode achar que não é tão importante assim.

Quinto, se ele me magoar também, vou ficar sozinha para caramba.

Preciso anotar isso para parar de pensar no assunto e de sentir essa necessidade incessante de dar meia-volta e contar tudo para Matt, porque talvez ele *vá* entender.

Sexto, ele nunca poderia saber de verdade por que me sinto dessa maneira, porque é branco.

Quando volto ao meu quintal, procuro pelo diário na grama. Está ao lado da minha mochila. Quando eu o pego, meus olhos inspecionam a tinta preta espalhada pela capa vermelha, e por alguns segundos eu a encaro, confusa. De onde saiu essa tinta toda? Viro a capa na esperança de encontrar meu nome escrito no papelão, mas encontro apenas manchas engorduradas e aleatórias.

Este não é o meu diário.

Sinto um frio na barriga. Impossível. Claro que este é o meu diário. *Tem* que ser meu diário. Quer dizer, eu estava com ele dois segundos atrás. Não estava? Escrevi aquela lista sobre Carter, então o coloquei na grama antes de entrar em casa, e aqui está. De alguma maneira, a capa deve ter sido pintada. Minhas listas estão seguras lá dentro. Precisam estar.

Mas quando abro a capa, encontro as anotações ilegíveis de Carter… e não minhas listas.

## – 2 –

## COISAS QUE EU NUNCA ADMITIRIA EM VOZ ALTA

Abro minha mochila de uma vez: caderno de história, biologia, cálculo, tudo, exceto meu diário de listas. Minha visão fica turva.

Não importa que alguém leia minhas listas de afazeres, ou minhas instruções para trocar um pneu, ou minhas listas dos dias em que chorei para valer. Mas sim que leiam a lista dos garotos que beijei, a lista dos motivos que me fazem estar apaixonada pelo Matt, e isto:

COISAS QUE EU NUNCA ADMITIRIA EM VOZ ALTA
1. Meu pai me contou que, quando a vovó Hattie morrer, ela vai me deixar uma boa herança. Eu até me permiti pensar em quanto tempo vai demorar até ela morrer.
2. Não tirei 94 no vestibular. Tirei 67.
3. Minha carta de admissão em Columbia é falsa. Eu a fiz no Microsoft Word.
4. Eu nunca quis ir para a Columbia. Esse era o sonho dos meus pais, não o meu.
5. Estou apaixonada por Matthew Radd.
6. Eu estava lá quando as fotos de Olivia Thomas foram vandalizadas. Dirigi o carro da fuga.
7. Eu aceitava ser chamada de Negresco (branca por dentro, preta por fora), até que percebi as implicações – tarde demais.

Essas são coisas que eu não digo em voz alta nem quando estou sozinha, porque admiti-las mudaria minha vida para sempre. E então me dou conta – Carter poderia mudar minha vida para sempre.

Pego meu celular e mando mensagem para ele: **Ei, estou com o seu diário. Será que o meu está com você? O caderno parece com o seu, e é muito pessoal, então, por favor, não leia. Só procure meu nome na capa.**

Com sorte, ele não vai ler. Por favor, não deixe que ele leia.

Depois, mando uma mensagem para Auden. Ele responde: **Sinto muito, mas não estou com o seu diário.**

Volto à conversa com Carter, e nada. Quando por fim entro em casa, minha mãe está sentada no balcão com uma taça de vinho. Acho que meu pai saiu de novo, de volta ao hospital, ou à Academia Gold, ou seja lá pra onde ele sempre vai.

Ela me pergunta:

— Aonde você foi? À casa do Matt?

— Sim. A sra. Radd mandou um oi.

Subo a escada, encarando a mensagem não lida como se pudesse fazer Carter vê-la.

O nome dele aparece várias vezes no meu diário. Primeiro, em meus jogos de *transo/mato/caso*, onde eu geralmente escolho transar com ele; no lado *Gostoso* da minha lista de *Gostoso ou não*; na minha lista de *Garotos com os quais eu não me importaria de repopular a Terra depois do apocalipse*, que, admito, é basicamente uma réplica do lado *Gostoso* na minha lista de *Gostoso ou não*. E há a lista de hoje à tarde, com o nome dele como título. Não consigo imaginar o que Carter vai fazer com essa informação. Na verdade, consigo imaginar tantos cenários diferentes, principalmente depois do encontro dele com meu pai hoje, mas tento pensar positivo.

Se Carter estiver com meu diário, ele perceberá a diferença na condição de nossas capas vermelhas. Ele vai ficar tipo: *Uau, este está novo demais pra ser meu*. Ele vai procurar pelo próprio diário, perceber o erro e, enfim, ler minha mensagem.

Isso na melhor das hipóteses.

Minha mente continua afastando a pior: Carter não vai perceber nada sobre a condição da capa vermelha. Ele vai abrir na última seção, a seção mais pessoal do meu diário, porque a última do diário *dele* é história, e a primeira coisa que vai aparecer é:

SE EU PUDESSE BEIJAR QUALQUER UM
1. Matthew Radd ♥
2. Michael B. Jordan
3. Bryson Tiller
4. Zayn Malik
5. Diggy Simmons
6. Quincy Brown
7. Ryan Reynolds
8. Noah Centineo
9. Carter Bennett

O que não é vergonhoso, mas *é* interessante, principalmente com a droga do nome dele no final. Daí, ele vai ficar curioso, virar a página e ler tudo.

Meu corpo escorrega pelo tapete como um vestido de seda depois de uma longa noite no baile, esperando, mas não recebo nada de Carter. Tomo um longo banho, volto, e nada. Abro *Crime e castigo*, finjo ler por meia hora, e ainda nada.

Ah, se eu soubesse onde ele mora...

Talvez um filme ajude a distrair. Se eu tivesse meu diário, conferiria a lista de filmes com intenso potencial para reassistir e reassistiria a um deles. Mas sejamos honestos, eu a sei de cor.

FILMES COM INTENSO POTENCIAL PARA REASSISTIR
1. Além dos Limites
2. ATL – O Som do Gueto
3. Um Natal Especial
4. Uma Ladra Sem Limites
5. Deadpool
6. Sexta-Feira em Apuros
7. Viagem das Garotas
8. Pantera Negra
9. Com Amor, Simon
10. A Chefinha

Destany me ajudou a fazer essa lista. Ela é a única pessoa que consegue reassistir a filmes tanto quanto eu. Meus pais têm uma regra severa de assistir apenas uma vez, e eu teria sorte se conseguisse fazer Hattie assistir uma única vez, mas Destany? Ela entende que alguns filmes são bons o suficiente para se tornarem favoritos, mas são pesados demais para assistir várias vezes.

Me jogo na cama e coloco *Além dos limites*. Me enfio debaixo dos cobertores e tento entrar na história, mas há essa dorzinha no meu cérebro, essa constante vibração sob minha pele, atraindo meus olhos para o celular toda hora. Cadê ele? O que ele pode estar fazendo para não olhar para o celular por *duas horas*?

Minha mãe abre a porta. Vê a tela da minha TV e suspira, percebendo que estou assistindo a esse filme de novo.

— A comida chegou.

Pauso no meio da cena do término e a sigo escada abaixo. Dou apenas duas mordidas no meu sanduíche. É só o que aguento. No caminho de volta ao quarto, minha mãe pergunta:

— Você só vai comer isso?

— Estou sem fome.

Continuo subindo os degraus.

— Está tudo bem?

Paro e olho por sobre o ombro, mão esquerda no corrimão, mão direita agarrando o celular. Ela parece preocupada. Minha mãe se parece comigo, mas o cabelo dela é muito mais contido, e o corpo dela também. Mas temos os mesmos olhos, os mesmos lábios cheios.

— Estou bem — digo e me viro, seguindo escada acima.

— Espere, Quinn. Seu pai ligou do trabalho. Ele quer que você ligue para o celular dele.

Paro, agitada.

— Não quero falar com ele agora.

— Eu sei, mas é importante.

— Mãe, não estou a fim de ouvir ele gritando comigo para encontrar um apartamento agora.

— É sobre a Hattie.

A Terra para de girar no eixo. Minhas costas começam a doer por eu ficar tão rígida.

— O que tem ela?

— Ela está bem — diz minha mãe rapidamente, apagando o fogo antes que se espalhe.

— Então o que tem ela?

— Só liga pra ele.

Me apresso escada acima, ligando para meu pai, mas cai na caixa postal. Ligo outra vez, fechando a porta do meu quarto. E de novo, caindo de cara na cama. Por fim, ele atende:

— Quinn, você está bem?

— Minha mãe disse que você quer falar sobre Hattie. O que aconteceu? Ela está bem?

— Quinn. — Ele sopra meu nome como se pudesse devolver o ar aos meus pulmões. Ele não pode. — Ela sofreu um pequeno acidente, mas está bem. Eu mesmo fui vê-la para garantir.

— O que aconteceu? — Minha voz está ficando mais preguiçosa enquanto rolo até ficar de costas. — Que tipo de acidente?

— Ela caiu.

— O quê? — Pessoas da idade dela não deveriam cair. Quedas podem transformá-la em pó, ela toda, não só o cérebro. Eu a imagino se retorcendo no chão frio, enrugada, ossos frágeis e fraturados. — Ai, meu Deus, pai.

— Ela está bem. Não quebrou nada. Só está um pouco dolorida.

Me pergunto se ela estava sozinha quando aconteceu, ou se chorou. Nunca vi Hattie chorar. Ela ficou balançando no chão até alguém tirá-la de lá? Quanto tempo levou para alguém encontrá-la? Me pergunto quanta dor ela consegue aguentar agora, se o cérebro dormente dela faz o corpo ficar dormente também. Se talvez ela tenha se esquecido de como sentir dor. Espero que sim. Espero que essa seja a primeira coisa de que ela tenha se esquecido.

Tento abafar o choro crescendo no meu peito.

— Você tem que tirar ela de lá! Aquele povo é incompetente!

— Quinn, prometo que ela está em boas mãos. Me escute. — A voz dele treme como se ele estivesse caminhando. — Venha comigo visitá-la este fim de semana. Eu não te forcei porque sei que você tem dificuldade...

— Não.

— Quando você for para a Columbia, não conseguirá vê-la. Não cometa o mesmo erro que cometi com o seu avô. Você não quer se arrepender do tempo que podia passar com Hattie antes de ela...

— Não diga isso para mim!

Ele suspira.

— Conversaremos sobre isso depois. Mas pense a respeito.

Pense a respeito, como se eu tivesse escolha. Hattie habita a minha mente como estática, às vezes lá no fundo; em outras, tomando conta de tudo.

Vou lá para fora e fico diante do balanço de Hattie na varanda do quintal. Me lembro de quando o encontrei no verão passado, entre nossas cadeiras de descanso, como se fosse só mais uma parte da mobília. Mas tem o cheiro da varanda dela, como carvalho recém-cortado para a lareira e um pouco de pinheiro para começar o fogo.

De acordo com Hattie, estar lá fora é uma atividade por si só. Ela e eu nos sentávamos no balanço da varanda dela, observando os pássaros, as árvores e as nuvens, às vezes conversando, às vezes não. Podíamos fazer isso por horas, tomando golinhos de limonada, de chá ou das duas coisas.

Sento e me balanço no escuro, observando a meia-lua aos poucos se enterrar atrás das árvores, pensando nela. Preocupada. Se eu estivesse com meu diário, listaria todas as minhas preocupações.

Se ela estava sozinha quando caiu.

Se doeu.

Se ela chorou.

Se ela não chorou.

Se ela está irritada comigo por nunca visitá-la.

Se ela não parece nem um pouquinho com a lembrança que tenho dela.

Se, quando eu enfim visitá-la, ela não me reconhecer.

Se ela partir antes que eu reúna coragem para visitá-la.

Todas essas preocupações estão me deixando sem ar, e aos poucos estão se transformando em uma culpa que revira meu estômago e um medo que absorve a minha alma. Se eu não anotar essas coisas, meu medo fará muito mais do que roubar meu ar. Preciso do meu diário *agora*.

Então meu celular faz um barulho de notificação no meu colo, como o do despertador. São onze horas da noite. Pego-o, e meus olhos mal conseguem focar na resposta de uma palavra só de Carter: **Tá**.

Então ele está com meu diário, mas não há indicação de que o leu. Eu respondo, tendo que digitar dez vezes antes de enviar: **Preciso do meu diário. Você não leu, né?**

Observo os balões de resposta dele aparecerem e depois desaparecerem. Estou à beira de implodir quando Carter enfim responde, depois de dez minutos: **Podemos trocar amanhã. Me encontre no meu armário de manhã.**

Ele não respondeu minha pergunta. Por que ele não respondeu minha pergunta?

Minha pele começa a formigar, ficando dormente. Talvez ele seja como a minha mãe – quando eu envio várias perguntas em uma mensagem só, ela só responde uma. Talvez ele apenas tenha *se esquecido* de responder aquela mensagem extremamente importante. Então envio outra: **Tá bom. Onde fica o seu armário?**

## – 3 –

# COISAS PARA FAZER ANTES DE ME FORMAR

O armário de Carter fica no Corredor B, número 177. Estou apoiada nele, usando minhas botas marrons de salto grosso e meu vestido amarelo tomara que caia. Prendi meu cabelo rebelde em um coque alto, fiz uma maquiagem, minha pele negra retinta está brilhando com óleo de bebê e estou usando um perfume suave. Não, eu não me arrumei porque sabia que ia encontrar com ele, e não, não estou "posando" no armário dele com as pernas cruzadas. É assim que sempre estou.

Mas se a minha aparência o inspirar a ser um pouquinho mais legal comigo, quem sou eu para reclamar?

Ele não respondeu à minha pergunta ontem à noite, e não consegui dormir, me perguntando o motivo. Carter não pode ter lido meu diário, certo? Ele não invadiria minha privacidade assim, na cara dura. Mas e se tiver lido? Ele saberia de todas as minhas mentiras. Ele saberia o monstro que sou. Mordisco o lábio inferior, nervosa, porque talvez ele conte às pessoas.

Estudantes passam pelo corredor. Observo a multidão, armários abrindo e fechando, mas nem sinal de Carter. E ele geralmente é fácil de encontrar, mais alto que os outros, de pele bem mais retinta, mas tudo que vejo são rostos brancos de altura normal.

Então, em minha busca, acidentalmente faço contato visual com Destany. Estive tomando cuidado a semana inteira para que isso não acontecesse.

Ela está descendo o corredor, usando uma blusa de renda branca que mostra o bronzeado que conseguiu durante o recesso de primavera, jeans justos e saltos altos vermelhos de bico fino. Está tocando quadris com Gia Teller, que basicamente veste a mesma coisa.

Elas estão vindo na minha direção. Desvio os olhos, olhando para a tela do meu celular, mas elas param diante de mim. Gia abre o armário número 176, bem ao lado do de Carter. *Só pode ser brincadeira.*

— Olha quem finalmente está pronta pra conversar — diz ela.

Dou um passinho para trás.

Gia me olha de cima a baixo e então sorri.

— Você está muito bonita.

Eu a conheço bem o bastante para saber que ela não está dizendo isso de maneira gentil.

Destany fica entre Gia e eu, de olhos bem abertos.

— Quinn, estou tão feliz por você estar aqui. Fiquei perdida sem você.

Dou outro passo para trás. Meu coração se aperta, porque também fiquei perdida sem ela. Estive precisando de nossas idas ao Starbucks depois da escola para tomar cafeína desnecessária e reclamar sobre o dia. Ela pegava o café, dava um golinho rápido, abria os braços e dizia: "Vai, Quinn, reclama". Não consegui reclamar a semana toda.

Eu contaria a ela sobre ontem com Matt, sobre como ele segurou minha mão na cama elástica. Isso é um avanço e tanto. Ela ficaria tão feliz por mim.

Eu poderia só perdoá-la. Poderíamos dar uma festa do pijama este final de semana, só nós duas. Sem a Gia. Sem drama. Deus, como seria bom. Ficar sozinha é uma droga. Pelo menos, quando éramos amigas, eu tinha alguém para andar comigo no corredor, para almoçar comigo, para mandar mensagem na aula. Só faz quatro dias, e já estou surtando.

Então ela diz:

— Desculpe sobre o Matt e a festa. Ele estava flertando comigo, e eu não devia ter dado bola. Nem um pouquinho...

Gia interrompe.

— Não é culpa da Dessie que Matt gosta dela.

Meu sangue ferve. Odeio ouvir Gia usar o apelido que dei a Destany. Percebo que não estou pronta para ter essa conversa, principalmente com Gia por perto. Olho ao redor, esperando que Carter venha me salvar dessa interação horrível.

Destany diz:

— Vamos só esquecer o que aconteceu. Eu sei que às vezes deixamos nossos sentimentos tomarem decisões difíceis. Podemos voltar ao normal. Fingir que nunca...

Eu me afasto.

— Quinn!

Gina ri.

— Eu falei, Dessie. Amigos de verdade não se afastam por causa de um cara. Deixa ela ir.

Ela deve estar gritando, porque de jeito nenhum eu deveria conseguir ouvir a essa distância, principalmente porque estou quase correndo. Algumas cabeças se viram. Elas também ouviram o que ela disse. E agora estão me julgando.

Chego à aula de psicologia sem meu diário, desejando pra caramba que estivesse com ele. A noite da festa de Chase vem à minha mente. A volta para casa foi a pior parte. Tive que sentar sozinha no banco de trás, tentando não surtar.

Eu estava chocada. Enojada. Magoada demais. Destany e Gia estavam se acabando de rir nos bancos da frente, e quando eu não ri junto, Destany se virou.

— Quinn, o que foi?

Eu não conseguia falar. Sabia que, se tentasse, ia surtar, então fiquei quieta, e mantive meus olhos na janela.

Carter me manda mensagem depois que o sinal toca. **Você esqueceu? Vou te encontrar depois da primeira aula.**

A srta. Henderson fecha a porta e coloca seu vídeo favorito de meditação guiada. Pela primeira vez, fico grata pela rotina.

— Preste atenção na respiração. Inspire fundo... e expire. Se sua mente vagar, está tudo bem. Reconheça o pensamento e então volte para sua respiração.

Minha mente corre sem rumo, mas faço o que a moça de voz suave diz, exceto que não reconheço os pensamentos descontrolados. Volto minha atenção à respiração. Nada de pensar. Nada de se preocupar. Só respirar.

Mas quando os dez minutos terminam, tudo o que estive segurando volta de uma vez. Eu preciso do diário. Não consigo continuar fazendo isso. Não me importo se Gia e Destany estão rodeando o armário de Carter. Vou pegar meu diário de volta de um jeito ou de outro.

Suo durante todos os cinquenta minutos da aula, e então o sinal finalmente toca. Volto ao corredor B, meus pés reclamando, me sentindo ridícula neste vestido e nesta maquiagem toda. Vejo Carter no armário dele. Gia e Destany não estão em lugar nenhum, ainda bem. A mochila dele está aberta e pendurada no peito. Carter está usando calças de moletom pretas simples, uma camiseta azul que abraça seus bíceps, e aqueles tênis velhos. Minha boca fica seca, meus passos diminuem. Vê-lo faz algo com meu corpo. Parece que engoli um spray analgésico.

Acho que são meus nervos. Tenho muitos motivos para estar nervosa agora, mas há listas demais esperando na minha cabeça.

Quando me aproximo, os olhos dele me absorvem rapidamente antes de voltarem ao interior da mochila. Me apoio no armário de Gia com o diário quase idêntico dele nas mãos.

— Oi.

— E aí? — diz Carter casualmente, pegando o diário da minha mão e jogando no armário.

Hesito, sem saber como começar.

— Então... você leu?

É melhor tirar isso do caminho. Carter com certeza não está facilitando.

Ele ergue o olhar, seus olhos me rendendo. Me encara por um segundo silencioso e, enfim, balança a cabeça.

— Que nada.

Deixo o ar escapar dos meus lábios audivelmente.

— Não passei da primeira página.

Fico tensa de novo. A primeira página tem uma lista de coisas a fazer, mas não uma lista qualquer de coisas a fazer, e sim minha lista de *Coisas para fazer antes de me formar*. É praticamente um mapa de todas as minhas mentiras.

### COISAS PARA FAZER ANTES DE ME FORMAR
1. Visitar as duas universidades que me aceitaram.
2. Admitir que amo Matthew Radd.
3. Experimentar a vida noturna supostamente incrível de Austin.
4. Contar para os meus pais que não entrei em Columbia.
5. Visitar a vovó Hattie.
6. Contar para Destany o real motivo do meu sumiço.
7. Deixe por último. Você sabe o que tem que fazer.

De olhos arregalados, pergunto:
— Mas você leu mesmo a primeira página? Toda?
Ele ainda está revirando a mochila.
— Li.
Minha mente está acelerada, no meio de uma constatação desconfortável. Então Carter tem a audácia de dizer:
— Você sabe que só temos dois meses antes da formatura, né? — Ele sorri pra mim. — Quando vai contar para os seus pais que não entrou em Columbia?
Antes que eu possa me impedir, estou apontando o dedo na cara dele.
— Isso não é da sua conta.
— Só estou dizendo, você tem sete itens e apenas oito semanas restantes.
Estendo a mão.
— Vim buscar meu diário, não ouvir sua opinião.
Ele dá um sorrisinho, voltando à mochila.
— Foi mal.
— E gostaria que você mantivesse o bico fechado.
Talvez eu devesse pedir com mais gentileza? Tecnicamente estou nas mãos dele, mas não consigo me conter quando Carter me olha assim, como se eu fosse uma garota rica patética que não conseguiu entrar na Ivy League mesmo quando o pai dela doou uma biblioteca.
— Sem problemas. Quer dizer, é óbvio que você não precisa da minha ajuda para se queimar.
— O que você quer dizer com isso?
Carter ri, me deixando ainda mais furiosa.
— Nada, Hilary. Nada.

Aperto as mãos em punho.

— Você pode me dar meu diário agora?

Não tenho mais nem um pinguinho de paciência. Assim que pegar meu diário, vou adicionar o nome dele à minha lista de *A humanidade estaria melhor sem*, logo abaixo de molho *ranch* e Nickelback.

Ele diz:

— Posso.

Mas ainda está mexendo na mochila. Por que não encontrou meu diário ainda? Então olho para o rosto dele e vejo que suas sobrancelhas estão franzidas.

— Hum — digo.

— Só um segundo.

Carter desiste da mochila e olha dentro do armário. As mãos dele estão se movendo inquietas, e meu coração está cada vez mais acelerado.

Ele olha dentro e fora e dentro de novo. Meus olhos estão começando a marejar.

— Você está com ele? — pergunto, esperando que Carter tenha uma prateleira escondida ou bolsos mais fundos do que pensei.

Carter para e me olha, perturbado. Sinto o vazio dentro de mim crescer.

— Eu estava com ele no primeiro horário — confessa ele, fechando a porta do armário.

— Qual é a sua primeira aula?

Carter não responde. Ele se afasta, fechando a mochila enquanto caminha. Corro atrás dele, incapaz de manter o ritmo.

— Espera!

Ele não espera. Mas é tão alto que consigo ver sua cabeça acima de todas as outras. Eu o vejo cortar para o corredor que conecta o B ao C – BC, como é chamado. Quando chego lá, o vejo entrar em uma sala de aula à direita, o laboratório de biologia da srta. Yates.

Quando chego na sala, as mesas já estão cheias de alunos da segunda aula. Carter está no meio da porta. Mal consigo ver ao redor dele. A srta. Yates está de pé na frente, escrevendo no quadro.

Ela diz:

— Não peguei nada. Classe, algum de vocês viu um diário quando entrou?

Ninguém está prestando atenção ou se importa o suficiente para responder.

— Qual mesa é a sua? — pergunto entre arfadas, ainda tentando recuperar o fôlego.

De novo, Carter não responde. Ele vai até a terceira fileira dos fundos e para ao lado de Timothy O'Malley, que olha para ele cheio de medo. Carter coloca a mão sobre a mesa, invadindo o espaço de Timmy.

Meu coração está martelando, abafando o som da sala de aula. Quando Carter volta de mãos vazias, pergunto:

— E aí? Onde está?

— Eu juro que estava com ele no ônibus. — Os olhos dele imploram que eu acredite. — Pensei que estava com ele na primeira aula, mas... — Ele balança a cabeça, como se estivesse tentando se livrar da incerteza. — Deve ter sido meu caderno de biologia.

— E então? — pergunto com a voz trêmula. Tomo cuidado para manter os músculos do meu rosto sob controle. Não posso deixar ele me ver chorando para valer. Ele nunca me deixaria em paz.

Carter abaixa o queixo e me olha no olho.

— Acho que deixei no ônibus.

# – 4 –
# LUGARES ONDE ACHO QUE MEU DIÁRIO PODE ESTAR

O sinal toca. Estou atrasada.
— Você *o quê?*
— Isso é bom — diz ele.
— Como é que isso é bom?
— Com licença — diz a srta. Yates, as mãos nos quadris. — Vocês precisam ir para a aula.

Carter revira os olhos, agarra meus ombros e me guia para fora da sala. A srta. Yates fecha a porta atrás de nós.
— Como é que é bom você ter perdido meu diário?
— Não eu ter perdido, mas ter perdido no ônibus. Você não conhece ninguém que usa o transporte público — presume ele. — Então o que estiver escrito não vai significar nada pra quem ler.

É verdade.
— Mas eu vou ficar sem ele.
— É, mas... — Carter dá de ombros.
— Aquele diário tem todos os detalhes sobre mim. Não sei quem sou sem ele.

Carter me olha como se eu tivesse enlouquecido.
— Você é você. Por que precisa de um manual?
— Não é um manual, é um... — Tento pensar em uma palavra melhor para as minhas listas. — É a minha base. Ele não me diz para onde vou. Me diz onde eu estive.

— Então faça outro.

Eu o encaro, perplexa.

— Não posso só fazer outro.

— O que está acontecendo aqui? — pergunta o diretor Falcon atrás de nós.

— Estamos indo para a aula, senhor. — Carter dá um passo para trás, olhando para mim. — Te vejo depois.

Virando-se, ele corre para o corredor C.

Pressiono os lábios em uma linha fina. Isso tudo foi perda de tempo. Meu diário já era, se perdeu para sempre. Eu não me preparei para essa possibilidade. Sempre pensei que, quando estivesse pronta para me livrar dele, eu teria ferramentas para lidar com a situação.

Dou meia-volta, lutando contra uma onda de lágrimas. O diretor Falcon olha para o meu rosto, e sua expressão suaviza.

— Está tudo bem, srta. Jackson?

— Sim, senhor.

Me apresso para chegar à aula de cálculo, onde pego minha advertência de atraso e um subsequente revirar de olhos do sr. Foster, e então me sento e me recuso a fazer anotações.

Carter acha que posso fazer outro diário de listas. Mentalmente, passo por todas elas: *Coisas para fazer antes de me formar, Coisas para comprar para o meu dormitório/apartamento na faculdade, Coisas para jogar fora antes de me mudar.* E então minhas listas de como fazer: *Como ler linguagem corporal, Como fazer novos amigos, Como perdoar e esquecer.* Ainda não dominei nem uma dessas. Meus livros favoritos, meus filmes favoritos, minhas comidas favoritas, minhas ruas favoritas para acelerar com os vidros baixos. Os melhores, piores e mais memoráveis dias da minha vida. E então a última seção: diversos. É provavelmente a mais insubstituível.

Me pergunto onde meu diário está agora. Talvez abandonado no assento de Carter no ônibus, porque ninguém está interessado o bastante para tocar nele. Talvez, no fim da rota, o motorista vai encontrá-lo e jogá-lo no lixo. Ou talvez o leve aos achados e perdidos.

Mas e se alguém *estiver* interessado o bastante para tocar nele? Talvez um universitário gostoso pra caramba. Ele lerá as sete coisas que preciso fazer antes de me formar. Saberá que estou apaixonada por um cara chamado Matt. E saberá que não entrei em Columbia, e que meus pais não sabem disso ainda. Verá que eu parei de falar com uma garota chamada Destany. Verá que sou um desastre.

Então talvez ele fique entediado com minhas listas e as deixe para o próximo passageiro. Talvez um montão de estranhos leiam minhas listas. Talvez nenhum deles leia.

LUGARES ONDE ACHO QUE MEU DIÁRIO PODE ESTAR
1. No assento do ônibus onde Carter se sentou.
2. Na caixa de achados e perdidos do terminal de ônibus.
3. Na casa de um passageiro.
4. Talvez o passageiro seja o universitário gostoso, e depois de ler meu diário ele esteja apaixonado por mim. Agora, ele está tentando me encontrar.
5. Na cafeteria onde o universitário gostoso está pedindo um café com leite de soja com baunilha extra e cobertura de caramelo porque ele leu minha lista de combos de café favoritos, dos melhores aos piores.
6. Na mochila de Carter, porque ele é o demônio e quer ver meu mundo desabar.

Meu celular vibra na mesa. O sr. Foster está apontando para símbolos que não consigo ler no quadro, de costas para mim. Por debaixo da mesa, abro minhas mensagens. Então tudo sai de foco quando leio as quatro palavras na tela: **Estou com o seu diário.**

Arfo e cubro a boca.

O sr. Foster se vira para me encarar. Assim como o resto da turma.
— Algum problema, srta. Jackson? — pergunta ele.

Balanço a cabeça, de boca bem fechada. Ele volta a escrever no quadro. Eu deveria mesmo estar fazendo anotações. Já estou tão perdida nessa matéria, mas não consigo tirar os olhos da foto de perfil com uma sorridente carinha feita à mão. Quem é? Alguém encontrou meu diário no ônibus? O universitário gostoso dos meus sonhos? Carter?

Digito: **Posso pegar meu diário de volta, por favor? Onde podemos nos encontrar?**

Mordisco o lábio inferior e espero, olhando para a parte careca da cabeça do sr. Foster. A bolha da notificação aparece. **Ainda não. Tenho uma condição primeiro.**

Que tipo de condição? Minhas mãos voam no teclado: **Quem é, e o que você quer?**

Apoio os cotovelos na mesa, mexendo os dedos e balançando o queixo.

Quando meu celular torna a vibrar, quase o deixo cair. **Quero que você complete esta lista.** Então uma foto da minha letra aparece:

COISAS PARA FAZER ANTES DE ME FORMAR
1. Visitar as duas universidades que me aceitaram.
2. Admitir que amo Matthew Radd.
3. Experimentar a vida noturna supostamente incrível de Austin.
4. Contar para os meus pais que não entrei em Columbia.
5. Visitar a vovó Hattie.
6. Contar para Destany o real motivo do meu sumiço.
7. Deixe por último. Você sabe o que tem que fazer.

Minha boca se escancara. *Carter*. A forma como ele ficou me pressionando para completar a lista. *Você tem sete itens e apenas oito semanas restantes*. Minha respiração acelera. Vou matar ele. Não, vou destruir tudo o que ele ama. **Devolva meu diário, seu babaca. Você acha que eu não sei que é você, Carter?**

Vejo a notificação aparecer. **Complete a lista ou vou divulgar seu diário. Divulgue. Duvido que você vai divulgar. Vou acabar com você.**

Quando o sinal tocar, vou direto ao escritório do diretor Falcon. Carter vai desejar nunca ter tocado no meu diário. Ele não sabe que minha mãe é advogada? Se qualquer parte do meu diário for divulgada, o futuro dele já era.

Meu celular vibra no colo. **Você não deveria me provocar assim.**

Então vibra outra vez, mas não é uma mensagem. Fui marcada em uma foto.

# – 5 –

# CINCO MENTIRAS QUE AS PESSOAS ACREDITAM SOBRE MIM

CINCO MENTIRAS QUE AS PESSOAS ACREDITAM SOBRE MIM
1. Não ligo para meus amigos dizendo a palavra com P perto de mim.
2. Eu ignorei Destany porque Matthew Radd flertou com ela.
3. Só entrei em Columbia por causa da cota.
4. Foi "mais fácil" deixar a Destany de lado porque entrei em Columbia e ela não.
5. Que entrei em Columbia, para começo de conversa.

Não sou a única pessoa marcada na foto. Todo mundo da sala, todo mundo da *escola* também foi. Ouço os celulares deles vibrarem ao mesmo tempo, e os observo ler minha lista sob a mesa.

Então as cabeças deles se erguem, uma a uma. Kaide, Lucy, Macy e Trish me encaram como se eu fosse o café da manhã. Ontem, eu era um deles – da Ivy League. Agora, sou só uma mentirosa fracassada.

Quando o sinal toca, sei que eu deveria sair correndo para o escritório do diretor, mas estou colada na cadeira. Eles me rondam como hienas.

— Então, é verdade? — pergunta Kaide, que vai para Harvard. — Você não entrou em Columbia?

Meus lábios tremem. Não acordei preparada para admitir isso hoje. Mal admiti para mim mesma. Todos esses meses de mentira de alguma forma me fizeram acreditar que fui aceita. Isso, e mais os anos que meus pais têm se preparado para o meu tempo em Nova York, como se eu tivesse sido aceita quando nasci.

Lucy de Princeton balança a cabeça, enquanto Macy e Trish de Dartmouth dão risadinhas.

— O que aconteceu? — pergunta Kaide. — As cotas não conseguiram te salvar?

Fico paralisada. As garotas da Dartmouth riem, mas Lucy, não.

— Isso é racismo.

— Como isso é racismo? É só uma pergunta. Não é para isso que as cotas servem? Para abrir espaço para pessoas que não são brancas, por não serem brancas?

Não sei como me sinto agora. Constrangida, com certeza, mas mais envergonhada que qualquer outra coisa. Envergonhada por não abrir a boca e dizer a eles o quanto mais meus pais tiveram que trabalhar só para serem *considerados* junto a pessoas brancas menos qualificadas.

Não. Deixo que eles se afastem com essas ideias na cabeça, como sempre. Se manifestar contra racismo quando você é a única pessoa negra na aula soa como uma má ideia para mim, principalmente dadas as circunstâncias: todos eles foram aceitos em faculdades da Ivy League quando eu sou a garota negra que mentiu.

Meu celular vibra no colo. Tenho medo de o que Carter preparou para mim. **Se você for até o diretor, mandarei a lista para os seus pais.**

Quer saber? Não. Esqueça ir até o diretor. Vou lidar com isso sozinha. Minha mão está coçando para acabar com ele desde que "perdeu" meu diário.

Me apresso para sair da sala do sr. Foster e entrar em um mar de olhares julgadores. Cabeças de manequim me observam correr pelo corredor, meu olhar buscando Carter. Quando chego ao corredor C, vejo a cabeça dele acima das outras. Semicerro os olhos e, infelizmente, eles se enchem de lágrimas de novo. Estou tão brava. E quando fico brava assim, choro. E se deixar ir longe demais, choro feio. É uma situação muito, muito infeliz.

Quando chego perto, agarro o braço dele e o puxo para ele virar e me encarar. A boca dele está escancarada quando agarro o colarinho de sua camisa, puxando o rosto para ficar da altura do meu.

— Ei, mas que po...?

— Me devolva meu diário antes que eu arruíne sua vida — grunho as palavras através de meus dentes cerrados.

— Do que você está falando? — Carter busca meus olhos, o rosto a centímetros do meu.

— Sei que é você quem está me chantageando!

As pessoas nos encaram, mas não me importo.

Carter tira meus dedos do colarinho e se endireita, ficando muito mais alto que eu.

— Te chantageando?

Odeio que ele não admita. Ele já expôs minha rejeição da Columbia para a escola toda. Já não fez o suficiente?

Pressiono minha mão contra o peito.

— O que eu fiz para merecer isso?

Carter olha ao redor, e então abaixa o queixo e a voz.

— Me diz do que você está falando.

Pego meu celular e esfrego a postagem na cara dele.

Ele olha minha lista de mentiras como se fosse a primeira vez que a vê.

— Quem postou isso? — Carter pega o celular do bolso. — Quê? Era isso o que todo mundo estava vendo na aula?

— Como se você não soubesse!

Ele abre as notificações do *post*.

— Ei, Miss Columbia — diz Darla Mason com um sorrisinho ao passar por nós.

Meu coração acelera. Todo mundo sabe sobre a Columbia, e sem dúvidas vão contar para seus pais. Não vai demorar até que os meus descubram.

— Quinn — diz Carter, atraindo minha atenção —, você acha que eu fiz isso?

— Sei que você fez. — Eu rio. — Só me devolva meu diário e me deixe em paz.

O sinal toca. Estou atrasada de novo.

— Olha, preciso ir pra aula. — Carter dá um passo para trás. — Não fiz isso, tá bom? Eu juro, não fiz isso.

Então ele me dá as costas e me deixa sozinha neste caos.

Até parece que não foi ele. Se não foi, então algum bárbaro anônimo leu tudo sobre mim, está segurando meus segredos sobre a minha cabeça, me forçando a puxar o gatilho primeiro. Algum bárbaro anônimo é bem mais intimidador do que Carter, então não considero essa opção. É o Carter. Tem que ser o Carter. Por favor, que seja o Carter.

Tenho a terceira aula com Destany. Aposto que ela e Gia estão se divertindo. Ela pode ter me magoado no final de semana, mas estive mentindo sobre a Columbia há meses. Não consigo encará-la assim. Então corro para fora da escola, para os fundos do prédio.

As portas se abrem para uma colina gramada com um carvalho plantado no fim da ladeira. À distância, o pasto é rodeado por uma cerca de madeira totalmente ladeada por árvores e densa vegetação rasteira, e no momento está preenchida de névoa baixa e densa. Vou até lá e me imagino escalando a cerca, abrindo caminho pela vegetação como nas trilhas da casa de Hattie, passando por elas no Gator, com ela sentada ao meu lado.

Olho para o céu cinzento. Uma parte pequena de mim queria que chovesse, mas a maior sabe que seria horrível para o meu cabelo. Antigamente, isso não me atrapalhava, e com certeza não atrapalhava Hattie.

Quando eu tinha quinze anos, dirigi para o riacho nos fundos da floresta atrás da casa dela. As nuvens estavam enchendo, cinzentas e escuras. Eu perguntei:

— E se chover enquanto estivermos aqui? E se o Gator ficar preso e a gente ficar perdida sem comida, água nem celulares?

— Se ficarmos presas, então vou te mostrar como nos soltar.

Mas, naquela época, o corpo dela ficava curvado quando ela se levantava, e Hattie tinha que usar o corrimão para descer os degraus. Não pude deixar de me perguntar como é que ela ia me mostrar como tirar o Gator da lama quando sequer conseguia descer da varanda sozinha.

Choraminguei quando as gotas atingiram o para-brisa.

— Hattie, a gente deveria voltar.

— Venha aqui, garotinha — disse ela, me chamando de pequena mesmo quando eu já era mais alta e maior que ela. — Foi você que disse que queria nadar hoje, não foi?

— Sim, mas foi só por falar. Eu não quis dizer pra gente arriscar tudo para ir nadar.

Ela acariciou minha bochecha com o dedão enquanto eu deixava para trás a trilha que levava ao lugar onde nadávamos.

— Relaxa, você é jovem demais para ser tão cuidadosa.

— E você é velha demais para ser tão descuidada.

Ela beliscou meu braço.

— Ouvi isso. — Hattie riu enquanto eu fazia uma careta, esfregando o braço em que ela me beliscou. — Se ainda consigo me mexer, pra que vou ficar parada?

Ela sempre dizia isso quando meus pais e eu tentávamos fazê-la desacelerar.

Penso: *Se ainda consigo me mexer, pra que vou ficar parada?* Talvez porque eu esteja com medo demais para me mexer. Porque, se eu me mexer, as pessoas podem me ver. Porque ficar parada é mais fácil.

Hattie não fazia as coisas do jeito fácil. Se alguém roubasse o diário dela e a chantageasse com todos os seus segredos, ela ia... Caramba, Hattie não guardava segredos. E mesmo que guardasse, ela não deixaria ninguém usá-los contra ela. Hattie gritaria a verdade pelos corredores, e então destruiria Carter Bennett.

Mas eu não tenho esse tipo de coragem. Quando o sinal toca para o quarto período, não me mexo. Fico aqui fora e permito que a umidade acabe com o meu cabelo. Eu sei que não deveria, mas não consigo evitar. Espio o *post* no Instagram.

Gia comentou primeiro: **Entãããão essa vadia nem entrou em Columbia? Hilário.** O comentário tem trinta e cinco curtidas.

Kaide de Harvard comentou embaixo: **Eu deveria parar de cantar junto com Drake e Vontae e DaBaby e literalmente todos os rappers quando estou perto de você? O que te torna tão especial?**

**Aparentemente, você tem que passar todas as suas escolhas musicais por ela, porque ela é negra.**

**Nem mesmo cotas raciais conseguem compensar o quanto você é péssima.**

De Destany, nada.

A grama está molhada, então estou sentada na minha mochila. Estou apoiada nas mãos estendidas para trás, com as pernas cruzadas à minha frente, ainda olhando além da cerca. Eu poderia ficar aqui para sempre, pular a graduação, nunca ir para a faculdade, nunca ter que encarar meus pais, Destany ou Hattie.

Meu celular vibra durante o almoço. Não quero olhar, não enquanto estou no meu lugar seguro, mas não consigo evitar.

Carter pergunta: **Cadê vc?**

Abaixo o celular. Estou cansada. Sem esperanças. Seriamente considerando pular a cerca e fugir para sempre. Mas pego o celular e respondo: **Do lado de fora, nos fundos.**

Um minuto depois, ouço a porta bater atrás de mim. A névoa se dissipou, a tarde está aquecendo, queimando minha pele.

— Ei — diz ele, apoiando as costas na cerca, me encarando.

Não o olho.

— Não fui eu que postei sua lista.

Ergo a cabeça.

— É mesmo? — Sorrio. Então pego meu celular e abro a conversa entre mim e o chantageador. — Então isso aqui não é você?

Carter se inclina e pega meu celular, lendo as mensagens, a sobrancelha cada vez mais franzida.

— Você foi tão persistente em me encorajar a completar aquela lista. — Rio. — Está dizendo que é só coincidência?

— Sim! Caramba, mal é uma coincidência.

— Se não é você, então quem é? — pergunto.

— Não sei! Pensei que tinha deixado seu diário no ônibus, mas acho que não. É alguém da aula da srta. Yates.

Volto a olhar para a floresta porque ainda estou pensando em pular a cerca. Tudo isso é demais.

— Você não acredita em mim, né? — pergunta Carter.

— Não. Acho que tem alguém trabalhando para você.

— Quinn, por que eu faria isso?

— Porque sim! — Cuspo. — Você tinha tanto a dizer sobre a minha aceitação em Columbia, e sobre como sou rica, e como não tenho que trabalhar tanto quanto você. E agora que você sabe a verdade...

A expressão dele suaviza.

— Olha, eu nunca faria uma loucura dessas. Não ligo tanto assim pra você ou para o seu futuro.

Isso dói. Era para me confortar, mas dói.

Meu celular vibra na mão dele. O rosto de Carter fica sombrio.

— Claramente — diz ele, me devolvendo o aparelho —, de jeito nenhum eu poderia ter mandado essa mensagem.

Pego o celular e leio: **Se você não fizer algo da lista de coisas até a meia-noite de amanhã, outra das suas listas virá a público.**

Lágrimas surgem nos meus olhos, meus lábios ficam trêmulos.

— Por favor, faça ele parar — imploro a Carter. — O que eu te fiz? Por favor, Carter.

— Estou te dizendo, não fui eu. — Ele enfia as mãos nos bolsos. — Acredite no que quiser. — Então ele se afasta da cerca. — Divirta-se sendo chantageada.

Carter vai embora, e, com os olhos embaçados, encaro a mensagem. Quando fiz a lista de coisas a fazer, foi como uma tentativa de liberar parte da pressão. Tudo estava me consumindo. Eu não tinha intenção de completá-la um dia, porque literalmente *não consigo*.

E agora estou sendo forçada a fazê-lo.

É como se um balão estivesse inflando dentro de mim, tirando todo o meu ar. Parece que não importa para onde eu me vire, tudo está pegando fogo em todas as direções, e não há ninguém para me ajudar. É demais. Minhas mãos tocam meu rosto, mal contendo as lágrimas.

Algumas garotas choram, e é fácil sentir empatia por elas. As pálpebras tremem como borboletinhas fofas, e lágrimas caem devagar. Mas não eu. Meu choro é feio, especialmente feio. Minhas lágrimas jorram como um hidrante quebrado. Meus lábios grossos ficam finos e esticados no rosto, saliva escorrendo das laterais. Minha pele fica enrugada e contraída, meus olhos incham. Seria um pecado alguém me ver assim.

Fico sentada por um tempo, matando mais algumas aulas, deixando o vento secar meu rosto. Não tento comer o almoço que trouxe. Não acho que consigo comer agora.

Se vovó Hattie ainda estivesse em casa, eu pularia no meu carro e dirigiria os quarenta e cinco minutos até a casa dela. Trocaria esta roupa ridícula por minhas calças e botas de trabalho. Eu a ajudaria a plantar sementes no jardim e a arrancar as ervas-daninhas. Isso sempre acalmava tudo — minha mente, minha barriga e meu coração. O que eu não daria para conseguir fazer isso agora.

Quando o sinal toca indicando o sétimo período, dou uma última olhada para as árvores ao redor e me levanto.

## – 6 –

# SE EU PUDESSE MUDAR UMA COISA NO DIA DE HOJE

Tenho a aula de história do sr. Green com Destany, Matt e, é claro, Carter. É uma receita para o desastre. Vou ao banheiro, tiro a maquiagem e livro meu rosto das cores escorrendo. Pareço comigo mesma. Pareço *irritada*.

Quando passo pela porta, Auden já está sentado, mas a cadeira de Carter está vazia. Então meus olhos encontram os de Destany. Ela parece confusa. Está se perguntando se essa coisa da Columbia tem algo a ver com meu comportamento atual. Ela está aliviada por eu não ser inocente na nossa situação.

Antes que eu possa me sentar, o sr. Green me interrompe.

— Você está bem, Quinn? — O rosto dele parece preocupado.

Olho para o piso de azulejo, depois torno a erguer o olhar.

— Sim, estou bem.

Espera, então ele também sabe sobre a Columbia?

— Parece que você andou chorando — diz ele baixinho.

Ah, graças a Deus. Ele é tão próximo aos meus pais que deve ter eles na discagem rápida.

— É só TPM — garanto.

O sr. Green semicerra os olhos, pouco convencido.

— Estou bem. — Assinto, me sentando com mil olhos nas minhas costas, e tento manter meu suor sob controle. Nem dois segundos depois, um corpo se senta na mesa ao meu lado, mas sei imediatamente que não é Carter.

Olho para os olhos azuis de Matt.

— Quinnzinha — diz ele —, onde você esteve hoje?

Ele estava me procurando?

— Me escondendo.

— Você está bem?

Ter ele ao meu lado e o fato de ainda estar falando comigo depois da situação da Columbia me faz sentir melhor. Assinto, mordiscando o lábio inferior.

Matt me observa como se estivesse tentando entender por que menti e sobre o que mais posso ter mentido.

— Quando você ia me contar? — Ele franze a testa e belisca minha bochecha.

Sorrio.

— Nunca.

Mas então alguém pigarreia atrás de nós. Carter encara os dedos de Matt na minha bochecha. Ele parece um tanto irritado, mas não tanto quanto eu.

— Ah, desculpe, Carter. — Matt solta meu rosto e se apressa para sair da mesa de Carter, mas sustenta meu olhar. — Me encontra na base hoje à noite?

— Tá bom — respondo, grata. Ele é meu único aliado nesta maldita escola.

Carter se senta ao meu lado, mas não olha para mim.

— O teste vai começar quando o sinal tocar — diz o sr. Green.

Meu coração para. Não estudei ontem. Estava ocupada demais surtando com a possibilidade de Carter estar com o meu diário. Abro o caderno e tento enfiar cada palavra na minha cabeça, mas sinto os detalhes escapando do meu cérebro como se fossem areia. E então o sinal toca.

— Ei, você está bem? — Carter está me olhando de sobrancelha franzida, como se ligasse.

— E você se importa? Estou com dificuldade em todas as aulas, né? Quem liga para outro zero?

Mas minha nota nesta aula é a mais alta de todas, e nem é tão alta assim. Não preciso disso agora.

O sr. Green distribui os testes e define um alarme. Quando dou uma olhada no meu, o terror começa. Não sei nada. Meus três minutos voam sem pausa, e quando o alarme dispara, tenho três perguntas não respondidas – automaticamente setenta, se eu não errei as outras sete.

Nunca fui menos que perfeita nesses testes. É impressionante como Carter entrou na minha vida e ferrou tudo em menos de vinte e quatro horas.

Quando os testes estão em mãos, o sr. Green pega nossa tarefa de ontem e distribui a de hoje.

— É uma lista dos filmes sobre JFK, incluindo um pequeno resumo sobre cada um deles. No final da aula, sortearei números, e cada grupo poderá escolher três DVDs para levar para casa e assistir no fim de semana.

— Sr. Green, e se a gente quebrar seus DVDs? — pergunta alguém nos fundos.

— Se quebrarem, vão me comprar outro.

— Sr. Green, e se a gente não tiver nada que rode DVDs por ser uma tecnologia tão antiga?

Toda a sala ri, incluindo o sr. Green.

— Mikey, tenho certeza de que alguém no seu grupo tem um aparelho de DVD.

Mikey grunhe.

— Não acho que você possa presumir isso.

— Tá bom! Chega de perguntas. Ao trabalho.

Imediatamente, olho para Auden e digo:

— Eu quero ser Kennedy, mas acho — aponto para Carter — que ele deveria interpretar Oswald.

Carter faz uma careta.

— Sério, Quinn?

— Que conspiração devemos usar na nossa peça? — pergunto apenas para Auden.

— Acho que a CIA.

— Sério? Estava pensando em Cuba.

Carter diz:

— Acho que Johnson.

— Então está entre Cuba e a CIA — digo, ignorando ele de novo.

Carter se vira e me encara.

— Será mais fácil encontrar evidência na teoria de Johnson.

— É provável que sim — diz Auden.

Me recosto na cadeira, cruzando os braços.

— Discordo.

— Discorda, Quinn? Ou só está com raiva por causa do seu diário?

— Estou furiosa com a história do diário. E acho que você está errado.

— Você não vai destruir minha nota por causa de besteira.

— Eu destruir sua nota? — Me viro para ele. — Só te vejo sentar aí de cabeça baixa.

— Quer mesmo entrar nessa, Miss Columbia? — Ele sorri para mim, e semicerro os olhos. — Para. Não vou lidar com isso o mês inteiro.

— Então troque de grupo — digo.

— Já tentei. O sr. Green não nos deixa mudar.

Fecho a boca. Ele já tentou?

— Gente — diz Auden. — Tá tudo bem?

Nós o ignoramos.

— Eu é que deveria mudar de grupo. Sou eu que estou tendo que trabalhar com a pessoa que está arruinando a minha vida.

Carter exala pelo nariz.

— Pelo amor de Deus, Quinn, eu estava lá quando a mensagem chegou. Como pode ser eu?

— Tem outra pessoa trabalhando com você.

Carter balança a cabeça antes de um sorriso aparecer em seus lábios.

— Estou lisonjeado de você achar que sou tão calculista, mas, como falei, não ligo para você ou para os seus problemas.

— Se você não liga, por que sentiu a necessidade de enfiar o nariz nos meus assuntos, dizendo que eu não poderia entrar em Columbia sem meu pai doar uma biblioteca?

Carter ri.

— Obviamente eu estava certo.

— Mas não é da sua conta!

— Gente — sibila Auden.

Nenhum de nós desvia o olhar.

— Então você está tornando meu diário público e ameaçando contar aos meus pais sobre a Columbia. Você é cruel, Carter Bennett.

— Ai, meu Deus. — Ele bate palmas, frustrado. — O que tenho que fazer para você parar de agir assim?

Faço uma careta.

— Ah, não sei. Que tal me devolver meu diário?

— Como vou devolver se não está comigo?

— Ei! — Auden bate as mãos na mesa. Nos viramos para olhar para ele, perplexos. — Não sei o que está acontecendo entre vocês dois, mas desde que começamos a trabalhar juntos, é só drama. — Ele toca na lista de filmes. — Depois da aula, vocês podem arrancar a cabeça um do outro, não ligo, mas enquanto estamos aqui, podemos *focar, por favor*? — Ele sibila a última parte, como uma mãe brigando com o filho de quatro anos em uma loja de doces.

Carter esfrega a mão na testa e suspira. Então me olha de sobrancelhas erguidas, silenciosamente perguntando se vou me comportar, como se *eu* fosse o problema aqui. E me irrita, porque o que devo fazer? Esquecer que minha vida está se despedaçando diante dos meus olhos?

O ar entra e sai das minhas narinas, sem exatamente chegar aos meus pulmões. Estou com tanta raiva e inconsolável, e sinto os dutos lacrimais aquecendo de novo. Sem meu diário para anotar todos os motivos de eu estar chateada, sinto que vou explodir.

— Você perdeu meu diário. — As palavras escapam, e não consigo pará-las. — Por *sua* causa, algum lunático tem acesso a todas as minhas listas mais pessoais. E você sequer consegue se desculpar! Agora, todo mundo sabe sobre a Columbia. Agora, alguém está me chantageando, dizendo que vai contar para os meus pais. E talvez essa pessoa não seja você, mas se não é você, então não faço ideia de onde começar a tentar descobrir quem é. Então culpo *você* — cuspo. — Culpo você porque não sei mais o que fazer. Minha vida inteira está ferrada...

— Me desculpe — diz Carter.

Fico paralisada, chocada. *Espera, o quê?*

— Você está certa, eu perdi o seu diário. Nada disso teria acontecido se eu tivesse prestado atenção. — Ele abaixa o olhar e suspira. — *Jesus*. — E então olha para Auden antes de me olhar. — E se eu **te** ajudar a encontrar? Aí você vai saber com certeza que não fui **eu**, e podemos nos livrar dessa coisa toda.

Fecho bem os lábios, surpresa por ter me exposto assim. Mas ainda mais surpresa por Carter ter se desculpado. Agarro a mesa, sem querer admitir o quanto eu gostaria que ele me ajudasse, como eu ficaria aliviada.

Ele estende a mão, me pegando de guarda baixa.

— Combinado? — pergunta.

Eu penso no assunto, mordiscando o lábio inferior. Quero ajuda, mas e se Carter *for* meu chantageador? Suponho que não haja razão para eu não poder trabalhar com ele e continuar suspeitando. Mantenha seus inimigos perto, certo? Então coloco a mão na dele.

— Isso não quer dizer que eu confie em você.

Ele diz:

— Você não precisa confiar.

Então nos viramos para Auden.

— Então... — Ele olha para nós dois, sem saber o que acabou de testemunhar. — Se vamos com a teoria do Johnson, acho que devemos priorizar o filme *JFK*, de 1991.

### SE EU PUDESSE MUDAR UMA COISA NO DIA DE HOJE, DA MENOS DESEJADA PARA A MAIS DESEJADA

1. Ter usado este vestido extravagante inútil e estes sapatos dolorosos.
2. Ter matado tantas aulas.
3. Ter deixado Destany e Gia me impedirem de pegar meu diário antes da primeira aula.
4. Não ter bombardeado Carter no segundo em que ele pisou no campus para recuperar meu diário.
5. Não ter pensado em encontrar com ele no ponto de ônibus. Ou em trazer ele para a escola esta manhã.
6. Ter provocado o chantageador a expor minha lista.
7. Ter saído da cama e vindo para a escola, para começo de conversa.

## – 7 –

## COMO RESOLVER O CASO
## DO DIÁRIO DESAPARECIDO

Conduzo Carter até a minha Mercedes no estacionamento. Depois de jogar minha bolsa no banco de trás, deslizo para o lado dele. O cheiro dele já está preenchendo meu carro, provocando os fios no meu cérebro que controlam a atração e a racionalidade. Pressiono o botão de partida, ligo o ar-condicionado, esperando que isso sopre o cheiro dele para longe de mim, e deixo minhas janelas completamente abaixadas por segurança.

Carter se impressiona com a minha central *touch screen*.

— Ei, isso é... — Ele entra no meu aplicativo Apple Music, mas não toca nada. — Deve ser legal ter um carro assim aos dezoito anos.

Ele me olha, sério. Sem sarcasmo. Sem piadas.

Me viro, massageando a nuca.

— Foi um presente por eu ter entrado em Columbia.

Ele fica quieto por um momento, e então diz:

— Que difícil.

— É. — Dou uma espiada nele. — Põe o cinto, por favor.

Carter ajusta o banco para não ficar amassado contra o painel e para que a cabeça não bata no teto. Me faz lembrar que a última pessoa sentada ali foi Destany, quando fomos à biblioteca pública depois da escola semana passada "para ver livros". Na verdade, ela só queria flertar com o cara que trabalha no balcão.

Carter enfim põe o cinto. O estacionamento ainda está cheio quando tiro o carro da vaga. Matt está subindo no estribo de sua caminhonete a diesel quando eu passo. Ele olha por cima da porta para Carter no banco do passageiro, e quase bato na traseira do carro à minha frente, observando-o nos observar.

Quando piso no freio, Carter se vira para mim de olhos arregalados.

— Se você está planejando me matar...

— Não estou.

— Talvez não me matar, mas me assustar um pouco.

— Você está no meu carro por um motivo, então vamos ao trabalho.

Matt encosta atrás de mim. Posso sentir o ronco da caminhonete. Quando espio o retrovisor interno, parece que ele está me observando, mas sei que ele não pode me ver através do insulfilm. Entro na rodovia, subindo os vidros. Matt segue logo atrás.

— Tá, vamos ver esse perfil — diz Carter.

Matt não está deixando muito espaço entre meu carro e a caminhonete dele. Ele não tem intenção de deixar alguém se espremer entre nós. Chego ao primeiro sinal nesta longa rodovia, e o observo no retrovisor. Ele está com a viseira abaixada, então mal posso ver seu rosto.

— Essa foto está escurecida, exceto pela carinha feliz. Você já tinha visto isso?

Matt ergue a viseira um pouco, como se tentasse ver dentro do meu carro.

— Hã, Quinn? — diz Carter, virando-se para mim.

Tiro os olhos do retrovisor.

— O quê?

— O que você...? — Carter se vira para olhar pelo para-brisa de trás, e então me encara de testa franzida. — Estou vendo seu namorado atrás de nós.

— Ele não é meu namorado.

— Você devia contar a ele como se sente — provoca Carter. — Vi como ele estava todo interessado em você na aula do sr. Green. É óbvio que ele também gosta de você.

Suspiro, acelerando quando o semáforo fica verde.

— O Matt é assim. Ele flerta comigo em um dia, e no outro está com uma namorada nova.

— Isso só quer dizer que você é disponível demais. — Carter apoia o cotovelo no console central. — Você precisa sair com outros caras. Deixar ele ver que você tem opções. Fazer ciúme nele.

Olho para Carter sentado ao meu lado e então para Matt atrás de nós e considero o fato de que ele tem nos seguido desde que deixamos o estacionamento.

— Mas não comigo — acrescenta Carter. — Só estou aqui por uma coisa. Lembra?

— Eu nunca *sugeri* você.

— Vi nos seus olhos, Jackson. — Ele sorri. — Desculpe. Só não gosto de você assim.

— Também não gosto de você assim.

— Tem certeza?

— Sim. Nem um pouquinho — respondo. Embora existam muitas listas no meu diário que sugerem o contrário. Então percebo, de olhos arregalados, que se Carter for meu chantagista, leu aquelas listas e sabe exatamente como eu acho ele sexy.

Então eu o testo.

— Você tem motivo para acreditar que estou mentindo?

Ele dá um sorrisinho e então aponta para o sinal verde à frente.

— Só talvez o fato de eu ter pegado você me encarando mais ou menos dez vezes ontem.

Minhas bochechas pegam fogo. Afundo o pé no acelerador, nos lançando estrada à frente.

— Eu não estava... — Não dez vezes. Talvez três e meia. No máximo quatro. — Tinha uma coisa no seu rosto.

Carter ri, jogando a cabeça para trás.

— Uma coisa no meu rosto?

— Sim. Tinha... uma coisa.

— É. Tinha *sexy* escrito na minha cara todinha.

*Filho da mãe convencido.*

— E por que a gente tá falando disso? O único motivo de eu te deixar entrar no meu carro foi para descobrir quem é o chantageador.

— Eu estava tentando! Te fiz uma pergunta, mas você estava ocupada demais falando com o seu mozão.

— Tá bom, vá em frente — digo quando passamos pela rua em direção ao meu bairro.

Observo a caminhonete de Matt diminuir a velocidade e virar a esquina. Me pergunto se ele está imaginando aonde eu e Carter estamos indo. Talvez Carter esteja certo. Talvez não seja ruim Matt pensar que tenho opções, embora Carter definitivamente não seja uma delas.

— Hã, Quinn? — diz Carter, virando-se para mim.

— O quê?

— Sério? Você *me* perturba por não focar, mas eu não recebo resposta para essa pergunta?

— Desculpe! Me distraí.

— Não diga.

— Agora estou ouvindo, juro.

Ele suspira e enfia o celular no meu rosto.

— Esta foto de perfil significa alguma coisa pra você?

Dou uma olhada na rua antes de me virar para a carinha sorridente branca.

— Não.

Carter recolhe o braço.

— Tá, então provavelmente é anônimo. — Ele olha para a tela. — O nome de perfil é só um monte de números. Você acha que pode ser uma data?

Pensei nisso mais cedo, quando me exilei atrás da escola, mas agora que Carter está sugerindo, estou pensando o contrário.

— Não. Seria óbvio demais.

— É — concorda dele. — Mas tem um dois mil e vinte e um aqui. Você não acha que é uma coincidência grande demais para ignorar?

— Acho que o fato de você ter sido a última pessoa a pegar o meu diário é uma coincidência grande demais para ignorar, mas aqui estamos, ignorando.

Carter se vira e me olha feio.

— Você quer a minha ajuda ou não?

Reviro os olhos.

— Só estou dizendo.

— Talvez você tenha descoberto isso sozinha, ou talvez esteja preparada para ter seu diário postado na internet. Sei lá.

Pressiono os lábios.

— Tudo o que eu sei é que, seja eu ou não o seu chantageador, o tempo está passando, Quinn. Você quer minha ajuda ou não?

— Tá! Sim! Você está certo, tenho até a meia-noite de amanhã. O que a gente faz?

Ele se endireita no banco.

— Precisamos de suspeitos, precisamos de motivos...

## COMO SOLUCIONAR O CASO DO DIÁRIO DESAPARECIDO (DE ACORDO COM CARTER)

1. Liste todos os lugares possíveis onde o diário pode ter sido roubado.
2. Liste todas as pessoas presentes em cada lugar.
3. Determine motivos para cada pessoa.
4. Investigue os suspeitos.
5. Encontre o diário.

Ele continua:

— Mas não sei se teremos tempo para descobrir isso antes da meia-noite de amanhã. Preciso ir pra casa assim que a gente assistir ao filme na casa do Auden.

— Por quê? — pergunto sem pensar.

Carter me olha como se eu tivesse passado muito dos limites.

— Porque tenho coisas pra fazer. Deveres. Responsabilidades. Essas coisas que você nunca tem que se preocupar na sua vida privilegiada.

— Ei! — Aponto o dedo para ele. — Minha vida não é *privilegiada*.

Ele me olha como se quisesse discutir. Em vez disso, diz:

— Talvez você deva pensar em fazer alguma coisa da lista pra gente ganhar tempo.

Sinto a tensão crescer no meu peito.

— Não posso fazer nada daquela lista. É isso o que o chantageador está usando contra mim. Porque ele sabe que não posso.

— Uau, calma aí. Vamos fazer a coisa mais fácil.

— Que coisa *fácil*?

— Tem que ter alguma coisa. Me deixa ver a lista de novo.

Pego meu celular do meio do console e entrego a Carter.

Ele vai até as minhas mensagens diretas do Instagram.

— Tá, aqui. Amanhã nós vamos visitar a faculdade que te aceitou.

— Nós? — Olho para ele, e então de volta para a rua. — Você vai comigo?

— Vou — diz ele, como se fosse óbvio.

— Ah. Tá bom, legal.

Percebo que estar sozinha tem sido a pior parte desse item. Ninguém sabia que fui rejeitada pela Columbia, e nunca fui corajosa o bastante para visitar novos lugares sozinha. Agora, não tenho que estar sozinha. A ideia de ir é *fácil*.

— A saída é por aqui — diz Carter. Depois, pergunta: — Que faculdades te aceitaram?

— A Universidade de Houston e a Estadual Sam Houston.

— As duas são em Houston?

— A Sam Houston é em Huntsville.

Ele me olha, confuso.

— Onde é isso? — Antes que eu possa responder, Carter balança a cabeça. — Deixa, vamos à Universidade de Houston. — Ele aponta para o para-brisa. — Vire à esquerda no sinal.

— Meio que é uma droga que as únicas faculdades que me aceitaram estão infestadas de crime.

Ele me olha.

— Como assim?

— Houston é uma das cidades mais perigosas do país. E Huntsville, se você não sabe, é uma cidade cheia de prisões — digo, olhando para ele.

— Em primeiro lugar — diz Carter, obviamente ofendido —, toda cidade é perigosa de alguma forma. E em segundo, a Universidade fica na parte central de Houston. Não vá para o sul e você vai ficar bem.

Reviro os olhos.

— Isso faz eu me sentir melhor. E enfim, o que é essa Universidade? Tipo, eles são famosos por quais cursos?

— Não sei, Quinn. Talvez você deva pesquisar, já que tem uma boa chance de ir pra lá.

Faço uma careta.

— Por que você está falando mal de lá antes mesmo de visitar o campus?

— Não estou falando mal.

— Está. Quer dizer, sei que não está no padrão da Columbia, mas... você também não está.

Ai. Quer dizer, é verdade, mas caramba.

— Isso foi cruel — digo.

— Desculpa, mas você mereceu. Dê uma chance a Houston. Quem sabe? Pode ser que você goste mais do que da Columbia.

Minha boca se contorce. Talvez ele esteja certo. Sempre me senti intimidada no campus da Columbia, com todo aquele prestígio e o dinheiro que colocaram nela. Talvez eu me sinta mais em casa em um campus como o da Universidade de Houston.

## – 8 –
## SE CARTER ESTIVER COM O MEU DIÁRIO, ELE SABE...

Chegamos à casa de Auden em Pflugerville, nos arredores de Austin. Dois Nissan Versa estão estacionados na entrada, o preto de Auden e mais um, branco. Estaciono junto ao meio-fio, olhando pela janela de Carter para o jardim perfeito, com alimentadores de pássaros e roseiras ladeando a casa.

Enquanto subimos a entrada, a porta da frente se abre e Auden se apressa nos degraus.

— Olha, gente, preciso avisar vocês sobre a minha mãe.

Carter pergunta imediatamente:

— Ela não gosta de negros?

Engraçado. Foi o que pensei também.

Auden balança a cabeça.

— Não, ela ama negros. — Erguemos a sobrancelha para ele. — Quer dizer, ela não *ama*... ela ama negros da mesma forma que ama outras etnias.

Sorrio, tentando não gargalhar.

— Então qual é o problema? — pergunta Carter.

— Ela pode ser um pouquinho exagerada. Só não aceitem nenhuma comida que ela oferecer.

Franzo as sobrancelhas.

— Por que não? Estão envenenadas?

— Não. — Auden suspira. — Só vai encorajá-la. Só, por favor...

Então a porta da frente se abre de uma vez. Uma senhora usando um coque de mãe, uma camiseta cinza enfiada em jeans de mãe e tênis brancos aparece e exclama:

— Olá! Vocês são os amigos da escola do Auden? Quinn e Carter, certo? Entrem, por favor! Estou fazendo biscoitos!

Auden se vira.

— A gente já vai, mãe. — Então olha para nós por sobre o ombro, os olhos nadando em desconforto. — Me desculpem mesmo.

Ela volta para dentro, deixando Auden tenso, e eu e Carter só um pouco desconfortáveis.

Lá dentro tem cheiro de baunilha, patchouli e biscoitos. Passamos por uma sala de estar escura e pela cozinha diante dela, descendo um corredor escuro. A mãe de Auden nos segue, gorjeando sem parar.

— Vocês querem alguma coisa para beber?

Simultaneamente:

— Não, senhora.

— E você, Auden?

— Estou bem, mãe.

— E os biscoitos? Eles ainda estão quentes.

Olho por sobre o ombro, tentada a aceitar um. Biscoitos soam como uma ótima ideia agora. Mas Auden me lança um olhar e diz:

— Não, obrigado, mãe.

O corredor leva a uma sala com azulejos brancos, paredes brancas e três portas fechadas. Cada parede é repleta de prateleiras cheias de bugigangas e fotos. Auden e Carter seguem por uma porta sanfonada de vinil. Mas fico presa olhando para as fotos de Auden mais novo, o cabelo cacheado e castanho fora de controle, usando óculos desde sempre.

As fotos começam com uma família de três, mas conforme Auden cresce, as fotos são apenas dele e da mãe. Encaro a maior foto da parede, do pai dele em uniforme militar, com uma fita amarela presa na parte inferior da moldura. Meu coração se parte.

— Você está pronta, Quinn? — Auden pergunta atrás de mim. Quando nossos olhares se encontram, vejo como ele não quer ser perguntado sobre o pai, então não pergunto.

Sigo Auden por três degraus de pedra abaixo, até uma sala aconchegante. Tem um pequeno sofá de vime coberto por almofadas de pétalas de rosa, e uma cadeira combinando. Perco o ar. Parece a sala de estar da Hattie. Quase consigo ver o corpinho dela sendo engolido pela cadeira. Então Auden desce dos degraus em um pulo, e eu arfo.

Ele ergue o olhar, abrindo a capa do DVD do sr. Green.

— Está tudo bem?

Carter se senta no sofá, me olhando.

— Sim, estou bem. — Entro na sala, olhando para o tapete de motivos florais no chão. — Estes móveis são novos? — pergunto, tentando soar desinteressada.

— Não exatamente. — Ele está agachado diante da modesta TV de plasma, ligando o aparelho de DVD. — Minha mãe comprou em uma venda de garagem há alguns meses.

Fecho os olhos. Meus pais não venderiam as coisas de Hattie, certo? Eles não fariam isso. Ela vai melhorar um dia. Ela vai voltar para casa um dia.

— Onde foi a venda de garagem? — pergunto.

— Sinceramente, cheguei em casa um dia e tínhamos móveis novos. — Auden me olha com curiosidade. Ele vê nos meus olhos o que quero fazer. — Por favor, não pergunte a ela. Ela nunca vai parar. Por favor, não.

— Não vou.

Não quero a resposta mesmo.

Me sento ao lado de Carter no sofá, dizendo a mim mesma que não tem o cheiro de Hattie. Tenho certeza de que a mãe de Auden comprou os móveis de uma velha casa empoeirada em que tudo tinha cheiro de hortelã e tabaco, como a de Hattie. Não pode ser só coincidência. Estes não são os móveis de Hattie. Não são. Porque, se forem, vou surtar, então não são.

Quando o filme começa, pegamos nossas canetas e papéis. O sr. Green quer uma página de anotações de cada um de nós — garantia de que o trabalho não seja todo feito por uma pessoa só.

Encaro a tela da televisão, observando as cores, mas sem ver, sem ouvir as vozes, sem escutar. Em vez disso, minha mente mostra uma cena diferente: eu saindo do carro do meu pai e subindo os degraus para a casa de Hattie. Abrindo a porta porque nunca esteve trancada. Hattie sentada na poltrona cor de pétalas de rosas.

— Ei, menininha.

De óculos apoiados no nariz, ela não sorria. Mas a expressão inalterada dela era acolhedora, como se a visão de mim me aproximando da porta da frente não fosse nenhuma novidade. Eu só estava chegando em casa.

Ao final do filme, só tenho meia página de anotações. Carter olha para o papel. Parece querer oferecer ajuda, mas decide que não vai.

— Posso levar o DVD para casa comigo? — pergunto a Auden.

— Pode.

Quando estou indo para a porta, Carter anuncia:

— Olivia vem com a gente amanhã.

— Olivia Thomas? — pergunto, dando meia-volta.

— Sim — diz ele, como se fosse óbvio.

Auden se levanta.

— Por quê? — pergunto, sem conseguir me controlar. Mas já sei que eles são amigos, e não é como se eu não gostasse de Olivia. É só que, desde o incidente do vandalismo, quando a vejo, todo o meu corpo se torna esse pedido de desculpas silencioso que nunca conseguirei dizer em voz alta.

— Porque — diz Carter, desviando o olhar — ela é de Houston. Ela pode ser nossa guia. E porque eu quero que ela vá.

— Como é que eu vou convencer meus pais a me deixar ir amanhã?

Ele me olha como se eu tivesse enlouquecido.

— Não conte a eles.

— E matar aula?

— É um dia para visitar a faculdade.

— Então vocês não vão à aula amanhã? — pergunta Auden.

Olho para ele, pensativa.

— Vamos visitar a Universidade de Houston. Você deveria vir com a gente.

Imagino que convidar mais gente pode amenizar as coisas entre mim e Olivia. E não quero que ele sinta que está fazendo todo o trabalho por nosso grupo. Até agora, Carter e eu só atrapalhamos.

Auden parece surpreso com o convite.

— Ah. Tá bom. — Ele assente. — Talvez eu vá.

Quando saio da sala, a mãe de Auden nos encontra no corredor, parada no escuro como um fantasma. Por sorte, Carter está na minha frente. Ela pode levar ele primeiro.

Acabamos recebendo pacotinhos de biscoito, uma rodada de abraços e consequentemente outro olhar de pena de Auden antes de sairmos juntos para a entrada.

— Ela foi muito gentil — digo enquanto entramos no carro. — Auden não deveria ter vergonha dela.

— Acho que ele não recebe muita gente aqui — diz Carter.

Penso nisso, tentando colocar Auden em algum círculo social da escola. Não faço ideia de quem são os amigos dele, ou se ele tem amigos.

Quando chegamos no centro, pegamos o tráfego de horário de pico na I-35. Carter está em silêncio enquanto minha cabeça gira com emoções conflitantes: contentamento, raiva, ansiedade. Estamos parados no trânsito há cinco minutos quando ele interrompe o silêncio.

— Tenho uma pergunta.

Ele me pega de guarda baixa.

— Sim? — Ergo a sobrancelha.

— Qual é o último item na sua lista de coisas a fazer?

Olho para ele antes de balançar a cabeça.

— Não.

— Ainda não confia em mim.

— Não tenho motivos para confiar. É fato inegável que você foi a última pessoa a pegar o meu diário.

— E o que é que tem esse diário? — Carter se vira para mim. Sinto o olhar dele na minha bochecha, mas não me viro para olhar para ele. — É um diário cheio de listas? Que tipo de listas?

— Listas extremamente pessoais.

— Tipo o quê? — pressiona ele. — Quero te ajudar, mas preciso saber por que esse diário é tão importante. — Não respondo. E quando acho que ele desistiu: — Por favor, me conte.

Não é o que eu espero de Carter - perguntar tão gentilmente, ser tão curioso, para começo de conversa.

— Tenho uma lista das minhas memórias mais horríveis.

— Me conta uma.

— Não — digo. — Tenho uma lista de tudo o que jurei nunca dizer em voz alta. Tenho uma lista de todos os momentos que tive com Matt...

— Espera. Você mantém um registro de todos os seus momentos com Matt? — Ele se afasta. — Caramba, você está mesmo caidinha por ele. Isso é coisa de *stalker*.

Olho para ele de soslaio.

— Não sou *stalker*. Tá? Só sou organizada.

Ele ri.

— Falou como uma *stalker*!

Não acredito que estou falando disso com ele. Nunca pensei que compartilharia minhas listas com alguém, muito menos com Carter Bennett. Mas, para ser sincera, isso é bom, como se enfim eu tivesse alguém com quem posso ser totalmente verdadeira. Só é surpreendente esse alguém ser ele.

Carter fica em silêncio por um momento, virado para a janela. Então torna a se virar para mim.

— Que outros tipos de listas?

— Tenho uma lista dos dias em que chorei feio.

Ele me olha, fazendo uma careta.

— Você tem uma lista dos dias em que chorou? Isso é deprê demais.

— Chorei *feio*. Tem diferença.

— Você teria anotado a data de hoje?

Faço uma careta.

— Sim.

— Você teria começado uma lista sobre mim?

Se Carter estivesse com meu diário, saberia que já tenho uma lista sobre ele.

— Provavelmente — respondo.

— Sobre o quanto você me odeia?

— Sobre o quanto não confio em você.

Ele olha para a lateral do meu rosto por um tempo, então se volta para a janela, sem fazer mais perguntas.

SE CARTER ESTIVER COM O MEU DIÁRIO, ELE SABE...
1. Que o acho atraente.
2. Que um tempo atrás eu queria beijá-lo.
3. Que acho que ele é mais para transar do que para casar ou assassinar.

4. Que também acho que ele é um filho da mãe pretensioso.
5. Como escrevo sobre fantasias sexuais com Matt com muitos detalhes.
6. Com que frequência choro feio (tipo uma vez por semana).
7. Como eu estava envolvida na campanha contra Olivia Thomas alguns meses atrás — e, com envolvida, quero dizer que esperei no meu carro enquanto as fotos dela eram vandalizadas.

Carter vive na zona leste de Austin. Pedintes estão nos faróis com placas de papelão e rostos sujos, me desafiando a fazer contato visual, e quando faço, eles entendem como um convite para vir até a minha janela, implorando por moedas.

Carter me diz para seguir em frente, que o condomínio dele é à direita, dois faróis à frente. Então o celular dele toca. Acidentalmente, eu olho para o aparelho, ali no colo dele. O rosto bonito de Olivia Thomas preenche a tela.

— Oi — atende ele. Então a voz fica mais suave e mais doce, um lado dele que eu não sabia que existia. — Oi, meu amor.

Minhas mãos apertam o volante enquanto me encho com algo azedo e amargo. Eu não fazia ideia que eles estavam namorando. Pensei que Carter não namorava garotas da Hayworth. Tento parecer não estar ouvindo a conversa, mas estamos presos no farol vermelho, então não há muito no que focar.

— Estou quase em casa. — Ele aponta para um complexo com um portão com código. — Três mil e aperta — diz para mim. E então, para o celular: — Estou chegando agora. Te vejo daqui a pouco.

Carter desliga.

Não sei por que estou decepcionada. Há uma boa chance de ele ser o chantageador. Se não for, ele é o motivo de o diário estar perdido, em primeiro lugar. Isso sem falar que até agora ele não tem sido muito gentil comigo. Não gosto dele. Tá, ele é bonito pra caramba, mas é só isso. Já decidi que a mente dele é feia, e as palavras também.

Digito o código e passo pelo portão. Carter aponta para o prédio de Olivia. Quando paro, a vejo aos pés da escadaria, esperando por ele, mas Carter não sai do carro. Me viro e ele está me observando. Ele pergunta:

— Quando você vai me contar qual é a última coisa da lista?

— Nunca.

Carter ergue o queixo.

— Quando vai confiar em mim?

— Quando recuperar meu diário, e nem um segundo mais cedo.

Ele assente, me olhando como se estivesse tentando me registrar.

— Acho que é justo.

Então Carter sai e corre para a namorada, que está esperando por ele. Olivia se levanta quando ele se aproxima. Eles são bonitos juntos, a estatura pequena dela faz Carter parecer muito mais forte. Meu corpo só serviria para afogar o dele.

Carter inclina a cabeça na direção do meu carro. Olivia olha direto para mim, acena e dá um meio-sorriso. Meu coração acelera. Me pergunto o que ela pensa de mim, ou se suspeita que tive algo a ver com o vandalismo. Acho que vou descobrir amanhã na viagem para Houston.

Aceno de volta, então me apresso e dou ré no carro.

## – 9 –

## O QUE SEI SOBRE A MINHA MÃE

O QUE SEI SOBRE A MINHA MÃE
1. Ela cresceu no centro de Chicago.
2. Ela não fala sobre a infância.
3. O irmão mais velho dela foi seu melhor amigo e protetor.
4. Ela teve um professor que a ajudou a sair do gueto e a entrar em Columbia.
5. Quando conheceu meu pai, ela o achou pretensioso.
6. Ela se incomoda quando meu pai e eu não comemos toda a comida do prato.
7. A mãe dela morreu de doença do coração.
8. Não fomos ao funeral.
9. Ela não sabe onde o pai dela está.
10. O irmão dela morreu atropelado antes de eu nascer.
11. O resto da família dela não reconhece a existência dela.
12. Meu pai e eu somos a única família que ela tem.

Quando chego na cozinha, ela está sentada no balcão, encarando o iPad com uma taça cheia de vinho tinto.

— Ei. Onde você estava?

— Ah, desculpe, mãe. Eu estava na casa do Auden. Eu...

— Você não me informou onde estava — diz ela. — Sei que você vai se mudar para Nova York daqui uns meses, mas enquanto ainda está aqui, preciso que respeite nossas regras. Agora venha comer. Sua comida está esfriando.

Ao ouvir falar de comida, meu estômago ruge. Faz vinte e quatro horas desde que comi. Quero comer *tudo*.

Me sento ao lado dela no balcão, enfiando o garfo na minha batata assada recheada da Jason's Deli, e ela diz:

— Falando em Columbia, recebi uma ligação interessante hoje.

Fico paralisada, meu coração ficando gelado, minha boca cheia de batata. Já está acontecendo? Por que o chantageador ia se precipitar?

— Você foi mal no teste de história.

Solto o ar, espalhando pedacinhos de batata no balcão. Não devia me sentir aliviada, mas estou.

— Mãe...

— Você sabe que a Columbia pode rescindir sua admissão se sua média cair entre sua aceitação e o fim do ano?

— Sim.

— Sabe mesmo? Porque você foi mal em um teste muito importante.

Minha mãe me olha, perplexa.

— Vou melhorar. Só tive um dia doido.

— Um dia doido? — diz ela, virando-se para mim com raiva nos olhos. — Eu quase quero pegar seu carro de volta depois da ligação com o sr. Green.

*Por favor, pegue.*

— Ele vai te deixar refazer o teste amanhã de manhã, mas é melhor você entender que não terá muitas chances assim, principalmente com a pele como a nossa. Você tem que se esforçar duas vezes mais que as outras pessoas.

— Eu sei.

— Você sabe o quão duro eu *ainda* tenho que trabalhar para que as pessoas me levem a sério como advogada?

Assinto.

— Descubra o que você quer fazer da vida, Quinn. Escolha uma graduação. Encontre um apartamento. Essa bagunça de não se decidir é só... — ela acena com a mão — um luxo que apenas garotos brancos ricos podem se permitir ter. Você não é assim. Você tem que ser melhor do que isso se quiser competir.

Não sou assim. E não sou melhor do que isso. De jeito nenhum posso competir. Como posso dizer isso para ela? Como posso dizer para ela que esse teste não é o primeiro em que tiro uma nota ruim desde que estou na Hayworth? E pior, que não entrei em Columbia?

Quando termino de comer, ela diz:

— Vá estudar antes que seu pai volte para casa.

— Ele vem? — pergunto, pegando minha mochila e indo para a porta do quintal. Eu não o vejo desde o incidente com Carter. Não acho que *quero* vê-lo.

— Ele estará aqui daqui a pouco. Você precisa ir estudar no seu quarto.

O que significa que ela prefere que eu não esteja aqui quando meu pai chegar porque com certeza eles vão brigar hoje à noite.

— Eu estudo melhor aqui.

— Quinn.

Me apresso lá para fora, colocando a cabeça de volta para dentro.

— Só até ele chegar aqui.

Me sento no balanço de Hattie, estudando para o teste substitutivo, e envio uma mensagem para Carter sobre nossa visita à Universidade de Houston amanhã.

A noite chega. A vizinhança é calma — nada como a casa de Hattie. Lá, a noite soaria como um coro de corujas, grilos e o ocasional uivo do coiote, junto à voz de Hattie cantando para eu dormir. *Não tenha medo, estou bem aqui.* A voz de Hattie cantando no jardim. A voz de Hattie cantando no banco do passageiro do Gator, sendo levada pelo vento. A voz de Hattie ecoando na minha mente.

Meu pai costumava me levar para a casa de Hattie quando ele e minha mãe brigavam, mas quando eu chegava lá, só podia me preocupar com o que estava acontecendo em casa. E se, quando eu voltasse, eles ainda estariam lá. Nunca disse em voz alta, mas Hattie sabia. Ela via nos meus olhos.

Eu a seguia pela cozinha, sentava na mesa enquanto ela cozinhava uma panela de arroz branco e contava para ela sobre meu dia, até a parte da briga dos meus pais. Quando chegava nessa parte, meus olhos passeavam de um lado para o outro, de modo a não encarar o tampo da mesa dela.

Hattie preenchia o silêncio com a voz: *Não tenha medo, estou bem aqui.* Isso era tudo com que eu podia contar, Hattie estar sempre ali. E agora ela não está. Agora a casa dela está vazia. Agora a mente dela está cheia de memórias que não me incluem. Agora tudo o que tenho dela é este balanço na varanda.

A porta do quintal se abre. Saio das memórias.

— Quinn?

Meu pai passa pelas espreguiçadeiras e sorri para mim. A pele negra dele parece cansada, principalmente debaixo dos olhos, e a barba parece mais grisalha. Ele se inclina e tenta beijar minha testa, mas me afasto, evitando contato visual.

Ele para, atordoado.

— Tem algo de errado? — Ele diz isso de um jeito acusatório, como se algo estar errado fosse culpa minha.

Balanço a cabeça.

— Está tudo bem.

*Você fez um rapaz negro se sentir em perigo dentro da nossa casa.*

*Minha pele é tão retinta quanto a dele, então não posso ter certeza do que você pensa de mim. Sou uma criminosa também?*

*Você sequer falou disso comigo, e preciso muito que fale, porque sinto que não sei quem você é.*

*E sinto que não posso confiar em você.*

*E sinto que vou explodir se continuarmos evitando o assunto.*

Ele diz:

— É melhor você ir estudar lá em cima.

Fecho meu caderno, pego o celular e a mochila, tudo sem olhar para ele.

— Na verdade, vou até a casa do Matt.

— Está meio tarde para ir.

Passo por ele com a mochila pendurada no ombro.

— Fui convidada.

---

— Como seus pais não sabem? Como você manteve um segredo grande assim?

Matt balança a cabeça, encarando a tela do Nintendo Switch.

— Sou muito boa nisso.

Ele está sentado no pufe do outro lado do quarto, com o cabelo molhado, calças de pijama e sem camisa. Estou deitada de costas na cama, encarando a pipoca no teto para não encarar os pelos ralos no peito nu dele.

— Eles não pediram para ver sua carta de admissão?
— Sim. Eles a emolduraram e tudo.
— O quê? — Matt ergue a cabeça, chocado. — Você mesma fez?
— No Word.

Ele faz uma careta.

— Uau. Então quando você vai contar a verdade para eles?
— Não planejei contar para eles. Nunca.

Matt deixa o Switch de lado e se arrasta para a beirada do pufe.

— Como? — Ele não tem mais o que dizer.
— Eu só... Vou dizer a eles que não quero ir para Nova York, e então mudar de rumo.

Ele junta as mãos e pressiona os dedos indicadores contra os lábios.

— Essa é a coisa mais doida que já ouvi. Conheço seus pais...
— Só não descobri o que fazer ainda. Mas a última coisa que preciso é alguém contando para eles antes que eu encontre um jeito de contar sozinha.

Matt suspira, pegando o Switch de volta. E bem quando ele diz:

— Bem, posso garantir que meus pais não descubram.

A mãe dele entra no quarto com os braços cheios de toalhas dobradas.

— Garantir que seus pais não descubram o quê? — pergunta ela, passando o olhar por nós dois, de sobrancelha erguida.

Me apoio nos meus cotovelos, com os olhos e boca bem abertos. Matt olha para a tela do Switch com a mesma expressão. Ambos estamos tentando pensar em uma mentira, e não sei quanto ao Matt, mas não consigo pensar em nada, exceto a verdade.

— Melhor alguém me dizer alguma coisa — diz ela, deixando as toalhas na cama dele e colocando as mãos nos quadris.

Matt olha para mim.

— É segredo, mãe.

Ela pressiona os lábios. Então joga as mãos para cima e se vira.

— Tanto faz. Vou descobrir de qualquer forma.

E sai andando de maneira confiante.

Matt e eu nos entreolhamos, nossos rostos cheios de silêncio horrorizado. Isso foi por pouco, por pouco demais. Ele move os lábios: *Não é seguro.*

Eu movo os meus: *Obviamente.*

Então ele balança a cabeça e se levanta, o Switch na mão. Saio da cama e o sigo pela porta, mas encontramos a mãe dele com a orelha contra a parede. Ela parece ter sido tão pega quanto nós.

— Mãe, o que você está fazendo? — pergunta Matt, chocado.

— Eu estava indo levar para você...

As mãos dela estão vazias.

— Levar o quê?

Ela olha ao redor do corredor escuro.

— Levar boas notícias: vamos ter bife no jantar amanhã. Você é bem-vinda para se juntar a nós, Quinn.

Matt balança a cabeça e passa pela mãe.

— Ela é vegetariana.

Eu sigo, balançando a cabeça para ela também, de brincadeira.

— Então nada de bife? — pergunta ela atrás de nós.

Descemos a escada, passando pelas cabeças de cervos nas paredes e pelos couros no chão, pela cozinha até a porta dos fundos. Matt não se dá ao trabalho de vestir uma camisa, e nenhum de nós calça os sapatos. Atravessamos o quintal até a cama elástica. Ele pula sem parar, como o atleta que é. Paro e subo devagar e com cuidado. Então a gente fica em posição de brincar de gangorra com os tornozelos, mas acho que nunca brincamos enquanto ele estava sem camisa.

— Tudo bem — diz Matt, encostando a pele contra meus dedos, descansando os braços nas minhas canelas, ainda jogando no Switch como se nunca tivesse sido interrompido.

O peito dele está quente, os pelos arranhando as solas dos meus pés. Jogo as mãos para trás e olho para o céu noturno vazio.

— Sinto que não conheço mais meu pai.

Esse pensamento meio que vem do nada para mim e para Matt. Eu não tinha planejado dizer nada, mas agora que disse, posso sentir uma corrente percorrendo meu esôfago.

— Por que não? — pergunta Matt, erguendo a cabeça rápido e então voltando para o jogo.

— Sempre achei que ele fosse consciente... sabe?

— Não, não sei o que você quer dizer.

— Tipo, consciente de questões raciais e coisas assim.

Matt franze a testa e a deixa franzida. A menção à raça o deixa desconfortável.

— Sinto que talvez ele não ame o tom de pele tanto quanto achei, e talvez...

— Espera, por que você acha isso? — Ele ergue a cabeça. — Isso é loucura. Conheço seu pai há um tempão. Sei que ele se orgulha de ser o primeiro cirurgião-chefe negro do hospital dele. É tipo a segunda coisa que ele diz às pessoas, depois do próprio nome. Depois disso, o fato de que estudou na Columbia. — Matt ri e volta ao jogo. — Acho que você só sente falta dele. Sei que ele não para muito em casa.

Torço os lábios, olhando para o céu noturno.

— É. Talvez.

Ele não entende. Nada disso importa. Meu pai pode ter orgulho de ser o primeiro cirurgião-chefe negro, mas isso não significa que ele tem orgulho de ser negro.

Quando chego em casa, meus pais ainda estão brigando, mas não é como se eu pudesse correr de volta à casa do Matt, então me sento no balanço da varanda e espero.

Ela grita:

— Você sabia que sua filha visita seu armário quando sente sua falta?

Eu não sabia que *ela* sabia disso.

— É isso o que acontece quando estou aqui. Isso não é o melhor para ela.

— Seu relacionamento com a sua filha não deveria ser de longa distância quando vocês vivem na mesma casa.

— E o nosso relacionamento, Wendy? Por que você não se importa com a gente?

— Eu sou a única que se importa com a gente. Você está ocupado demais para se importar.

— É difícil lembrar por que continuamos fazendo isso.

— É por causa da Quinn que continuamos fazendo isso.

Então, quando eu for embora para a faculdade, eles não terão motivo para continuar brigando.

SETE COISAS QUE ESTÃO SEMPRE MUDANDO DE LUGAR NO ARMÁRIO DO MEU PAI

1. O relógio de pulso prateado que meu avô deu para ele – aquele com o nome dele, Desmond Jackson, gravado na parte de dentro.
2. A tampa de sua colônia favorita – aquela que minha mãe deu para ele no aniversário de casamento deles três anos atrás.
3. A gravata preta dele.
4. Os tênis de trabalho.
5. Seu suprimento infinito de uniforme.
6. Eu.
7. Minha mãe.

– 10 –

# DEZ REGRAS QUE OLIVIA THOMAS QUEBRA TODOS OS DIAS

No momento em que acordo, espio pela janela. O carro do meu pai ainda está estacionado ao lado do carro da minha mãe. Meu estômago revira e aperta.

Me visto, e ao descer as escadas, ouço panelas batendo. Quando chego à cozinha, encontro meu pai lendo uma caixa de mistura para panquecas. Minha mãe está de robe, agarrada às costas dele. Ver isso me provoca emoções conflitantes.

— Bom dia.

Os dois se viram enquanto pego uma maçã da fruteira e meu almoço na bancada.

— Largue isso, Quinn. Estou fazendo o café da manhã — diz meu pai. Minha mãe pula nas pontas dos pés e beija a bochecha dele. Meu pai sorri, virando-se para os lábios dela.

— Não quero me atrasar. — Para o teste substitutivo.

Meu pai suspira, segurando minha mãe ao seu lado.

— Esses shorts não são curtos demais?

— Pai. — Reviro os olhos. Ele não tem direito de acordar uma manhã, decidir, pela primeira vez em meses, me ver antes de eu ir para a escola e então me dizer como me vestir.

— Só estou comentando. Não tem padrão para a vestimenta da escola.

— Por um motivo — digo, indo para a sala. — Eles perceberam que o que estou vestindo não afeta meu aprendizado.

— Quinn, depois da aula venha direto para casa — diz minha mãe. — Vamos sair para jantar.

Olho para eles e os corações em seus olhos.

— Todos nós?

Meu pai assente, antes de se voltar para sua esposa babona.

E o ciclo recomeça. Meus pais voltarão para casa logo depois do trabalho. Farão o que fazem juntos. Mas hoje à noite, ou talvez amanhã, dependendo da força desse feitiço do amor, as antigas brigas ressurgirão.

Meu pai vai sair e não vai voltar. Eles vão se ignorar até que a tensão cresça. A briga vai terminar em uma grande explosão, como ontem à noite. E em algum lugar entre a raiva, eles se apaixonarão de novo. É como se eles não pudessem se amar sem a raiva como precursora. É confuso e assustador, porque o relacionamento deles parece uma bomba-relógio, e não quero ser quem vai dispará-la.

Na entrada da garagem, vejo Matt se aproximando da caminhonete. Nos vemos ao mesmo tempo. Ele acena, e eu aceno de volta, abrindo a porta da minha Mercedes. Quando estou dando partida, ouço o barulho do motor da caminhonete. E então recebo uma mensagem: **Tudo correu bem ontem à noite?**

**Sim, foi bem. Obrigada pela conversa.**

**Quando precisar, Quinnzinha. Você sabe que estou aqui por você sempre** 😉

Ele sai da garagem de ré e acelera pela rua. É o emoji de piscadinha que me conquista. Olho para a caminhonete se afastando, sentada na mesma poça de amorzinho em que meus pais devem ter pisado.

Carros estão espalhados pelo estacionamento dos alunos. Quando encosto, Matt está saindo da caminhonete. Antes que eu possa desligar o carro, a porta do passageiro é aberta. Carter entra.

— De que buraco você saiu? — reclamo.

— Do ponto de ônibus. — Ele aponta para a parada a alguns metros atrás de nós. — Está pronta para matar aula, Jackson?

Observo Matt do outro lado do estacionamento, olhando para o meu carro por sobre o ombro.

— Preciso falar com o sr. Green antes de irmos.

Carter segue meu olhar.

— Caramba. Estou fazendo ciúme no cara branco.

Me viro para Carter e dou de ombros com um sorriso malicioso.

— Não é por isso que estou aqui, Jackson.

— Dois coelhos numa cajadada só — digo, abrindo a porta.

— Ei — diz ele. Com um pé fora da porta, olho para Carter, olho de verdade. A expressão dele parece pensativa. — Estava pensando sobre o que você falou ontem.

Instantaneamente, me preparo.

Ele pisca para o console do carro.

— Você disse que o diário é como se fosse sua base, que te diz quem você é. — O olhar de Carter encontra o meu, e assinto. — Seria tão ruim assim construir uma nova base? Se redefinir?

Trago meu pé de volta para dentro.

— Você está dizendo que preciso me redefinir porque sou uma pessoa de merda?

Ele parece confuso, então ri.

— Não. — Um sorriso atordoado ainda está nos lábios dele quando Carter coça o maxilar. — Só estou dizendo que é um pouco difícil mudar quando se tem um diário dizendo quem você deve ser. — Ele abaixa o olhar, a mão direita massageando o lado interno do pulso esquerdo. Mas quando ergue o olhar de novo, Carter está nervoso com a minha reação. Ele dá de ombros. — Eu só estava pensando sobre isso ontem à noite.

Minha pele queima. Sinto como se eu estivesse brilhando, como se todas as partes de mim que tento tanto esconder estivessem visíveis para ele. Pigarreio e saio do carro, deixando o motor ligado.

— Já volto.

Vou até a sala do sr. Green, com a cabeça nas nuvens. Carter estava pensando em mim e no diário ontem à noite? Me pergunto quão tarde da noite. E estou chocada que os pensamentos dele não eram feios. *É um pouco difícil mudar quando se tem um diário dizendo quem você deve ser.* Bem, esse é meio que o objetivo. Mas, pela primeira vez, estou considerando como pode ser tóxico escrever com tanta certeza sobre quem sou e quem devo ser.

Ainda estou perdida em pensamentos quando entro na sala do sr. Green.

— Quinn, oi. Você está pronta?

Assinto, me sentando na frente.

— Obrigada pela segunda chance.

— Sem problemas. — Ele me entrega o teste virado para baixo. — Percebi como você parecia chateada ontem. Imaginei que estivesse distraída por alguma coisa.

Assinto, evitando contato visual. Sei que o sr. Green quer que eu fale sobre o assunto com ele, mas não posso. Ele é próximo demais dos meus pais. Se descobrir que não entrei em Columbia, estou ferrada.

Passo pelas novas perguntas e termino com um minuto de antecedência.

— Obrigada — digo com sinceridade.

O sr. Green pega o teste, voltando para a papelada na mesa.

— Se você quiser conversar, estou aqui.

— Obrigada — repito, saindo rápido da sala. *Mas não, obrigada.*

Saio do prédio me sentindo como uma rebelde, como se algo fosse correr atrás de mim a qualquer minuto.

Quando chego no estacionamento, o sol está queimando. Vejo Carter e Olivia do lado de fora do meu carro, Carter com sua bermuda de atletismo e camiseta cinza, Olivia com seu top de decote muito *profundo* e calças jeans azuis largas. Ela parece uma modelo. Olivia sempre parece uma modelo.

Olhando para ela, estou com medo de como essa viagem será. Sinto que, toda vez que fazemos contato visual, há uma acusação de culpa nos olhos dela, como se soubesse que eu estive envolvida no vandalismo.

Nunca pensei que ia encontrá-la assim. Pensei que ia me graduar, nunca vê-la, nunca pensar nela, nunca sentir essa culpa de novo. E ela também esqueceria. É para isso que serve a faculdade – para esquecer os horrores do ensino médio.

Mas aqui estamos, prestes a ficar presas juntas em um carro por duas horas até Houston, e mais duas horas na volta.

Ela joga as mãos para o alto, e Carter dá de ombros em resposta. Eles parecem estar discutindo. Estou com um medo irracional de que seja sobre mim.

Acontece que Olivia pode ser pequena, mas sei com certeza que ela ganharia uma luta contra mim.

### DEZ REGRAS QUE OLIVIA THOMAS QUEBRA TODOS OS DIAS

1. Ela é mestiça, mas de acordo com meus velhos amigos, ela age como se fosse "mais negra" que eu.
2. Ela tem lindos cachos, mas sempre os mantém escondidos em longas microtranças.
3. Ela usa um piercing prateado no septo durante as aulas, brincos por toda a orelha e um piercing no umbigo, bem exposto por seu estoque infinito de tops.
4. Ela tem tatuagens nos braços desde os dezesseis anos.
5. Ela chama os professores pelo primeiro nome. Só o sr. Green (Edward) parou de corrigi-la.
6. Ela entrou em diversas brigas em nossos quatro anos na Hayworth, todas com garotos brancos que ela alega serem babacas metidos e racistas.
7. Ela ganhou de todos eles. De alguma forma, ela conseguiu manter a bolsa de estudos.
8. Ela é muito direta sobre ter bolsa de estudos. Todo mundo sabe que ela é pobre, e ela não dá a mínima.
9. Ela é aberta a falar sobre a vida sexual. Sei mais sobre a vida sexual de Olivia do que acho que deveria, principalmente porque não troquei mais do que duas palavras com ela.
10. Todos os amigos dela são garotos... mas, sinceramente, isso pode ser resultado da campanha para sujar a reputação dela.

Quando me aproximo, estou agarrando as tiras da minha mochila. Carter olha para mim e diz:

— Ele é sem graça. Não é, Quinn?

Olivia olha para mim. Fico parada porque o olhar dela é muito intenso.

— O quê? Quem? — pergunto, parando a três metros de distância deles, mantendo meus olhos nos de Carter. O olhar dele é seguro.

— Vontae.

— Ah.

Então não é sobre mim. É sobre música. Música muito ruim.

Faço uma careta e Carter ri, encurtando a distância entre nós. Ele joga o braço ao redor dos meus ombros e diz:

— Viu? Esta aqui é a minha garota.

De olhos arregalados, vejo a expressão de Olivia. O olhar dela está no braço dele ao redor do meu ombro.

— Vocês não conhecem música boa. — Ela revira os olhos, *sem* comentar o fato de que o namorado dela está me abraçando. — Tá. Vou fazer o Marqueese me levar.

— Foi isso que eu te falei pra fazer mesmo — diz Carter, me soltando e me devolvendo o ar.

Ela choraminga.

— Mas ele vai pensar que é um encontro, e eu não quero usar ele assim.

— Então vá sozinha, Livvy.

Estou confusa. Por que ele não iria com a namorada para um show? Que tipo de namorado ele é?

— Você sabe que me estresso com o estacionamento. — Olivia bate o pé como se tivesse três anos. — Tá, vou pedir para o Marqueese. — Ela se vira e diz: — Te odeio.

Olivia entra no banco de trás do meu carro, o motor ainda ligado, como se tivesse feito isso mil vezes. Como se Olivia Thomas estar perto do meu carro fosse normal.

Carter não responde. Ele está totalmente despreocupado.

— Você está encorajando sua namorada a sair com outro cara?

Ele me olha como se eu tivesse cuspido nele.

— Namorada? Você acha que Livvy é minha... — Carter se inclina, rindo. — De jeito *nenhum*.

Então se vira para bater na janela de Olivia.

Ela abaixa o vidro.

— Que foi? — Ainda parece estar brava com ele.

— Quinn pensou que a gente estava namorando.

Olivia enfia a cabeça fora da janela, e olha diretamente para mim, cheia de nojo.

— Isso é incesto!

— Praticamente — diz Carter.

— Te ouvi no celular ontem — falo, confusa.

Ele pisca.

— Ela estava cuidando da minha irmãzinha quando a gente estava na casa do Auden. Eu estava falando com a minha irmãzinha.

Eu pestanejo, minhas bochechas queimando.

— Ah.

— Aiii. — Ele se aproxima de mim e passa a mão no queixo ao longo da barba por fazer. — Você ficou com ciúmes?

— Garotaaa, você pode ficar com ele — grita Olivia antes de tornar a subir a janela.

— Eu não estava com ciúmes. Não quero você.

Então ele sorri.

— Tem certeza?

— Sou a fim do Matt... lembra?

O sorriso desaparece.

— Certo. Quase me esqueci de que você gosta de caras brancos.

Me encolho. Carter fala como se eu gostasse só de caras brancos. O que não é o caso, e odeio que ele pense isso de mim, mas antes que eu possa discutir, Carter se aproxima do lado do passageiro.

— Estamos só esperando o Auden, e então podemos ir.

Ele se fecha dentro do meu carro.

Fico sozinha, agarrando minha mochila, me recompondo antes que a gente vá nessa viagem de duas horas. Duas horas com Carter. Duas horas com Olivia. Duas horas de emoções intensas. Preparo minha mente, meu estômago e meu coração para o trajeto.

Ironicamente, Auden, o único branco entre nós, está atrasado. Quando ele chega, se desculpando sem parar, pula no banco de trás ao lado de Olivia. O carro tem o cheiro de uma mistura de perfume da Victoria's Secret, o sabonete de Carter, o patchouli da casa de Auden, e Olivia, que suponho ter um toque de lavanda. Ajusto o ar-condicionado, desejando que alguém interrompa o silêncio.

Suponho que Carter também, porque ele começa a mexer no meu Apple Music.

— De jeito nenhum.

Bato na mão dele. Não vou passar mais de duas horas ouvindo um rap enrolado.

Ele franze a testa.

— Você pode se surpreender com o quanto temos em comum.

— O que temos em comum? — pergunto. — Você não sabe que tipo de música eu gosto.

— Eu sabia que você não gosta de Vontae.

— É, e isso é bem suspeito. *Como* você sabia disso?

Semicerro os olhos.

Carter sorri, inclinando a cabeça.

— Só confia em mim. — Ele volta a mexer na tela. E é difícil lutar contra a curiosidade, então deixo.

É assim que passo duas horas ouvindo R&B dos anos 1990, meu favorito. Carter e Olivia cantam alto enquanto eu canto baixinho. Auden olha pela janela, em silêncio.

Uma hora fora de Austin, o sol da manhã está brilhante. Passamos por casas de campo após pastos vazios após postos de gasolina detonados.

— Ai, meu Deus! — Olivia arfa no banco de trás. Olho para ela pelo retrovisor. Ela está colada na janela dos fundos. — Você precisa voltar — diz ela, com olhos que imploram.

— Por quê? O que aconteceu?

— Aquele posto de gasolina é tão bonito. Preciso de fotos.

— Estamos com pouco tempo.

Carter diz:

— Confia em mim, volte. Ela não vai deixar pra lá.

Auden diz:

— Como você pode negar à nossa fotógrafa principal a chance de uma boa sessão de fotos?

Paraliso.

Sei que ele não quis dizer nada, mas parece que está cutucando a minha culpa. Como se tivesse enfatizado algumas palavras que não precisam de ênfase. Como *você*, de todas as pessoas, pode negar à nossa *fotógrafa principal* - sabendo como ajudou a destruir a reputação dela como tal - a chance de *uma boa sessão de fotos*, considerando que você ajudou a destruir todas as fotos dela?

Olivia é uma fotógrafa premiada. Nosso departamento do anuário tem orgulho de tê-la. Nossa *escola* tem orgulho de tê-la. Ela ganhou uma parede inteira no corredor C para exibir seu trabalho. É como a própria galeria de arte dela. Ela postou fotos dos estudantes e fotos que tirou por Austin, fotos de tirar o fôlego.

Então, no recesso de Natal, enquanto a maioria dos estudantes estava aproveitando o tempo livre, alguns alunos invadiram o prédio. Todas as fotos dela foram destruídas com marcador vermelho:

*Urgente: fotógrafa principal faz um boquete incrível.*
*Olivia Thomas está aberta para negócios.*
*Tirando fotos de cabeças e chupando elas também!*

Olho no retrovisor. Olivia está com as mãos juntas sob o queixo.

— Vai ser rápido, prometo.

A culpa me esmaga. Faço a volta tão rápido que Carter tem que segurar na lateral da porta.

Enquanto pega a câmera, Olivia se volta para Auden.

— Lembra que eu te falei que ia vender minhas fotos na internet?

Ele assente.

— Se eu te desse uma parte, você editaria elas?

— Sério? — O rosto dele se ilumina.

— Sim! Você é o melhor editor no anuário, Audee.

*Audee? E, espera, eles estão no anuário juntos?*

Ele sorri de orelha a orelha.

— É claro, eu topo, e você não precisa me pagar.

— Com certeza vou te pagar.

Quando paramos no posto de gasolina decrépito, Olivia me instrui a parar o carro no limite da rua, para que não saia na foto.

Inspeciono as paredes cobertas de grafite, o telhado de zinco do toldo sobre o que eram bombas de gasolina, caindo no chão, camada a camada. As janelas do pequeno prédio estão todas fechadas com tábuas, a porta também. Tem até uma placa de sinalização, caindo aos pedaços na estrada.

Olivia pula para fora, gritando, quase chorando. Auden sai do carro e se junta a ela, apontando para detalhes nas paredes. Ela tira fotos de perto de todos os ângulos e de tudo. Então me pede para colocar o carro do outro lado da rua porque, de alguma forma, ainda está atrapalhando. Sigo as ordens sem questionar.

Carter e eu ficamos no carro com a música baixa – Tyrese. Ele se recosta, esticando as longas pernas no espaço apertado, e se volta para mim. Parece confortável me encarando.

— Que foi? — pergunto, nervosa.

Os olhos dele estão na minha boca.

— Nada.

Minha respiração fica leve, desaparece, me abandona. Me viro para a minha janela, observando o pasto lá fora, tentando respirar o mais baixinho possível. "How You Gonna Act Like That", minha música favorita de Tyrese, começa a tocar. Encosto a cabeça no apoio, fechando os olhos, dublando as palavras.

Mas então Carter aumenta o som.

— É a minha música favorita — diz ele.

Quando olho, ele está sorrindo.

Arregalo os olhos.

— A minha também.

Carter joga a cabeça para trás e de repente começa a cantar o verso. Quando começo a cantar a parte do coro de fundo, ele se vira para mim, surpreso. Então cantamos todas as palavras juntos – ele, alto e muito mal, enquanto eu mal consigo cantar de tanto rir de seus grasnados.

Durante a ponte da música, ele estende as mãos como se estivesse se apresentando em um videoclipe. Então me puxa para sua performance, passando o dedo ao longo do meu queixo. *"I was a player and made the choice to give my heart to you"*. Mordo o lábio inferior, com medo do quanto posso estar levando isso a sério. Principalmente quando Carter pega minha mão e começa a balançar com a batida. A mão dele é mais quente que a minha e muito maior.

Sorrio, esperando que a música nunca termine e, ao mesmo tempo, precisando que termine imediatamente. Sabe aquela sensação de quando algo maravilhoso está acontecendo e se você tentar mantê-lo só por mais um segundo pode entrar em combustão espontânea e destruir tudo?

Desligo a música, tirando a mão da dele.

— Ei — reclama Carter. — O que aconteceu?

Semicerro os olhos.

— Como é que você sabia que gosto desse tipo de música?

— Um chute certeiro? — Ele sorri.

— Você quer dizer que leu meu diário e viu minha lista de músicas favoritas?

O sorriso dele desaparece.

— *Jesus*, Quinn. Eu quero dizer que me lembro da aula de inglês do segundo ano em que tivemos que fazer slides sobre um momento comovente das nossas vidas e você usou uma música do SWV.

— Você se lembra disso?

Toco meu coração. Eu mal me lembro disso. Fiz um slide sobre a época em que Hattie e eu criamos um coelhinho, e sobre como coiotes o mataram. Era uma época muito mais simples da minha vida quando *aquilo* era a coisa mais comovente que eu experimentara. Foi o slide mais patético da aula – o motivo de eu estar chocada por Carter se lembrar.

— Depois daquele monte de Taylor Swift, esperava que você tocasse algo dela também.

— Taylor não é tão ruim assim — digo.

Carter ri, e eu sorrio, olhando para as minhas mãos sobre o colo. Não acredito que ele lembra disso.

— Você tocou "Strange Fruit" da Billie Holiday — digo. Quando ergo o olhar, ele está tão surpreso quanto eu. — Foi uma declaração ousada em uma turma cheia de gente branca, mas não acho que conheciam a música.

— Não conheciam. Mas a sra. Dexter, sim. Ela parecia tão assombrada. — Eu rio e ele sorri. Então os lábios dele param, e Carter me olha como se me visse pela primeira vez. — Não sabia que você estava prestando atenção assim.

Dou de ombros, olhando para o encosto de braço entre nós.

— Eu também não sabia que você estava.

Então a porta de trás se abre, e nós dois damos um pulo, como se tivéssemos sido pegos fazendo algo de errado. Meio que parece que estávamos.

Olivia se joga no banco de trás.

— Consegui uma boa!

— Vocês deveriam ter visto — diz Auden. — A porta dos fundos estava aberta. Aposto que adolescentes vão lá o tempo todo...

— Para usar drogas e tal — diz Olivia.

Carter provoca:

— É por isso que vocês demoraram tanto?

Auden cora.

— Bem, o que *vocês* estavam fazendo? — retruca Olivia.

Carter me olha e eu devolvo o olhar, me perguntando a mesma coisa. *O que* nós estávamos fazendo? E por que eu me sinto tão dissonante?

Ele se vira para a janela sem responder. Então ligo o rádio e nos coloco na rodovia, tentando esquecer o fato de que nenhum de nós respondeu à pergunta.

## — 11 —
## DIAS EM QUE A MINHA NEGRITUDE FOI TESTADA

Houston parece mais uma cidade do que Austin. As rodovias se curvam como espaguete. As pessoas dirigem rápido, se juntando nas saídas à esquerda e à direita. Estou em pânico, mas Carter me dá direções. Chegamos no prédio da administração bem quando estão saindo para o tour. As pessoas encarregadas nos recebem e nos dão bolsas vermelhas e brancas.

SETE VEZES EM QUE CARTER ME OLHA FEIO DURANTE O TOUR
1. Quando ergo a mão para perguntar ao guia quantos estudantes foram atacados aqui.
2. Quando o guia pergunta quantos de nós já foram aceitos aqui e eu não ergo minha mão.
3. Quando começo a ficar para trás, reclamando que meu pé dói.
4. Quando critico as escolhas vegetarianas do refeitório.
5. Quando peço para ele me levar de cavalinho porque estou cansada de andar.
6. Quando faço cara feia para um cara que se gaba por ter sido aceito no programa de honras.
7. Quando piso no pé dele enquanto Olivia tenta tirar nossa foto no fim do tour.

Ele me dá uma bronca no caminho até o carro.

— Por que você estava agindo como se fosse boa demais para estudar aqui?

— *Desculpe.* Não gosto do campus.

— Não é isso — retruca ele.

Olivia e Auden andam alguns passos atrás.

— Você foi desdenhosa, igual ontem, como se em algum ponto você tivesse começado a acreditar que serve para a Columbia, quando não serve.

— Sei que não!

— Você não tem motivo para sentir que é boa demais para este campus, principalmente porque tem cinquenta por cento de chance de frequentar aqui.

Não respondo.

Talvez ele esteja certo. Talvez eu esteja amarga com a rejeição da Columbia. E talvez eu não tenha aceitado que a Universidade de Houston pode ser meu futuro. Mas não vim aqui pelo tour. Eu não tinha qualquer desejo de ver o campus. Vim aqui para acalmar meu chantageador. Mas estou percebendo agora por que a anotei em primeiro lugar na lista de coisas para fazer. Posso acabar frequentando aqui pelos próximos quatro anos. Essa é uma decisão grande demais para ser tomada com imprudência.

Quando chego no carro, ninguém diz nada. Dou partida e encaro a parede de cimento à frente.

— Para onde vou agora?

— Livvy vai te dar instruções.

Olivia me instrui sem qualquer diálogo extra. Só "Esquerda. Direita. Siga em frente. Continue. Encoste".

Paro ao lado de uma esquina cercada de prédios em ruínas, grama seca e calçadas acabadas.

Carter diz:

— Livvy e Auden, fiquem aqui.

Quando ele está abrindo a porta, Olivia estende o braço e entrega a ele um bolo de dinheiro.

— Compre feijão-vermelho e arroz.

Ao sair, Carter dá a volta e abre a minha porta. Não quero ir. Este parece o lugar em que seu carro é roubado. Olho para o restaurante detonado atrás de nós, que vende frango.

— Você sabe que eu sou vegetariana, não é?

— Vamos comprar comida para o grupo, mas você ainda pode ficar à vontade para comer sua comida de coelho.

Faço uma careta.

— Por que não posso ficar no carro?

— Por quê? Você tem medo de pessoas negras, como o seu pai?

Semicerro os olhos. Aí está.

— Não estou com medo — digo, saindo.

Por que eu estaria com medo?

Ele me conduz para o outro lado da rua, sem usar a faixa de pedestres. Lá dentro, pessoas negras enchem todas as mesas, seja comendo frango frito e batatas fritas ou esperando pelos pedidos ficarem prontos. Quando o sino acima da porta toca, cinquenta por cento dos olhos deles caem em nós. Minha pele arrepia. Não estou acostumada a ficar rodeada de pessoas com meu tom de pele. Me faz sentir que elas podem ver quão *diferente* eu sou. Mas elas não podem, certo? Eu poderia me misturar se tentasse. Poderia aceitar o país e o meu sotaque. Poderia falar com muito sotaque e dizer a palavra com P e eles não saberiam de nada.

Há um balcão de serviço à esquerda com senhoras negras usando redinha no cabelo e correndo para lá e para cá como galinhas com a cabeça cortada (que irônico). Quando chegamos ao fim da fila, fico perto de Carter, porque, para ser sincera, estou com medo. Parece que eles *conseguem* ver que sou diferente.

Mas, quer dizer, pareço com eles. Eu deveria me sentir mais segura aqui do que no meu bairro. Pessoas brancas costumavam linchar pessoas que se pareciam comigo, então por que eu me sentiria mais segura ao redor *delas*? Inspiro fundo e ergo a cabeça.

Quando chegamos à registradora, Carter tem que gritar para ser ouvido. Ele faz o pedido e paga com o dinheiro que Olivia deu a ele. Quando pega o recibo, eu o sigo para a cabine nos fundos. A mesa está tão suja que mantenho minhas mãos o mais perto possível do corpo. Levo um momento para perceber que Carter não se sentou. Olho para ele, todos os meus órgãos vibrando.

— Já volto. Banheiro.

Então ele me deixa. Totalmente sozinha.

Não faço contato visual com ninguém. Se eu pudesse, desapareceria. Mas a capa de invisibilidade não está funcionando, porque assim que Carter sai, um garoto negro bem magrelo para ao meu lado.

— Ei.

Não fale com estranhos. Não fale com estranhos. Não fale com estranhos. Mas faço contato visual. O estranho inclina a cabeça para o lado e pergunta:

— É o seu irmão?

Desvio o olhar e balanço a cabeça.

— Namorado?

Balanço a cabeça de novo. E imediatamente percebo meu erro.

Os olhos dele passam pelo meu rosto, descem por meu peito e sobem de novo.

— De onde você é?

Não sei o que responder. A verdade parece uma má ideia.

Ele sorri com o meu silêncio.

— Aiii, você é tímida. Gosto disso. — Ele estende a mão, roçando minha bochecha, e eu me afasto, enojada. Por sorte, Carter sai do banheiro bem na hora. — E aí? Por quanto tempo você vai ficar aqui?

Então ele estende a mão para o meu rosto de novo.

— Ei, cara — diz Carter, parando atrás do estranho. — Certeza de que ela não quer você tocando nela.

O magrelo se vira.

— Ah. Ela é a sua garota? — pergunta ele, apontando o dedão para mim.

Carter me olha.

— Sim, é a minha garota.

*Ah.* Fico boquiaberta, meu coração batendo forte. Sei que ele não está falando sério, mas ouvi-lo dizer isso dá um frio na minha barriga.

— Merda. Bem, eu não sabia, preto. — O magrelo me olha.

— Mas se ela é ou não minha garota não faz diferença. Você não tem o direito de pôr a mão nela.

Então Carter se aproxima, se assomando sobre o homem/menino.

Magrelo ri, olhando Carter de cima a baixo.

— Eu nem tava falando sério. Nem quero essa feia mesmo.

Então ele se afasta, me deixando insultada, enojada e um pouco confusa. Então agora eu sou *feia*?

Carter parece irritado. Parece querer dar meia-volta e fazer algo estúpido, então digo:

— Está tudo bem.

— Não está nada bem. — Ele se senta, o maxilar retesado. — Tipo, e se eu não tivesse dito que você é minha garota? Isso teria dado passe livre para ele te assediar?

Estou surpresa com a seriedade de Carter. Observo como ele junta as mãos sobre a mesa.

— Não estou bem com isso. — Ele balança a cabeça. — E se você tivesse vindo aqui sozinha? Aquele babaca provavelmente te seguiria até o carro. — Ele me olha e faz uma pausa. — Por que você está sorrindo?

Dou uma risadinha.

— Não sabia que você se importava comigo assim.

Carter abaixa o olhar.

— Não é a seu respeito. É a respeito das... mulheres no geral. — Então ergue o olhar, agora suave. — Mas sim, claro que me importo se você está segura.

Minha pele se arrepia quando desvio o contato visual, escondendo meu sorriso.

Quando pegamos a comida e saímos, a calma me inunda ao ver meu carro. Corro para o outro lado da rua e pulo no banco do motorista, sem considerar o que pode ter acontecido com Olivia e Auden enquanto estávamos fora. Sinto a eletricidade no ar quando a porta se fecha. Carter também sente.

Nós dois ousamos espiar o banco de trás. Os pés de Olivia estão sobre o colo de Auden. Ela parece confortável e entediada. Ele parece tenso, como se não soubesse onde colocar as mãos.

Carter me olha de sobrancelha erguida. Algo definitivamente está florescendo entre Auden e Olivia.

— Para onde agora, Livvy? — pergunta Carter.

— Ah! Vamos ao meu antigo parque. Passe por essa placa de pare e vire à esquerda.

Passamos por um bairro com cercas de arame e casas com lajes caindo, carros apodrecendo nos quintais, pessoas sentadas em degraus, segurando bebês que não vestem nada além de fraldas.

Meu coração está acelerado. *Ótima ideia, Quinn. Traga sua Mercedes novinha para uma das áreas do Texas mais infestadas pelo crime.* Alguém é atacado, senão assassinado, todos os dias nesta cidade.

Olivia passa por cima de Auden para indicar um prédio residencial detonado.

— Minha amiga Holly morava aqui. Me pergunto se ela ainda mora na região.

— Você morou por aqui? — pergunto.

— Não exatamente. Um pouco mais ao sul. Mas todos os meus amigos viviam aqui. — Ela aponta pela janela de novo. — Aquele é o posto Chevron que foi metralhado. Lembra que eu te contei, Carter?

— Aham — responde ele, olhando pela janela.

— Você estava aqui quando aconteceu? — pergunto de olhos arregalados.

Ela assente.

— Que doideira — comenta Auden. — O que aconteceu?

— Alguns idiotas do bairro tentaram roubar o lugar. Duas pessoas morreram.

— Mas onde você estava? — pergunto.

— Escondida nos fundos, perto do leite.

Nem sei o que dizer. Esta garota não teve uma vida fácil. Agora me sinto mais culpada por ter tornado a vida dela mais difícil quando ela se mudou para Austin.

Ela me conduz por um parque fuleiro cheio de corpos negros bebendo à luz do dia e comemorando? Quando passo pelo estacionamento, percebo que minha Mercedes toda preta é o carro menos interessante aqui, o mais interessante sendo um Impala pintado de vermelho para parecer melhor do que é, estacionado na diagonal em duas vagas com as portas bem abertas e um grupo de pessoas reunido ao redor da churrasqueira. Hip-hop toca bem alto nos alto-falantes. Enquanto passo pelo veículo, reparo nos aros pontiagudos das rodas. Olho pelo espelho retrovisor como eles estendem a largura total do carro em pelo menos sessenta centímetros.

— Como eles andam por aí com esses aros pontiagudos?

Carter olha para trás com um sorriso animado.

— Aros swanga.

— Aros sunga? — pergunto, encarando pelo retrovisor quem parece ser o dono do carro. É um homem retinto com um *grillz*, uma joia dental, na fileira dos dentes de baixo, tão dourado que cega. Ele está vestido como se estivesse no set de um videoclipe.

— Não — diz Carter, virando-se para mim. — Aros *swanga*.

Olivia ri.

— Uma vez vi um cara com swangas tentando passar por uma rua estreita com barreiras de cimento. Não acabou bem.

— Livvy, você já contou essa história mil vezes.

Ela se dobra, rindo.

— Mas é tão engraçada!

— Vamos lá. Vamos sair.

Carter abre a porta, mas ainda estou encarando o homem pelo retrovisor.

Estou com medo de chamar atenção para mim, ser percebida pelo que sou, ou, acho, pelo que não sou. Mas quando saímos, ninguém sequer nos olha. Carter e eu seguimos Olivia e Auden para uma mesa de piquenique vazia. Eles se sentam de um lado, comendo frango e batatas fritas, enquanto eu me sento diante deles. Carter se senta em cima da mesa, me encarando com os pés no banco, ao lado das minhas coxas. Ele come alguns pedaços vez ou outra, com o velho caderno vermelho de espiral no colo.

Olivia bate com as costas das mãos nas costas de Carter.

— O que você está escrevendo?

— Nada — resmunga ele, sem erguer a cabeça.

— O que é? Cartas de amor?

— Não. — Ele olha para mim antes de voltar ao caderno. Isso me deixa desconfortável.

Tiro os olhos do sanduíche de manteiga de castanha de caju e maçã e então encontro o olhar firme de Olivia. Ainda me deixa paralisada. Ela morde um pedaço de frango temperado, me encarando.

— Então, que merda é aquela com a Columbia?

Minha boca fica seca, minhas palmas suam. Auden espia ao redor de Carter para me olhar também.

— Hum, bem, eu não entrei.

— Mas você mentiu para todo mundo dizendo que entrou.

Ela soa como se me julgasse. Eu a corrijo.

— Menti para os meus pais. Meus pais contaram para todo mundo.

— Mas por que mentir? — pergunta Olivia, com curiosidade genuína. Carter tira os olhos do caderno, se perguntando a mesma coisa, acho. Há tantas respostas para essa pergunta, tantos motivos.

— Meus pais têm planejado que eu vá para a Columbia desde o dia em que eu nasci. Infelizmente, eles não planejaram a minha burrice.

Olivia revira os olhos.

— Você não é burra.

— Já viu minhas notas?

— Vi sua escrita. Você é muito talentosa.

Sou pega de guarda baixa.

— Quando você viu minha escrita?

Inglês é com certeza a minha pior matéria.

— Sabe ano passado quando o anuário teve aquele concurso de legendas? — Olivia olha para Auden. — Suas legendas estavam hilárias.

— Estavam mesmo — concorda Auden.

— Mas tenho certeza que Gia Teller ganhou o concurso.

— Sim, mas... — Olivia suspira.

— Tinha muita política no anuário. — Auden termina de falar por ela.

Ela revira os olhos.

— O pai da Gia comprou, tipo... — Ela se vira para Auden — quanto? Duas páginas de anúncio para a concessionária idiota da família?

— Sim, acho que sim. Além disso, ele doa muito para a escola.

— É por isso que não dava para passar uma página sem ver a cara irritante dela.

Com o tom de Olivia, ergo a sobrancelha.

— Nossa, odeio aquela vadia — diz ela.

Dou um sorrisinho, voltando a olhar para o meu sanduíche.

— Eu também.

Quando ergo a cabeça, Olivia está sorrindo.

— Você devia ter ganhado — diz ela. — Sempre achei que você devia ter estado no anuário. Você seria uma ótima escritora de legendas.

Uau, nunca pensei que minhas legendas fossem ótimas. E nunca pensei que ouviria isso de *Olivia Thomas*.

— Obrigada — digo.

O sorriso dela permanece, os olhos ainda me observando.

— Ei, então. Tenho uma pergunta.

Hesito para encontrar o olhar especulativo dela.

— Como aquela foto foi postada?

Meus lábios tremem. O vento sopra meu cabelo. Eu o coloco atrás da orelha e olho para Carter.

— Conta pra ela — diz ele. — Ela provavelmente vai ser de grande ajuda.

Eu não tinha planejado contar a ninguém sobre o meu diário. Nunca planejei que *Carter* soubesse sobre o meu diário. Mas Olivia? Tenho segredos sobre ela naquele diário.

— Ajuda com o quê? — Ela semicerra os olhos.

Olho para Auden ao lado dela. A cabeça dele está inclinada de curiosidade.

— Isso tem algo a ver com a discussão de vocês ontem? — pergunta ele.

Torno a olhar para Carter. Ele assente.

— Pode confiar em mim — diz Olivia, do nada.

Olho nos olhos dela. Não foi por isso que hesitei, mas é bom ouvir.

— Em mim também — diz Auden.

Fico de pé, me afastando um pouco da mesa, de costas para eles. Carter saber sobre meu diário não foi de todo ruim. Poder falar com alguém sobre minhas listas tem sido ótimo. E sei que eu não teria chegado tão longe sem que ele viesse comigo. Sem *eles*. Talvez eles também sejam de grande ajuda.

Quando me viro de novo, Olivia está sentada em cima da mesa ao lado de Carter, se inclinando sobre os joelhos, a atenção focada em mim. Auden está sentado em cima da mesa atrás deles. Olho para os três, esperando que eu abra a boca. Parece que é hora de contar a história, mas, infelizmente, a história que estou contando é sobre o pior dia da minha vida.

## – 12 –

## COMO FAZER NOVOS AMIGOS

O vento está forte hoje, então prendo o cabelo em um rabo de cavalo. À distância, um bebê chora. Alguém ri. Hip-hop toca no estacionamento.

— Cara — diz Olivia impacientemente.

— Tá, tá. — Olho para Olivia, mas sustentar o olhar dela é difícil, então encaro Carter. — Tenho um diário inteiro de listas como aquela que foi postada. E acontece que ontem esse diário sumiu.

Olivia ergue as sobrancelhas.

— Carter — digo. — Quer continuar contando?

Ele suspira.

— Peguei o diário dela por engano. E meio que perdi.

— Carter! — Olivia bate as costas da mão contra o peito dele.

Ele franze a testa, esfregando a camisa.

— Foi um acidente.

— Então alguém roubou seu diário e postou a lista? — pergunta Olivia, virando-se para mim.

— Sim, mas a história piora. Depois que Carter me contou que perdeu, recebi uma mensagem de um perfil anônimo que postou a lista. Ele está me forçando a completar minha lista de coisas a fazer ou vai tornar meu diário público.

Olivia se inclina para a frente.

— Estão te chantageando?

— Por que querem que você complete a lista? — Auden quer saber.

Carter inclina a cabeça.

— Mostra a lista para eles.

Seguro o celular com força. Minha lista de coisas a fazer tem sido um segredo por tanto tempo. Carter a leu contra a minha vontade, assim como o chantageador, mas me expor por querer é outra história.

— Ei — diz Carter, me arrancando dos meus pensamentos. — Tudo bem. Eles são legais.

Mas eu ainda não sei se *ele* é legal. De qualquer forma, eles já sabem sobre a Columbia. A lista não tem nada pior do que isso.

Abro minhas mensagens diretas com o chantageador.

— Esta é a minha Lista de coisas para fazer antes de me formar. É o motivo de estarmos aqui hoje.

Entrego o celular para Olivia.

Auden lê por sobre o ombro dela.

— Espera. Qual é a última coisa da lista? — pergunta Olivia, erguendo a sobrancelha.

— Ela não quer me contar — diz Carter.

A última coisa é a *única* que ainda é segredo. Nem o chantageador sabe o que é. Enquanto for assim, não posso ser forçada a cumpri-la.

— Mas olha isso. — Carter entrega o caderno dele.

Olivia espia por sobre o ombro dele, assim como Auden. Me aproximo, curiosa para saber em que ele tem trabalhado. É um esquema mostrando a disposição dos alunos na sala da srta. Yates.

— Eu me sento aqui. — Carter aponta para o nome dele em um quadrado. — Vejam todo mundo que se senta perto de mim. Quem te odeia o suficiente para fazer algo assim?

Franzo a testa.

— Não tenho *haters* assim.

— *Alguém* te odeia o bastante para te chantagear. — Ele aponta para todos os quadrados ao redor da mesa dele. — Alguma dessas pessoas?

O dedo permanece na mesa atrás da dele: *Matt Rato*.

— Quem é Matt Rato?

Ele dá um sorrisinho.

— Seu namoradinho.

Fecho a cara.

— O nome dele é Matt Radd.

— Mesma coisa. O que importa é que ele senta bem atrás de mim.

— Tá, mas ele nunca faria isso.

Carter se inclina um pouco para a frente.

— Tem certeza?

— Sim. Somos amigos. Por que ele faria isso?

— Bem... — Ele ergue a sobrancelha para Olivia. — Nós ouvimos coisas entre você, ele e Destany.

Reviro os olhos e dou alguns passos para trás.

— Nada disso é verdade.

— Talvez ele não tenha gostado de você ter se colocado entre ele e Destany.

— Primeiramente — dou uma risada, mantendo um dedo em riste —, Matt e eu já conversamos sobre isso. Ele sabe que não teve nada a ver com o que aconteceu entre Destany e eu. Em segundo lugar, ele está mais comprometido com a nossa amizade do que com qualquer coisa com Destany.

Carter não parece convencido.

— Vai se iludindo.

— Como é?

— Eu acho o seguinte: ele estava irritado porque você se meteu entre ele e a garota que ele gosta *de verdade*.

Pestanejo.

— Ele encontrou seu diário, encontrou uma oportunidade de expor a verdade, e agora ele tem uma chance com a Destany.

— Que besteira. Ele pode só namorar ela e pronto. Por que ele precisaria me chantagear?

— Ele precisa cortar todos os laços entre você e Destany para que ela concorde com isso. E aí está o motivo dele. — Carter começa a anotar abaixo do nome de Matt.

— Não escreva isso. — Tento tirar o lápis da mão dele.

Carter me olha como se eu tivesse enlouquecido.

— Você precisa ser imparcial.

— Você precisa ser razoável.

— Humm — diz Olivia, interrompendo. — E por que não falamos sobre o fato de Destany também estar nessa aula?

— Ela se senta meio longe de mim — observa Carter.

— É, e ela também não faria isso. — Balanço a cabeça. Eles estão recorrendo a qualquer coisa aqui.

— Como você sabe? — pergunta Olivia, impressionada.

— Porque éramos melhores amigas.

— *Éramos* sendo a palavra importante.

— Tá. E qual seria o motivo dela? — Coloco as mãos na cintura. — Se ela quer minha amizade de volta, me chantagear seria um pouco contraprodutivo.

— Quem disse que ela quer sua amizade de volta?

— Ela quer! Ela está me implorando a semana toda.

Olivia dá de ombros.

— Melhor anotar.

Carter anota, e eu suspiro.

— Ai, meu Deus. Sabe quem acho muito suspeito? — Aponto para o quadrado de Carter.

Ele me encara.

— Sério, Quinn?

— Você foi a última pessoa que pegou o meu diário. Já que estamos sendo "imparciais", anote isso. — Faço as aspas e tudo.

— Anotar? Qual é o meu motivo para te chantagear?

— Para se vingar da maneira como meu pai te tratou.

Ele umedece os lábios.

— O que seu pai fez foi ferrado, mas já superei essa merda.

— Superou?

— Não estou nem aí se seu pai odeia a cor da própria pele.

Meu queixo cai. Olho para a terra. Então eu *não* estou louca de pensar que meu pai pode odiar ser negro. Carter também acha isso.

Ele percebe minha expressão amuada e volta ao assunto.

— Olha, tá, vou anotar "última pessoa a pegar o diário" sob o meu nome. Não é motivo, mas é o que sabemos com certeza.

— Todo mundo está pensando em termos de quem odeia a Quinn o bastante para fazer isso — comenta Auden. — Mas a real pergunta é: quem teria algo a ganhar arruinando a reputação da Quinn?

Olhamos para o papel. Então vejo, ao lado de Carter: *Kaide de Harvard*. Aponto para o nome dele.

— Mostrar pra todo mundo que não entrei em Columbia serve para os propósitos racistas dele.

— Merda, você tá certa — diz Carter. — Kaide está sempre envolvido com alguma porcaria racista. E ele sempre acha que eu tenho que colar para conseguir uma nota melhor que a dele.

— Estou *doida* para acabar com ele — confessa Olivia. — Ele não foi burro o suficiente para dizer alguma merda racista perto de mim, mas já ouvi um monte sobre ele. — Olivia balança a cabeça, esfregando a mão direita no punho esquerdo. — Estou pronta pra acabar com ele.

— Não vamos nos precipitar — diz Auden. — Precisamos de provas primeiro.

Carter assente e me pergunta:

— Você já mandou a nossa foto do campus?

— Ah! — Pego o celular da mesa de piquenique, seleciono a foto que Olivia tirou de nós no campus e envio.

— Tá, então temos três suspeitos...

— Quatro — corrijo, olhando para Carter.

Olivia se corrige:

— Quatro suspeitos principais, com um prevalecendo sobre o restante.

Então meu celular recebe uma notificação. Abro a mensagem: **Ótimo. Mas isso parece ser em um campus? Tá escrito visitar DUAS universidades.**

Fico de boca aberta.

— Ai, meu Deus.

— O que aconteceu?

Entrego o celular para Carter.

— Foi uma perda de tempo!

— O que está acontecendo? — pergunta Olivia.

Carter entrega a ela meu celular.

— Qual é a distância até a outra?

— Sei lá. — Dou de ombros. — Uma ou duas horas. Não tenho tempo para isso. Eu deveria ir pra casa logo depois da escola. O que vou fazer?

Olivia olha para o meu celular com um sorrisinho malicioso.

— Tenho uma ideia.

Ergo a sobrancelha, cética.

— Uma das coisas na sua lista é experimentar o centro de Austin.

Carter suspira.

— Não, Livvy.

— O que é? — pergunto.

— Bem... o show do Vontae é na Sixth Street hoje à noite.

Sigo um Ford Super Duty prata pelo campo. Está acima do limite de velocidade, desviando dos carros mais lentos. Ligo o piloto automático e o deixo me guiar. Quando olho para o retrovisor, Olivia está tombada, dormindo com a boca aberta. Auden está no cantinho, olhando pela janela. Olho para Carter para ver se ele está acordado. Deste ângulo e com a rapidez da minha olhada, não dá para saber. A cabeça dele está apoiada no encosto, o queixo apontado para o céu do lado de fora da janela, os cílios baixos.

O Ford passa rápido por uma velha minivan. Faço o mesmo.

Quando chegamos perto de Austin, ficamos presos no trânsito lento. O sol das três da tarde me cega, faz as luzes brancas da estrada desaparecerem. Abaixo o quebra-sol, mas não adianta.

— Seu assento está baixo demais.

Me viro para Carter, surpresa. Não sabia que ele estava acordado.

— É por isso que seu quebra-sol não está funcionando. Você precisa elevar o assento — diz ele, gesticulando para a lateral do assento dele.

Tateio a lateral e acidentalmente puxo meu assento para a frente.

— Não, é o que está mais atrás.

Não tenho este carro há tempo suficiente para conhecer todos os botões. E não testei de verdade. Este carro parece emprestado.

Ergo uma alavanca e o fundo do meu assento se inclina como uma poltrona.

— Ai, meu Deus — digo, puxando-o de volta para cima.

— Está... aqui.

Carter move a faixa do cinto de segurança, e com uma mão no apoio de cabeça do meu assento, passa a outra por sobre meu colo.

Paro de respirar quando o braço dele roça meu abdômen. Meu assento está subindo, o quebra-sol fazendo sombra na lateral do meu rosto, e meus olhos estão recaindo sobre os lábios dele bem-ao-meu-lado. Em voz baixa, Carter pergunta:

— Melhorou?

O braço dele meio que está descansando sobre minhas coxas, e os olhos dele meio que estão me desmontando.

Assinto, e então um carro buzina atrás de nós. Quando olho para a frente, há um espaço enorme entre o meu carro e o que está à nossa frente. Carter se afasta, arrumando o cinto de segurança, e eu acelero, pisando no freio quando alcanço o trânsito.

Olivia ainda está dormindo no banco de trás. Auden ainda olha pela janela. Quando ouso olhar para Carter, ele está encarando o carro à frente, mas quando sente meus olhos nele, se vira para olhar para mim.

Olho para a estrada, e de volta para ele.

— Desculpe pelo que falei sobre seu pai.

— Ah. — Balanço a cabeça. — Não tem problema.

Me viro de volta para a estrada, me movendo um centímetro. Ele também encara o para-brisa. Tudo está silencioso. Penso sobre o que Matt disse ontem à noite.

— Você acha mesmo que ele odeia a cor da própria pele? — pergunto.

Carter me olha como se eu tivesse tocado em algo que não estou preparada para ouvir. Em vez de responder, ele pergunta:

— Você acha?

Suspiro, relaxando no assento.

— Não sei. Acho que é um pouco duro dizer que ele *odeia* ser negro. Talvez ele só... — Pisco para o teto do carro. — Tipo, eu não estava lá. Não sei o que ele te disse.

Carter diz as palavras entredentes:

— Ele não disse: "Oi, você é...?". Ele disse: "Licença? O que você está fazendo na minha casa?". Essas foram as primeiras palavras a sair da boca dele.

Pestanejo enquanto me viro para o para-brisa.

— Minha vida toda, ele me ensinou quais desafios eu teria sendo negra... Ele me avisou sobre notas injustas e punições mais severas e coisas assim. Mas nunca passei por nada disso. Não era para esse tipo de coisa... que eu precisava me preparar.

Carter se inclina para a frente.

— Esses foram os desafios da geração deles. — Ele cruza os braços sobre o console. Parece animado para falar sobre isso comigo. — E definitivamente ainda é uma ameaça para a nossa geração, mas não tanto assim.

Assinto, me animando também. Enfim tenho alguém que quer falar dessas coisas.

— Meus pais nunca me avisaram que a maneira como falo e ajo pode fazer as pessoas me chamarem de branca.

— É, entendo isso — diz Carter. — Minha mãe me ensinou sobre os estereótipos, mas nunca me ensinou sobre os perigos de ser a exceção desses estereótipos.

— Ser a exceção dos estereótipos negros automaticamente significa que você não é tão negro.

Ele assente, piscando devagar. Olho para Carter e vejo todos os estereótipos em que acho que ele se encaixa. Nunca pensei que ele tivesse que lidar com ser a exceção também. Não com a forma como ele fala e se conduz e o fato de que todos na escola o consideram um cara negro "de verdade". Deixei todas essas presunções colorirem minha visão dele. Não sou melhor que os adolescentes brancos. Não sou melhor que *meu pai*.

— Tenho que ser sincero com você, Quinn — diz Carter. Minhas sobrancelhas franzem quando olho para ele. — Não achei que você se importasse de ser chamada de Negresco.

Semicerro os olhos.

— Nunca usei a palavra *Negresco*.

Só a usei no meu diário.

— Você não precisou — diz ele. — Já fui chamado assim.

*O quê, sério?* Tenho certeza de que minha surpresa está explícita em meu rosto. Carter ri e assente.

— Quando eu era bem mais novo, quando ainda frequentava a escola pública. — Ele faz uma pausa, olhando pela janela. — Mas deixei que isso mudasse meu comportamento. Mudei minha maneira de falar, de vestir, de agir, mudei com quem eu andava. Por sorte, não deixei que mudasse minhas notas. Eu só era mais reservado sobre a escola.

Carter se vira para mim, balançando a cabeça.

— Enfim, só estou dizendo que, o que aquelas pessoas fizeram comigo, eu posso ter feito com você. Então me desculpe.

Olho para os olhos carregados dele, um peso no meu peito sendo aliviado. Como é que Carter faz isso? Me faz sentir mais visível do que já me senti, como se todas as minhas partes obscuras brilhassem em dourado.

Meu celular vibra no console. Pestanejo para sair do olhar pensativo de Carter e confiro as luzes de freio do carro à minha frente antes de abrir a mensagem. **Matt: Você e o Carter mataram aula juntos?**

Quando vejo, não consigo me concentrar o bastante para responder, ou até para ficar animada com o fato de que ele definitivamente parece enciumado. Devolvo o celular para o console e olho para Carter. Ele ainda me observa, pensativo.

— Também quero me desculpar — digo.

Levamos trinta minutos para passar pelo tráfego e voltar para o estacionamento vazio da escola. Auden acorda Olivia. Ela grunhe, boceja e se espreguiça. Auden abre a porta.

— Obrigado pela carona, Quinn.

— Auden, chegue na minha casa às oito — diz Carter.

— Beleza.

Olivia joga a mão por sobre o assento, tocando meu ombro.

— Você também... chegue na minha casa às oito. Precisamos te arranjar uma identidade falsa.

— *O quê?* — Me viro para ela.

— Se vamos fazer isso, faremos da maneira certa.

Então Olivia sai do carro, me deixando sozinha com Carter.

Olho para ele.

— Identidade falsa? Ninguém disse nada sobre identidade falsa.

— Quinn, vai ficar tudo bem. Só pense em como sair de casa hoje à noite. Vamos ficar fora a noite *toda*.

Ele também sai do carro.

Ir ao centro é uma coisa, mas identidade falsa? Tenho dezoito anos. Posso ser presa.

Olho para o relógio no painel. São quase quatro horas. *Merda*. Meus pais estão me esperando em casa. Saio do estacionamento enquanto Carter se senta no banco do motorista do velho Honda de Olivia. Ele me observa ir embora. Eu o observo também, meu coração martelando no peito.

## – 13 –
## O QUE SEI SOBRE O MEU PAI

O QUE SEI SOBRE O MEU PAI
1. Ele nunca chora.
2. Ele odeia ficar ao ar livre.
3. Ele ama ler sobre história da tecnologia.
4. Ou ele está traindo a minha mãe, ou não precisa tanto de sexo.
5. Ele foi para a Columbia para fugir daqui.
6. O pai dele o renegou por ir embora.
7. Ele voltou depois que o pai dele morreu.
8. Ele odeia o pai por ter desistido.
9. Ele se tornou cirurgião para salvar pessoas.
10. Ele visita Hattie todo sábado (sem mim).
11. Ele se culpa por não ter estado lá quando o pai dele morreu.
12. E mesmo assim fica distante enquanto a nossa família morre.

 Pegamos a Land Rover da minha mãe; meu pai dirige. Estão ouvindo Tyrese baixinho. Eles só o colocam para tocar quando as coisas estão bem. Acho que é por isso que ele é o meu favorito.
 Meu pai segura a mão da minha mãe sobre o console. Os dedos dele passeiam pelo braço dela, subindo. Observo, me preparando para o momento em que ela vai perceber que ele nunca se desculpou, e em que ele vai perceber que ela nunca se compadeceu. Não quero ficar esperando pelo fim. Quero aproveitar este momento. Quero cantar com

o Tyrese, mas não consigo parar de pensar que é apenas uma questão de tempo.

— Amo dirigir sua Land Rover — diz meu pai, olhando para a minha mãe, e então de volta para o para-brisa. — É tão macia.

— Compre uma.

— É? Podemos ser a família da Land Rover. Vamos trocar a Mercedes da Quinn também. — Ele me olha pelo retrovisor. — Que tal, Quinn?

Dou de ombros.

— Quando você se formar, vamos te dar uma Land Rover. Terá bem mais espaço para quando você dirigir até Nova York.

— Você quer que ela dirija até Nova York? — pergunta minha mãe. — Não acho que ela levaria um carro. Ela não vai usar na cidade.

Começa a tocar Boyz II Men.

— Alguém tem que levar as caixas até lá.

— O que ela precisa levar além de algumas roupas? Ela não precisa mudar a vida dela inteira, Desmond.

Lá vamos nós.

— Wendy, Quinn vai ter um apartamento. Ela vai querer levar bem mais do que só roupas.

— Isso é totalmente desnecessário. Ela vai ser caloura, pelo amor de Deus. Arrume um dormitório para ela. Deixe que se estabeleça como aluna antes de dar a ela um apartamento.

— Muita coisa pode acontecer em um dormitório com todas aquelas pessoas dividindo o espaço. Eu me sentira bem melhor sabendo que minha garotinha está em um apartamento.

— Fiquei em um dormitório nos meus dois primeiros anos na Columbia. Nada aconteceu comigo. Acho que seria bom para a Quinn começar no dormitório. Vai ensiná-la a ser grata.

— Você está dizendo que ela é ingrata?

Eles estão falando como se eu não estivesse bem aqui.

— Você comprou uma Mercedes e ela tem *dezoito anos*. Sabe o que eu estava dirigindo aos dezoito anos?

— Wendy, por favor não começa.

Eles não tocam mais no assunto. Ainda estão de mãos dadas, mas as mãos parecem rígidas. A música ainda toca, mas soa com menos sentido.

Quando chegamos ao Olive Garden, meu pai dá a volta para abrir a porta para minha mãe. Mas eles não dão as mãos no caminho até lá dentro. É mais decepcionante do que eu esperava.

A recepcionista nos coloca em uma mesa perto da parede. Meus pais se sentam de um lado, o espaço entre os braços deles é gigantesco. O salão de jantar está cheio de grupos de dois e quatro, conversando baixinho, ouvindo uma música acústica no fundo, intercalada com o tilintar de talheres contra os pratos. Estamos cercados de pessoas brancas, o normal nesta parte da cidade.

Espero alguns minutos, olhando ao redor do salão de jantar, e então de volta para o espaço entre meus pais.

— Posso dormir na casa de uma amiga hoje?

Os dois erguem o olhar do cardápio.

Meu pai pergunta:

— Destany? É claro, querida. Aquela outra garota vai estar lá? Qual é o nome dela?

— Gia — responde minha mãe, sem tirar os olhos do cardápio.

— Nunca gostei muito dela — comenta ele.

— O pai dela doa muito para a Hayworth — diz minha mãe. — Ela não teve muitas consequências de seus atos, e dá pra perceber.

— Ela sempre nos chama pelo primeiro nome. Ei, Wendy. Ei, Desmond. É... — Meu pai volta a olhar o cardápio, balançando a cabeça. — Pelo menos Destany sempre foi respeitosa.

— Sim, mas Destany tende a seguir Gia. — Minha mãe me olha. *E eu tendo a seguir Destany, então...*

— Não é Destany — digo, cruzando os braços sobre a mesa.

Eles ficam surpresos.

— O nome dela é Olivia Thomas.

Meu pai pergunta:

— Onde ela mora?

Faço uma pausa. Não quero mentir. Já menti o suficiente para uma vida toda.

— No leste de Austin.

Eles franzem a testa.

— E ela frequenta a Hayworth? — pergunta ele.

— Ela tem bolsa de estudos.

Minha mãe assente, satisfeita.

— Ela deve ser bem inteligente.

— Ela é mesmo. — Sorrio. — Ela é a fotógrafa do anuário. É muito talentosa.

Eles pegam o cardápio da mesa. Minha mãe diz:

— Tudo bem.

Meu pai folheia o cardápio, como se não fosse pedir o de sempre (bife bem passado com fettuccine alfredo), e então me pergunta:

— Você olhou aqueles apartamentos que te mandei?

É isso o que ele faz: me manda por e-mail links para vários apartamentos em Nova York. Eu costumava olhá-los, estudá-los, me imaginar vivendo neles, mas, depois de um tempo, passou a ser doloroso demais.

— Gosto dos três primeiros — digo.

Ele ergue o olhar.

— Só te enviei dois.

Minha boca fica escancarada.

— Sim, foi o que falei. Gosto dos dois.

— Quinn Jackson.

*Lá vamos nós.*

**DEZ PERGUNTAS QUE MEU PAI FAZ SOBRE A COLUMBIA ANTES QUE A COMIDA CHEGUE**

1. Você não abriu o e-mail, não foi?
2. Você planeja ser sem-teto?
3. Tem noção que as taxas aumentam quanto mais você demora?
4. Tem noção de como Nova York é cara?
5. Pensou sobre seu curso?
6. Você planeja ser sem-teto depois que se formar?
7. Que tipo de trabalho você consegue se ver fazendo pelo resto da vida?
8. Você quer ser sem-teto?
9. Ligou para o seu conselheiro?
10. Você não pode depender da gente para sempre, então está pensando em ser sem-teto?

Quando imprimi a carta falsa da Columbia, pensei que mais tarde eu poderia dizer que Nova York era longe demais e que eu preferia ficar em Austin e ir pra Universidade de Houston. Mas então a universidade me colocou na lista de espera, e *tudo* ficou impossível. Eu não entrei nem na faculdade que é meu plano B.

— Pai, o motivo de eu não estar procurando um lugar para morar em Nova York é porque...

É agora. É agora que eu conto para eles.

— É por quê? — incentiva ele, não tão pacientemente quanto eu gostaria.

Então me acovardo.

— Porque estou com medo.

— Sei que é assustador deixar o ninho, mas...

— Não, pai. Tenho medo de que, quando eu me mudar, você se mude também.

De repente, ele parece desalentado. Minha mãe olha para ele, com medo.

— Parece que a única coisa que vocês têm em comum é o interesse em mim. O que acontece com esta família quando eu for embora?

— Nada acontece, querida. — Mas ele desvia o olhar.

Quando o garçom traz a comida, ele sente a tensão. É tangível, emanando em ondas. E eu nem estou com vontade de comer. Só quero ir embora, para a casa da Olivia, para que eles possam voltar a brigar.

## — 14 —
## MOTIVOS PARA DESEJAR QUE FÔSSEMOS AMIGAS ANTES

Assim que a porta do apartamento de Olivia se abre, ela enfia a identidade falsa nas minhas mãos.

— Você tem vinte e dois. Memorize o aniversário.

Estou de pé no patamar, olhando para uma foto familiar de mim mesma.

— Usei sua foto do anuário do ano passado.

Meus olhos parecem claros e despreocupados. Eu era despreocupada na época. Leio a data de nascimento várias vezes. *Catorze de dezembro de 1998*. Meus dedos tremem.

— Isso é muito ilegal.

Ela abre mais a porta.

— Venha. Você está deixando o ar fresco sair.

O interior do apartamento está escuro. Tem cheiro de incenso e velas e fumaça de cigarro. Uma senhora branca está sentada no sofá, o cabelo loiro em um coque bagunçado. Ela está fazendo o que parece ser um colar de couro verde enquanto assiste a um programa policial. Ela nos encara, semicerrando os olhos para nos ver no escuro.

— Mãe, esta é a Quinn.

Ergo a mão.

— Olá.

— Oi, querida. — A voz dela soa rouca e cansada.

Olivia me conduz para além do sofá até uma cozinha escura, onde pega um engradado de cerveja Dos Equis da geladeira. Fico impressionada com a audácia dela de beber na casa da mãe *enquanto* a mãe está em casa.

— Você pode ir para o meu quarto. Fica à direita. — Ela procura na bancada. — Preciso achar aquela porcaria de abridor de garrafa.

— Olha a boca, Livvy — diz a mãe dela do sofá, como se esse fosse mesmo o fator preocupante nesta situação.

Sigo pelo corredor escuro. O quarto dela é o único com a luz acesa. Assim que entro, fico cativada pelos pisca-piscas brancos fazendo um arco pelo teto e a fotografia dela presa às paredes e pendurada em fios.

Muitas das fotos dela são da cidade. Tem uma de Carter rindo, sentado nos degraus lá fora. Eu a olho, encarando as covinhas nas bochechas dele. Ele tem covinhas? Acho que nunca o vi sorrir tanto assim ao meu redor. Isso é bom também, porque eu teria me perdido, assim como estou me perdendo agora, nadando nos buracos adoráveis do rosto dele.

Quando passo para a foto ao lado da dele, meu coração para. É uma foto de Kristina Lowry sentada no refeitório, ao lado dos amigos. Ela está olhando diretamente para a câmera, séria, como se a foto tivesse sido tirada no segundo antes de ela perceber que estava sendo clicada. É linda, exceto pelo marcador vermelho ao redor do rosto dela, na forma da letra D.

Olho para as fotos à direita das de Kristina. A fileira inteira está como estava quando as fotos foram vandalizadas pela primeira vez, dizendo: *Urgente: fotógrafa principal faz um boquete incrível*.

Olivia manteve as fotos vandalizadas? Não apenas as guardou. Ela as exibe no quarto. Por que ela gostaria de se lembrar disso? Encaro horrorizada, o suor se acumulando na minha testa.

Então Olivia se aproxima por trás de mim com o engradado de cerveja na mão, o abridor na outra. Me viro, massageando a nuca. Ela me olha com curiosidade, e então para a fileira de fotos vandalizadas. Uma expressão de conhecimento toma conta do rosto dela.

— Ah, isso. — Olivia fecha a porta com o pé, depois coloca a cerveja sobre a mesa. — Sempre achei que a tinta vermelha adiciona à arte. Sabe?

Ela se vira, se apoiando contra a mesa, esperando a resposta.

Estou sem palavras.

— Tipo, devo estar mesmo causando uma impressão se alguém se sentiu provocado o suficiente para destruir meu trabalho. — Olivia sorri antes de dar de ombros. — Não sei. Me fazem sentir como uma verdadeira artista no meio da revolução sexual ou algo assim.

Abaixo o olhar, escondendo minha culpa.

— Pegue uma dessas — diz ela, apontando para a cerveja.

— Ah, eu... está tudo bem — gaguejo. — Eu não bebo.

— Você também não vai ao centro. — Olivia sorri. — Você já bebeu antes?

— Tomei um gole aqui e ali. — Geralmente sem de fato querer.

Destany e Gia amavam beber, e nunca fui fã de verdade, mas quando eu reclamava, elas questionavam minha lealdade. Gia dizia:

— Você vai nos dedurar, não vai?

Eu garantia que não ia, mas Destany dizia:

— Só um golinho e *saberemos* que você não vai.

E, a partir daí, elas me pressionavam para tomar mais. Comecei a evitar a casa delas quando sabia que os pais não estariam lá.

— Aqui — diz Olivia, me oferecendo uma garrafa aberta. — A melhor cerveja que tem.

Olho para o gargalo por um momento.

— Você não precisa tomar se não quiser — diz ela, erguendo as mãos. — Quer dizer, sobra mais pra mim, certo? — Ela ri, pegando uma e abrindo.

Dou um gole amargo, curiosa pelo *hype* e grata pela falta de pressão. E então mais um, menos amargo.

— É bom, não é? — pergunta Olivia.

— É. — Não é *nojenta*.

Ela abre o notebook e dá o play em uma playlist chamada *Se arruma, vadia*, cheia de músicas populares de hip-hop e um montão de Vontae. Tento não sentir vergonha alheia. Esta noite vai ser... desafiadora.

— Agora. — Olivia se vira para mim, tamborilando os lábios. Nervosa, tomo mais um gole da cerveja. — Você já pranchou seu cabelo?

— Humm. — Dou um passo involuntário para trás. — Não. E não quero mesmo.

— Cara, eu entendo. — Ela ri. — Minha mãe queria que eu não mantivesse o cabelo trançado o tempo todo, mas, quer dizer, ela não sabe nada sobre pentear cabelo natural. É mais fácil assim.

— Você mesma o arruma?

Olivia sorri, passando a mão por suas microtranças.

— A mãe do Carter faz para mim. — Então ela se aproxima, ergue a mão e passa os dedos pequenos pelo meu cabelo. Me encolho, me preparando para a reação dela. — Seu cabelo é tão cheio. Eu amo. — Olivia olha para o meu rosto, e então de volta para o meu cabelo. — Certo, fique aqui.

Eu a observo ir, meu coração aos poucos voltando a bater.

Não deixo as pessoas tocarem no meu cabelo. Não mais. Sempre usei meu cabelo natural. Minha mãe me ensinou a lavar, nutrir, desembaraçar e hidratar toda semana. Ela nunca mencionou a ideia de alisar meu cabelo – com produtos químicos ou não. E nunca tive vontade. Amo meu cabelo cheio e macio.

Mas não sei. Destany e Gia só queriam alisá-lo. Toda vez que íamos nos arrumar, elas imploravam para pranchar meu cabelo. E cedi uma vez. Gia estava pranchando o cabelo de Destany, e falei:

— Você pode fazer o meu também?

Foi uma das coisas mais burras que já fiz.

Elas pararam e olharam para o meu cabelo. Gia disse:

— Humm, bem, é uma prancha novinha. — Eu não entendi o que ela quis dizer, então Gia explicou: — Não quero que suje.

Minha garganta fechou. Me senti envergonhada e enjoada. Destany se aproximou e passou os dedos no meu cabelo.

— Está bem oleoso, Quinn. Talvez se você lavar primeiro.

Olivia volta, os braços cheios de produtos de cabelo, alguns que reconheço, e um nécessaire de maquiagem, deixando tudo sobre a mesa. Então ela gesticula para que eu me sente. Tomo um gole da cerveja, ansiosa. Ela também toma.

Sem parar, Olivia corre os dedos pelo meu cabelo. Ela não tem medo de deixar os dedos oleosos. Relaxo quando ela pega o mesmo spray de pentear que uso em casa.

— Você parte o cabelo no meio — diz ela. — O que vamos fazer é pegar essa parte e colocar *toda* para a esquerda.

Olivia fala como se estivesse em um programa de culinária, narrando cada movimento. Ela pega um pente e divide o cabelo na parte mais esquerda da minha cabeça.

— Ótimo. Agora vamos pegar esta mecha e prender atrás. — Ela toma fôlego, então abre um pote de gel, colocando um pouco na lateral da minha cabeça, dançando levemente ao som tocando baixo nos alto-falantes. — Penteie para trás — diz ela para os telespectadores.

Olivia termina de beber a primeira garrafa. Pego a minha e tento acompanhar. É óbvio que eu preciso chegar ao nível dela.

Antes de prender o lado esquerdo do meu cabelo para trás, Olivia penteia os cabelinhos finos na minha testa e na lateral do meu rosto.

— Vamos deixar bem arrumadinho. Você vai ficar maravilhosa demais.

Rio, tomando outro gole de cerveja. Tem gosto de suco de maçã, só que sem a maçã? Tem o gosto da aparência – bronze. E me faz sentir como se eu estivesse chafurdando em cimento molhado. Termino a primeira enquanto Olivia já está na segunda.

Enquanto ela penteia os cabelinhos, olho para a parede à minha frente. Meu cérebro demora vários minutos para entender. Toda a parede é coberta por tapeçaria. Manchas de tinta sangram no tecido. Eu o absorvo, gota a gota, até entender toda a imagem. É a fotografia de uma mulher fumando um cigarro sobre grama morta.

— Ai, meu Deus — digo. — Esta tapeçaria é incrível.

A mão de Olivia para na minha cabeça.

— Obrigada — diz ela. — É a minha mãe.

— Sério? — Olho com mais atenção, o coque loiro, a fumaça saindo dos lábios, o cigarro entre os dedos. — Ela é tão linda. — Olho para o retrato inteiro. — Nossa, você é boa.

— Você acha? — Olivia deixa o pente e a escova de lado para dar outro gole. — Sinceramente, eu adoraria receber encomendas para fazer um daqueles calendários genéricos. Sabe aqueles na loja de R$ 1,99, com uma paisagem bonita e tal?

— Sei — respondo. — Mas você pode fazer melhor do que aquilo. Esta tapeçaria pertence a um museu.

— É doido porque tirei esta foto na beira da estrada. Sempre estou procurando por lugares bonitos para fotografar, como aquele posto de gasolina hoje. Mal posso esperar para subir a foto. Eu e o Auden vamos fazer muito *dinheiro*.

Eu não sabia que eles eram tão bons amigos. Eu nunca teria adivinhado.

Termino a segunda cerveja, e ela me entrega uma terceira, começando a minha maquiagem. Está inclinada sobre o meu rosto, o hálito de cerveja tocando a minha pele.

— Feche os olhos. — Depois de aplicar o primer, Olivia passa a sombra no meu olho. — Sobre essa coisa do diário — diz ela do nada. — Sabe como eu *sei* que não é Carter?

— Como? — Então me interrompo. — Espere, ele te disse para dizer isso?

Olivia ri.

— Caramba, Quinn. Eu não sou uma marionete irracional.

— Bem, não sei. Não sei em quem confiar.

Olivia dá alguns passos para trás. Não sinto mais o hálito dela na minha bochecha. Abro os olhos, e ela está torcendo os lábios, pensativa.

— O que foi? — pergunto.

— Sei que hoje foi, tipo, a primeira vez que nos falamos pra valer, mas sei que você era muito amiga da Destany.

Fico tensa.

— Tenho certeza de que você sabe sobre a rixa entre nós. Você provavelmente ouviu boatos de que Holden e eu tivemos um lance enquanto ele ainda estava namorando ela...

— Nunca acreditei nos boatos.

— Você tinha que acreditar — diz ela, assentindo. — Vocês duas eram amigas.

— Te culpar depois que ele terminou com ela a fazia se sentir bem. Mas nunca acreditei nos boatos.

Quero me desculpar por não tentar com mais empenho mudar a cabeça de Destany, mas não consigo dizer as palavras. Eu estaria basicamente admitindo meu envolvimento no vandalismo.

— Bem, para constar — diz Olivia, se aproximando, o pincel de sombra na mão —, nunca acreditei no boato de você dispensar ela por causa do Matt Rato.

— Matt.

— O quê?

— O nome dele é *Matt*.

Ela dá um sorrisinho.

— Feche os olhos. — Ela volta a fazer minha maquiagem. — O único motivo de eu mencionar o Carter é porque sei com certeza que ele não está fazendo isso com você.

— Como você sabe?

— Porque aquele idiota tem uma queda por você desde que entrou na Hayworth.

Abro os olhos, e Olivia quase arranca meu olho com o pincel.

— Impossível. Ele me odeia.

— Se te odiasse, Carter não se daria ao trabalho de provar que não foi ele. Não o bastante para te ajudar tanto. Ele não consegue aguentar que você pense que ele faria algo assim com você.

Penso em como ele me tratou quando foi na minha casa pela primeira vez.

— Então por que ele é tão malvado comigo?

— Carter é delicado como coice de cavalo dado.

Penso em todas as expressões que ela acabou de ferrar com essa sentença.

Olivia ri da minha expressão.

— Ele está tentando te entender. Te pressionando para te irritar.

— Por quê? — pergunto, impressionada.

— Porque você é gostosa quando está brava? — Ela dá de ombros. — Não sei. Ele é idiota. — Ela pega um tubo de máscara de cílios. — Não pisque.

— Por que você acha que ele tem uma queda por mim?

Olivia suspira, passando o aplicador nos meus cílios.

— Porque sim. — Ela suspira de novo, a respiração soprando na minha testa. — Pra começar, ele chama aquele garoto de Matt Rato porque odeia o tanto que você gosta dele. Em segundo lugar, ele está indo ao show do Vontae por você. Você sabe quanto eu teria que pagar para Carter ir a um show do Vontae?

— Isso não prova nada.

— Talvez não pra você, mas essa é toda a prova de que eu preciso.

Ela leva mais trinta minutos para terminar minha maquiagem. E todo o tempo estou repensando cada momento que tive com Carter desde que nos juntamos na aula do sr. Green. Ele foi tão detestável comigo. Não consigo imaginar que isso foi fruto do *amor*.

Mas então penso em momentos de hoje. A forma como ele se lembrou do meu projeto de inglês de dois anos atrás, como ele cantou junto a canção do Tyrese, segurando minha mão e me olhando nos olhos, a forma como ele enfrentou o cara magrelo por mim no restaurante, o jeito como se desculpou por seu pré-julgamento em relação a mim. Não sei. Não sei o que pensar.

Sinto meu rosto se retesar quando Olivia cutuca minha boca.

— Meus lábios estão ficando dormentes. Que tipo de batom é esse?

— Isso não é o batom. É a cerveja.

— Cerveja faz o rosto da gente ficar dormente? — pergunto, alarmada.

Ela ri.

— Quando você bebe o suficiente. E quando você pesa pouco. — Então ela me puxa para me erguer. — Dá uma olhada.

Cambaleio até o banheiro e me encaro como se eu fosse outra pessoa. Meu cabelo crespo faz sombra na lateral do meu rosto. Meus lábios cheios estão pintados de um marrom-escuro meio roxo, e o jeito que a máscara de cílios foi aplicada faz meus olhos parecerem ainda maiores. Amei.

Olivia leva bem menos tempo para arrumar o próprio cabelo e se maquiar, e então está colocando um vestido vermelho nas minhas mãos – um com recortes e alças misteriosas – e um par de saltos agulha pretos.

— Não posso usar isto — digo.

Ela resmunga:

— Pelo menos experimente.

— Não, quero dizer que nunca usei saltos assim. Só usei plataformas.

Olivia pensa.

— Tudo bem, espere aí. — Ela corre para fora do quarto e volta com um par de botas com salto plataforma. — São da minha mãe. Não vai ficar tão bom, mas serve. — Enquanto me fecha no banheiro pequeno, ela diz: — Tenha presença. Não deixe sua imaginação estragar todo o meu trabalho duro.

Levo um tempo para descobrir que a alça em cima é uma gargantilha. Quando a prendo, me confiro no espelho. Não consigo parar de olhar para o meu corpo, com o decote aparecendo, curvas acentuadas, melanina radiante e exposta pelos recortes e pela fenda ultra alta. Nunca me vi assim.

Quando enfim saio, os olhos de Olivia marejam.

— Ai, meu Deus, Quinn. Você está linda.

Meus olhos se iluminam.

— Sério?

— Tão, *tão* linda.

Olivia me faz virar.

— Olha essa bunda! Garota, você tem que ser minha modelo um dia desses.

— Não! — Eu rio.

— Sim! Você é linda pra caralho!

Balanço a cabeça, mas mentalmente estou concordando com ela. Ao menos uma vez, sinto que posso competir com as melhores: Destany, Gia, até Olivia. Mas Olivia não me faz sentir que *tenho* que competir.

## MOTIVOS PARA DESEJAR QUE FÔSSEMOS AMIGAS ANTES

1. Talvez assim eu me sentisse mais bem-vinda nos espaços negros. Passar tempo com Olivia me faz sentir bem em mostrar partes de mim que estão enraizadas na minha negritude. Tipo, ao menos uma vez, não estou tentando me livrar da minha pele. Como se um hemisfério inteiro de Quinn Jackson ganhasse vida, e eu sequer sabia que esse lado meu existia.
2. Talvez assim eu não fosse tão crítica com pessoas da minha própria raça, especificamente Carter. Porque Olivia tem esse jeito de aceitar e desafiar estereótipos ao mesmo tempo. E não liga para o que dizem a respeito dela ou o que as pessoas pensam.
3. Talvez assim eu não deixaria ninguém me chamar de Negresco ou dizer a palavra com P na minha presença. Porque Olivia é negra e branca, mestiça, mas ainda se sente na obrigação de acabar com garotos brancos racistas.

4. Talvez assim eu nunca teria mentido sobre a Columbia, porque nunca tive amigos tão verdadeiros consigo mesmos quanto Olivia. Uma pessoa tão destemida.
5. Talvez assim eu fosse destemida.

— 15 —

# TOMAR DOSES DE TEQUILA É FÁCIL QUANDO VOCÊ JÁ ESTÁ BÊBADA

Mesmo com a luz dos postes, o estacionamento está escuro demais para o meu gosto. Principalmente por causa do cara aos pés da escadaria, observando cada movimento nosso. Ele lambe os lábios quando alcançamos o patamar.

— Livvy. Quem é a sua amiga?

Olivia continua andando.

— Ignora ele — sussurra para mim.

Mas é difícil não olhar para trás quando ele nos segue pelo estacionamento. Minha respiração está pesada, e meus olhos, cheios de lágrimas.

— Está tudo bem. — Olivia agarra a minha mão e aperta meus dedos. — Vou te proteger.

Olho para o corpo pequeno dela, e então para o cara musculoso atrás de nós e, de alguma forma, acredito nela. Já a vi brigar, em muitas ocasiões, com muitos caras. Esta garota poderia acabar com um time de futebol se fosse necessário. Relaxo, apertando a mão dela de volta.

Vamos em direção ao carro dela no estacionamento. Carter e Auden já estão lá, apoiados na lateral, mas meus olhos ficam presos em Carter. Ele está usando uma camisa de botões de estampa floral e mangas curtas, enfiada em calças pretas com cinto e tênis brancos. Piso em falso e cambaleio nas botas. Olivia agarra meu braço, rindo.

— Você está bem?

Minhas bochechas aquecem enquanto assinto, tirando meu cabelo do rosto. Carter está nos encarando agora, lábios entreabertos, sobrancelhas lá em cima de assombro enquanto os olhos observam cada centímetro de mim. O calor se espalha das minhas bochechas até a nuca.

Nos aproximamos em nossos saltos e vestidos, o braço de Olivia enganchado no meu.

— Está tudo bem? — Ele olha para Olivia, mas logo os olhos voltam para mim.

— Estamos só um pouquinho tontas — diz Olivia, rindo.

Auden sai do carro. Está usando calças pretas justas com uma camisa branca e sapatos pretos. Os cabelos cacheados dele estão raspados nas laterais, está sem os óculos, os olhos verdes estranhamente cativantes. Ele tem lentes de contato e não estava usando?

Quando ele vê Olivia no vestido curto de couro sem alças e saltos agulha, as pupilas dele dilatam.

As dela também devem dilatar, porque ela diz, sem fôlego:

— Auden, uau. Você está incrível.

Ele cora e ri, inclinando a cabeça.

— Obrigado. Você também.

— Nós dois fomos ao barbeiro hoje — diz Carter, massageando a barba aparada. Ele diz isso enquanto olha para mim, como se esperasse meu selo de aprovação.

Observo a corrente dourada pendurada no pescoço dele, os brincos brilhantes nas orelhas, o novo corte de cabelo. Perco o fôlego. Ele já é tão lindo, mas isso é demais. Dou um passo para trás, tropeçando nas botas de novo.

Carter reage rápido, agarrando meu braço.

— Caramba, Quinn! — Olivia ri. — Você é tão levinha.

Sorrio. Não é o álcool. É que meus joelhos perderam a força.

Carter dirige o carro de Olivia, que está sentada no banco do passageiro. Me sento atrás com Auden, tentando me lembrar. Catorze de dezembro de 1998. Espera, catorze? Ou era quinze?

— E se descobrirem que minha identidade é falsa?

— Eles nem vão olhar para ela. — Olivia se vira no banco do passageiro. — Você é gostosa. Vai passar.

— Escuta a Livvy. Ela já fez isso milhões de vezes — diz Carter, me olhando pelo retrovisor.

Inspiro fundo.

— Mas se te pegarem — diz ela. Eu a olho, assustada. — Se faça de burra. Eles vão te deixar ir. Já fiz isso antes.

— Já foi pega?

— Pediram meu endereço, e eu estava tão bêbada que errei o nome da rua. Mas fiquei tipo: "Ah, o que isso importa? Não vou pra casa hoje mesmo". Então dei uma piscadela para o segurança e ele me deixou ir.

Ela dá de ombros.

— Não posso fazer isso!

Não sei flertar, e tenho zero *sex appeal*. Em um mar de garotas, geralmente não sou a escolha dos caras. Então nunca aprendi a chamar a atenção deles. Mal posso ficar de pé quando Carter me olha. Como posso ser ousada o suficiente para flertar com o segurança?

Quando estamos saindo da I-35, tenho um vislumbre das luzes da cidade. O centro de Austin é bem diferente à noite. Sempre que passo por aqui, as luzes atraem os meus olhos. São tão lindas e convidativas, mas quando é para onde você está indo, a sensação é diferente. Estou vibrando, e os outros também, com a mesma batida de antecipação.

Carter estaciona em uma garagem na Fifth Street, e então caminhamos. Olivia e eu damos as mãos, mantendo o equilíbrio uma da outra sobre os saltos, mas quando chegamos na Sixth Street, Carter e Olivia vão na frente, enquanto Auden e eu seguimos atrás.

A calçada está cheia de pessoas mais velhas do que nós, todas caminhando na mesma direção. Saltos batem contra o cimento. O riso preenche o ar. Garotas passam em vestidos mais reveladores que o meu e o de Olivia, enquanto caras se agrupam em camisetas e shorts. Está quente e úmido para caramba. Consigo sentir meu cabelo enchendo de frizz.

Quanto mais me aproximo das pessoas, mais nuvens de perfume, fumaça de cigarros e bafo de cerveja eu inspiro. Quanto mais entramos no caos, mais alta a música fica, e mais intensamente meu coração bate. É muito angustiante.

A calçada fica mais cheia, parece que algo importante está acontecendo. Então chegamos a uma barreira de viaturas e policiais no meio da rua. Meu coração acelera ao vê-los, como se eles soubessem que não tenho idade para estar aqui. Carter e Olivia estão tranquilos, apontando para os bares enquanto passamos. Auden está logo atrás, mas estou me arrastando, atordoada com tudo, olhando para cima, para as luzes em forma de arco sobre nossas cabeças.

Em um lado da barreira, um enxame de carros estacionados com os faróis piscando, adesivos do Lyft nos para-brisas, junto com uma corrente de bicicletas-táxi. O outro lado é caos. Pessoas se acumulam na rua, como se fosse um festival, tipo o *South by Southwest*, mas é só uma noite de sábado normal.

Então chegamos a uma fila de pessoas que se estica até a esquina. Olivia se vira para nós três, pulando:

— É aqui!

Nenhum de nós está tão animado quanto ela.

Nos apoiamos contra a parede de tijolos, Olivia, depois Carter, eu e Auden. Pessoas passam por nós na calçada, encarando com curiosidade. Quanto mais encaradas recebo, mais oscilo entre me sentir sexy e desconfortável neste vestido vermelho revelador.

Abaixo o olhar. De repente, sinto que não tenho o direito de atrair tanta atenção assim para mim.

Percebo um grupo de garotas em vestidos ultrassexy e saltos altos extravagantes, com corpos mais moldados, cabelos lisos e rostos perfeitos. Olhando para elas, sinto que fiz uma bagunça brincando de me vestir no armário da minha mãe. Comparada a elas, sou apenas uma garota de ensino médio com cabelo rebelde, corpo de mais e maquiagem de menos.

— Eu não pertenço a este lugar.

Carter me mostra uma expressão confusa.

— Por que não?

Nem sei como começar a responder essa pergunta.

POR QUE NÃO PERTENÇO A ESTE LUGAR
1. Não me pareço com as garotas que vêm aqui.
2. E não tenho a confiança delas.

3. Nunca me diverti em festas.
4. Se eu for pega com a identidade falsa, não tenho o que é preciso para escapar da prisão flertando.
5. Não me sinto à vontade para dançar em público.
6. E também não fico à vontade apoiada na parede.
7. Não fico à vontade falando com estranhos.
8. Não fico à vontade com esse monte de gente me encarando.
9. Não fico à vontade com tanta gente me julgando de uma vez, porque tenho certeza que não sou boa o suficiente.

Para resumir, digo:

— Não sou o tipo de pessoa que fica à vontade fazendo esse tipo de coisa.

Carter se afasta da parede e fica diante de mim.

— Não acho que você deva explicar seu desconforto ao atribuí-lo a que tipo de pessoa você é. Parece... limitante.

Ergo o olhar, impressionada pela lógica dele.

Ele prossegue:

— Porque talvez um dia você não se sinta desconfortável. — Ele olha por sobre o ombro direito para um grupo de garotas de saltos altos e garotos de universidade que falam alto, vindo em nossa direção. — Se você atribuir seu desconforto a quem você é como pessoa...

O grupo passa depressa, e Carter se aproxima de mim, perto *mesmo*. Nossos troncos quase se tocam. Ele coloca a mão no tijolo ao lado do meu braço. Estou envolvida no cheiro do sabonete dele, encarando o pescoço beijável dele. Então Carter olha nos meus olhos.

— Esqueci o que estava dizendo — comenta ele.

Meus olhos passam para os lábios dele e de volta para o pescoço e para a corrente dourada ali.

— Eu também.

Esqueci o que ele estava dizendo, o que eu estava dizendo, o que eu estava sentindo antes deste desejo latente de chegar perto dele, e por que um dia pensei que eu o odiasse.

O grupo barulhento se afasta. Carter dá um passo para trás, pigarreando.

— Você primeiro.

Ele gesticula para que eu siga em frente, me olhando como se também tivesse esquecido seu motivo para me odiar.

Eu não tinha percebido que a fila andou. Há um buraco enorme entre nós e Olivia, que está olhando por sobre o ombro com um sorrisinho de *eu disse*. Me afasto da parede e me apresso para alcançá-la, sentindo o olhar de Carter nas minhas costas como pedras quentes. Ela agarra minha mão e traz meu ouvido para perto dos lábios.

— O que foi que eu te falei?

Sorrio.

— Isso não prova nada.

Olho para trás, e Carter está falando com Auden, os dois nos olhando. Mordisco o lábio, tornando a me virar.

— É, tá bom — diz ela, sem se convencer. — Você é linda, e ele não consegue tirar os olhos de você. Nem você pode negar isso.

Olho por sobre o ombro de novo. Ele ainda me observa. Quando meus olhos encontram os dele, Carter sorri e se vira. Também me viro, sorrindo.

A fila nos leva além da esquina. Quando ficamos diante da passarela, Olivia pega Carter pelo braço.

— Tire uma foto nossa para o Kaide.

Ele pega meu celular.

— Não sabemos se ele é mesmo o chantageador.

Carter vai até a beira da calçada. Pessoas passam diante de nós, mas assim que o fluxo diminui, Olivia e eu nos juntamos, fazendo biquinhos ridículos.

Depois que ele tira a foto, traz meu celular de volta, olhando para a tela. Quando me devolve, pergunto:

— Ficou boa?

Carter massageia o pescoço, sorrindo.

— Ficou perfeita.

Pestanejo, escondendo o sorriso com a mão. Olivia me dá um olhar acusador. Ela é uma investigadora e tanto.

Quando olho para a foto de Olivia e eu com os rostos juntos, de alguma maneira não pareço deslocada ao lado dela, ou em frente ao bar. Parece que estou me divertindo pra caramba.

Penso: *não tem motivo para eu não poder me divertir.*

Envio a foto para o chantageador e decido que não estou aqui só para acalmá-lo. Estou aqui porque sempre quis experimentar isso, então que se dane, vou tirar proveito deste momento.

Estou sorrindo de orelha a orelha quando olho para os seguranças do show, e de repente me lembro que é aqui que tenho que mentir. Tenho vinte e dois anos e meu aniversário é... algum dia de dezembro. Não posso nem conferir minha identidade porque Olivia a guardou em algum lugar.

O baixo lá dentro retumba no meu peito, empurrando a ansiedade pela minha garganta. Eu a engulo de novo e de novo. Se não for jogada na cadeia primeiro, vou aproveitar.

— Quantos anos você tem? — pergunta o segurança para Olivia.

Ela sorri, abraçando o meu braço.

— Temos vinte e dois.

— Identidade e ingresso?

Audaciosa, ela segura o seio esquerdo e tira nossas identidades e ingressos do decote.

O segurança, um cara hispânico jovem, não muito mais velho que nós, dá um sorrisinho para o atrevimento de Olivia, escaneia nossos ingressos e dá só uma olhada rápida para as identidades antes de devolvê-las.

Ele balança a cabeça, rindo.

— Levantem os punhos assim. — Ele nos mostra o braço coberto por tatuagens.

Olivia obedece, e ele prende uma pulseira verde no punho dela. Então ela espera que eu receba a minha. Quando o segurança indica com a cabeça que podemos entrar, Olivia sorri e me puxa. *Bem, foi fácil.* Talvez eu seja o tipo de garota que pode fazer isto.

Dentro, inspiro fundo, deixando o ar secar meu suor. Meus olhos absorvem tudo. Parece um salão de jogos, mas com luzes mais baixas, música muito mais alta e sem todos os fliperamas. O espaço diante do palco está lotado com ávidos adolescentes e pessoas de vinte e poucos. O DJ está tocando um compilado de hip-hops populares. Em toda parte, pessoas se acomodam no bar ou no fundo do salão.

Quando Carter e Auden passam pelas portas, Olivia pula, animada.
— Bebidas!

Nós a seguimos até o bar na parede mais distante, nos espremendo entre corpos e tocando quadris. Olivia e eu encontramos espaço no balcão, Auden e Carter atrás de nós.

— O que você vai querer? — pergunta Olivia.

— Cerveja?

Ela sorri.

— Que tal doses?

— Não sei.

Arregalo os olhos, me alimentando da animação dela.

— Menos líquido, mais poder — diz Olivia, erguendo as sobrancelhas. — Doses vão te fazer dançar, gritar, ficar pelada.

— O quê?

Ela ri.

— Só estou brincando... *mais ou menos*.

Eu também rio, olhando para o barman. Ele está se aproximando.

— Vamos lá — digo, encontrando os olhos de Olivia.

— Jura?

Assinto, e ela dá um gritinho. Quando o barman chega, Olivia pede quatro doses de tequila. Ela joga uma pilha de notas de dez no balcão, pega um dos copinhos e bebe a dose. Eu a olho como se ela fosse sobre-humana.

— Vai! — grita Olivia. — Auden! Vamos lá!

Ele e Carter se aproximam do bar, cada um pegando um copinho. Também pego o meu. É um líquido claro em um copinho. Nada de mais. Só estou curiosa para ver quanto "poder" tem. Tento fazer como Olivia e jogar bem no fundo da garganta, mas não sou profissional. Engulo em três goles, deixando álcool na boca por tempo demais. Queima e, *ai, Deus*, é ruim.

Olivia esfrega minhas costas enquanto tusso.

— Você conseguiu! Estou tão orgulhosa.

Sorrio, sentindo a bebida aquecer meu estômago e pulsar para fora. O copinho de Auden também está vazio, mas Carter ainda segura o dele. Está tentando convencer Auden a tomar o dele.

— Carter não toma doses? — pergunto no ouvido de Olivia.

— Ele é o nosso motorista. Está sendo responsável — responde ela com um sorrisão. — Você deveria se oferecer para tomar por ele.

Ela ergue as sobrancelhas, travessa.

Reviro os olhos.

— Seria tão sexy — diz ela.

— Não gosto do Carter desse jeito.

Ela paralisa. Depois de alguns segundos me encarando, perplexa, Olivia começa a rir.

— Mentira.

Ela pega meus braços e me empurra na direção de Carter.

Então estou diante dele, minha boca um pouco aberta, meu corpo desequilibrando um pouco. E ele me olha, curioso, no meio da conversa com Auden.

— Se você não quer sua dose, tipo, eu bebo por você.

Com certeza não foi sexy. Acho que Olivia se esqueceu de quem sou quando teve essa ideia.

Mesmo assim, Carter ri.

— Tá bom. — Ele me entrega o copinho, me olhando. — Vai nessa.

Pego o copinho dele, tentando cortejá-lo com meu contato visual constante, porque, pela primeira vez esta noite, me sinto confiante o suficiente para manter contato visual. Carter me observa, divertido. Umedeço os lábios e despejo o líquido na boca, devagar. Minhas bochechas se enchem com o veneno nojento, e meus olhos lacrimejam. Eu engulo, então faço uma careta com o gosto ainda na boca.

— Foi muito gracioso — diz ele, rindo.

— Cala a boca.

Dou as costas para ele, sorrindo, rindo, minhas bochechas esquentando.

Olivia balança a cabeça.

— Garota. — Ela me puxa de volta para o bar. Os garotos estão do outro lado. Ela sussurra: — Qual é a sua estratégia?

— Estratégia para quê?

— Levar o Carter. — Olivia fala como se fosse óbvio. Ela joga as tranças por sobre o ombro e puxa o vestido sem alça para cima.

— Levar ele pra onde?

Ela revira os olhos.

— Pra cama, dã.
Em pânico, dou um sorriso forçado.
— Eu não... o quê? Tá falando sério?
— Ah. Você é virgem?
Pressiono os lábios em uma linha fina e assinto.
— Então comece devagar. Como é que você vai colocar Carter na boca?
Faço uma careta.
— Eu mal conheço ele.
Olivia suspira, se voltando para o bar.
— Vou tomar outra bebida. Quer uma?
Balanço a cabeça. Acho que a segunda dose está fazendo efeito. O calor se intensifica por todo o meu corpo.

Enquanto Olivia se inclina no balcão, pedindo outra bebida, meus olhos encontram Carter. Ele e Auden estão inclinados sobre o bar, com os braços cruzados sobre o balcão, falando animadamente. É claro, já imaginei mil maneiras diferentes de beijar Carter, mas provavelmente imaginei dez maneiras de beijar todo cara atraente aqui.

Não tem nada a ver com gostar de Carter. O jeito que ele me olha me faz sentir desperta. Feminina. Atraída. É puramente como meu corpo funciona – biologia e química, feromônios e hormônios. Tão tragicamente hétero que qualquer rapaz, *qualquer* rapaz poderia me fazer sentir assim. Não é só Carter.

Mas então ele ergue o queixo e encontra meu olhar.

Engulo minha língua, mordo meu lábio e me agarro a tudo que sou. Porque tudo que sou está tentando correr até ele.

Carter não sorri. Ele me estuda, continuando a conversar com Auden, como se não estivesse me encarando diretamente.

Olivia pega a bebida e grita:
— Vamos!
E então bebe. Ela se vira para mim, a expressão mostrando exatamente quão bêbada está – a mesma expressão que deve estar no meu rosto agora.

De repente, as luzes da casa apagam e a música para. A multidão grita. Olivia se vira para o palco e grita também. Então uma batida animada de hip-hop soa nos alto-falantes, de alguma forma mais alta que antes. Um cara negro e magrelo sobe no palco, sem camisa e com um colete jeans azul, calças brancas e correntes de ouro penduradas no pescoço.

Não é o Vontae.

Droga, esqueci que outra pessoa abriria o show, e não dá pra saber por quanto tempo esse cara vai cantar. Ele faz rap/grita no microfone e a plateia balança a cabeça junto. A maioria deles também não o conhece.

Olivia chega mais perto, puxando Auden com ela. Eles ficam no fundo da multidão, Olivia dançando desinibida e Auden observando, desconfortável.

Rio alto. Carter se vira e me olha, pegando a metade final do meu riso. Meu estômago revira quando ele se aproxima.

— Lembrei o que eu estava falando lá fora.

Em resposta, ergo a sobrancelha.

— Se você diz que não é o tipo de pessoa que se sente confortável nesta situação, você está dizendo para si mesma como se sentir da próxima vez.

— Não estou me dizendo como me sentir. Estou deduzindo como me sinto naturalmente.

— Não é justo deduzir na sua primeira vez no centro. É claro que você está desconfortável. É uma experiência nova. — Olho para ele, de lábios franzidos e cabeça inclinada. Carter se inclina para longe, gesticulando para o nosso entorno. — Volte aqui duas ou três vezes e veja como se sente.

Olho para os cantos escuros, o espaço aberto cheio de gente, o palco, as luzes piscantes. Então olho de volta para Carter, luzes azuis e verdes brilhando nos olhos dele, dançando por suas bochechas. Um sorriso toma conta dos meus lábios. Tento desfazê-lo, mas o álcool torna difícil controlar meus músculos. Então escondo meu sorriso com o punho.

O rapper termina seu show e a plateia aplaude. Confiro meu celular: nove e meia da noite. Se não estiver atrasado, Vontae provavelmente vai começar às dez. Mas não dá para saber quando termina. Onze? Meia-noite?

Auden e Olivia voltam, Olivia sem fôlego e Auden de rosto afogueado. Carter puxa Auden para o lado dele. Estão falando baixinho, mas ouço umas palavras aqui e ali. "Pegue ela mais perto", e a reclamação de Auden: "Gente demais".

Há um espelho atrás do bar que de alguma maneira eu só percebi agora. Me olho. Meus lábios estão entreabertos. Ainda estão dormentes. Fecho a boca e observo Carter enquanto ele encoraja Auden – os olhos, os lábios dele.

Mas então ouço Auden dizer:

— Olha, só preciso de outra dose.

O barman está na ponta oposta do bar.

— Você não pode esperar por outra dose. Não pode esperar a noite toda, cara.

Auden revira os olhos, mas deveria ter ouvido Carter. Nenhum de nós percebe o quanto ele devia ter ouvido Carter até que o homem mais sexy do mundo se aproxima e diz:

— Livvy?

Ela se vira em seu vestido de couro apertado.

O cara misterioso é negro de pele clara, tem intensos olhos cor de âmbar e longos dreadlocks castanho-claros. Exalando confiança, sabendo que pode ter a garota que quiser, ele estende a mão para Olivia.

— Há quanto tempo.

— Sim, teve motivo pra isso — Carter murmura ao meu lado.

— O que você está fazendo aqui? Sei que você ama o Vontae. Você devia estar na frente — diz o cara.

Olivia franze a testa.

— Como? Olha essa gente toda.

— E? — Ele ri. O riso dele soa como o de um anjo. — Vou abrir caminho. Venha.

E não acredito, mas Olivia o segue até a multidão sem dizer nada. Quer dizer, eu também seguiria, mas esperei mais resistência dela.

— Droga! — Carter grita, frustrado. — Aquele cara é a kryptonita da Livvy. Com certeza ela vai pra casa dele hoje à noite.

— Quem é? — pergunto.

— Kendrick, o ex dela.

Auden observa Olivia desaparecer na multidão com Kendrick. Sinto as ondas de medo exalando dele.

Por fim, o barman chega até nós. Carter se inclina no balcão.

— Duas doses de tequila.

— Quatro! — Auden grita, pegando a carteira. Ele joga o dinheiro no balcão enquanto o barman serve as quatro doses.

— Você enlouqueceu? — pergunto.

Auden me ignora, tomando uma dose e depois outra. Tomo uma de olhos fechados. A resposta é sim. Sim, ele enlouqueceu.

*Tomar doses de tequila é fácil quando você já está bêbada.* Preciso adicionar essa à minha lista de lições de vida. Mas, para ser sincera, tudo fica mais fácil quando estou bêbada, exceto ficar de pé, andar, usar o banheiro, falar com coerência. Tomei três cervejas e quatro doses de tequila. Fui ao banheiro duas vezes. Estou cambaleando quando deveria estar normal. Auden está falando tanto, mas tanto. Carter está tentando nos manter na linha, mas somos demais para ele.

Porque começa a tocar uma música da Toni Braxton. Carter vê no meu rosto o quanto eu amo essa música. Canto junto, balançando a cabeça. Ele sorri, observando com cuidado. Então começa a tocar o refrão, e não consigo evitar: balanço os quadris. Carter sabe que é um erro antes que eu saiba. Acontece muito rápido. Torço o tornozelo, o salto plataforma me abandonando totalmente, e despenco.

Mas Carter chega num piscar de olhos, uma mão envolvendo a minha cintura, a outra me puxando pelo braço.

— Ai, meu Deus, Quinn.

— Você é rápido — balbucio.

— Você está bem? — pergunta ele, me ajudando a ficar de pé.

Me perco nos cílios, nas sobrancelhas, na barba aparada dele. Minha mão se ergue para traçar a linha reta do maxilar dele. Confiro seus olhos. Ele parece surpreso e despreparado. Dou uma risadinha.

— Eu gosto do seu corte de cabelo, viu?

— *Uau*, você está muito bêbada.

Carter me solta e dá um passo para trás.

— Não estou tão bêbada assim. Não estou bêbada como o Auden.

Olhamos para Auden de costas contra o bar, balançando a cabeça no ritmo da música, os olhos fechados.

Carter solta um riso pelo nariz.

— Verdade, mas você está logo atrás. — Ele tira minha mão do rosto dele e a outra do peito. — A Quinn sóbria não estaria em cima de mim assim.

Franzo a testa.

— A Quinn sóbria tem medo demais dos sentimentos dela.

Ele ergue a sobrancelha.

— O que isso quer dizer?

— O diário é sobre isto: colocar todos os meus sentimentos para fora para que eu não tenha que falar deles. — Faço um muxoxo pra mim mesma. — É um hábito muito ruim.

Carter me olha, pensativo.

— Bem, talvez você deva parar.

— Meu diário sumiu, então... — Passo por ele cambaleando, seguindo para o bar. — Auden, você conhece mesmo essa música?

— Sim! Eu amo.

Nem eu conheço essa música - algum hip-hop moderno. Com certeza não é do meu gosto.

Enfim a hora chega. Vontae começa o show com um instrumental assustador adequado para um cantor de ópera. A plateia enlouquece. Auden está nas pontas dos pés, procurando por Olivia e Kendrick. Carter está inclinado contra o bar atrás de mim, a atenção no palco.

Só quando a plateia canta junto que percebo como Carter e eu somos a minoria aqui. Como a maioria da plateia é branca e como eles não tem problema em cantar cada palavra, incluindo aquela com P.

Sei que é só a letra. Sei que não estão me chamando da palavra com P, mas toda vez que eles a cantam, me encolho. E não posso fazer nada a respeito. Eu não deveria estar - ou nem tenho *permissão* para estar - ofendida.

Meu sangue ferve porque estou ofendida. Minha pele fica pegajosa de suor porque também estou com medo.

Duas garotas no fim da multidão estão dançando como se ninguém estivesse olhando. Uma delas tem cabelo loiro e usa um boné de beisebol verde-lima. A outra tem cachos castanhos com luzes. Elas se parecem com Destany e Gia. Mas provavelmente não são. Elas não dançariam assim. Mas é o suficiente para me magoar de novo. Sei que a palavra com P está saindo dos lábios delas também, assim como de todo mundo.

Carter sussurra no meu ouvido:

— Você está bem?

Quase me esqueci de que ele estava atrás de mim. Estou agarrando minhas mãos, esfregando meu dedão esquerdo no direito. Me viro para ficar diante dele. Quando Carter vê minha expressão, a dele desmorona.

— Está tudo bem — garante ele.

— Estou com medo — sussurro.

De jeito nenhum ele me ouviu. Acho que leu meus lábios.

— Não fique. Você está bem.

— O que está acontecendo? — pergunta Auden atrás de nós.

— Vamos nos sentar! — grita Carter.

Ele começa a andar em direção aos sofás nos fundos da boate e agarra minha mão sem olhar, como se a mão dele sempre soubesse como encontrar a minha. Ele me senta em um sofá baixo, firme e roxo. A área está deserta. Acho que ninguém é doido o bastante para comprar os ingressos e não assistir ao show.

Carter se senta de um lado, Auden do outro, eu no meio.

— O que aconteceu? — pergunta Auden.

Carter diz por sobre a minha cabeça:

— Você viu como aquelas pessoas se parecem mais com você do que com a gente?

Fecho meus olhos com força, porque é muito bom ouvir ele dizer *a gente*. Me faz sentir melhor, como se eu não estivesse sozinha, o que me faz querer chorar, porque se eu não estivesse sozinha naquela festa no fim de semana passado, talvez as coisas estivessem diferentes agora.

— Você ouviu a letra e o fato de que eles estavam cantando junto?

Por fim, Auden diz:

— Ah.

Carter assente. O maxilar dele fica retesado enquanto foca no palco.

— É por isso que eu não queria vir. Não é só por causa da música ruim.

Os olhos dele alcançam os meus, e a expressão dele suaviza.

— Você está bem — garante ele para mim. — Vou pegar um pouco de água para você.

— Nada de água. Cerveja. Dos Equis.

Carter luta contra um sorriso, mas perde.

— Duas — balbucia Auden atrás de mim.

— Vocês estão doidos se acham que eu vou deixar vocês beberem mais. Vou trazer água.

— Estraga-prazeres! — grita Auden para ele, e então se vira para mim. — Sabe, Quinn, nunca entendi por que pessoas brancas lutam com unhas e dentes para poderem dizer aquela palavra. Não vejo o que tem de tão interessante.

Ele está encarando a parede diante de nós, os sofás vazios e as luzes baixas.

— Nem eu.

— Sei por experiência própria que há lugares em que a palavra ainda é usada de maneira odiosa.

Franzo as sobrancelhas.

— Como assim por experiência própria?

— Meus pais são de uma cidadezinha no leste do Texas. Do interior. — Auden olha para as mãos caídas no colo. — Quando visitamos, tenho que aguentar o racismo da família. — Ele ergue o olhar. — Foi especialmente ruim quando o Obama era presidente.

Ergo as sobrancelhas.

— Posso imaginar.

— Não acho que as pessoas brancas devam usar a versão "amigável" da palavra, sabendo que em algum lugar alguém ainda a usa para discurso de ódio. Não parece justo para as pessoas negras que, toda vez que a escutam, precisam descobrir se estão sendo insultadas ou não.

Olho para Auden e quase choro.

— Uau, Auden.

— O quê? — Ele se vira para mim, confuso.

— Obrigada.

Nunca me senti *vista* por um amigo branco. Estou com vontade de comprar um presente para ele. Estou com vontade de abraçá-lo.

Caramba, estou com vontade de correr até o palco, arrancar Olivia de Kendrick e gritar na cara dela como o Auden é um cara bom. Ela teria sorte em namorar ele.

Carter volta com duas Dos Equis. Vê-lo me deixa mais agitada.

— Obrigada, obrigada, obrigada!

Auden e eu comemoramos, pegando as cervejas.

— Vocês vão estar um caco amanhã — diz ele, nos observando beber. — Lembrem-se, a gente tem que assistir ao segundo filme sobre o JFK amanhã.

Me viro para ele.

— Ah, sim.

— Nós *não* vamos voltar para a minha casa — diz Auden, apontando a cerveja para nós. — Carter, é a sua vez.

Ele de repente parece desconfortável.

— Na verdade... não tenho nada que reproduza DVD.

— Ah, é. Você me disse isso — confirma Auden. — Acho que vamos voltar para a casa da Quinn.

— Provavelmente está tudo bem — balbucio, bebendo mais cerveja.

O refrão da letra de rap está começando a se embaralhar agora. Tudo está.

Estou encarando o sofá vazio diante de nós, minha cabeça se enchendo com algo pesado, até que Carter diz:

— Tem certeza de que não podemos voltar para a sua casa, Auden? Achei sua mãe muito gentil.

— Tem algo errado com a minha casa? — pergunto, virando a cabeça na direção dele.

Carter aperta os lábios.

— Quer dizer, seu pai acha que sou um criminoso.

Ranjo os dentes. Não posso discutir com Carter, não depois do modo como ele me confortou. Não posso negar a ele seus sentimentos.

— Você é bem-vindo na minha casa — digo, desviando o olhar. — Meus pais brigaram por causa disso o dia todo depois que você foi embora. Sei que meu pai está com vergonha da reação que teve.

— Não sei. O medo é perigoso. Medo mata homens negros.

— Você acha que meu pai te mataria? — pergunto, meu olhar encontrando o dele.

— Se seu pai tivesse uma arma aquele dia, acho que eu poderia estar morto agora.

Me magoa que Carter teme pela própria vida na minha casa. Que um rapaz com a pele tão retinta quanto a minha não se sinta seguro perto do meu pai.

— Sinceramente, duvido que meu pai esteja em casa amanhã. É raro ele estar lá aos sábados.

Carter me olha, cético.

— E eu vou te proteger. Prometo.

Ele sorri, os olhos brilhando, e então ri.

— Você vai me proteger?

Assinto.

— Serei como sua guarda-costas. Se você precisar ir ao banheiro, vou ficar do lado de fora e te escoltar para todo o lado.

Carter ri, jogando a cabeça para trás. Então me olha. Me afundo nas covinhas dele.

— Tá bom. Combinado.

Ele estende a mão, me lembrando da primeira vez que fizemos um acordo na aula do sr. Green, ontem. Pensei que ele era um cara ruim, mas agora, acho que acredito nele. Ele não poderia ser meu chantageador. Ele tem pontos sensíveis demais...

Como o meio da palma da mão.

Coloco a mão na dele, e Carter a balança uma vez. Está sorrindo, e penso no que Olivia disse sobre encontrar um jeito de "colocar ele inteiro na boca". Então eu me inclino. E acho que ele pode estar se inclinando para longe de mim. Não dá pra ter certeza, porque então a cabeça de Auden cai no meu colo, a garrafa de cerveja vazia caindo no chão, rolando para debaixo do sofá.

Carter pula para trás, e eu também.

— Precisamos ir — diz ele, olhando para a cabeça de Auden no meu colo.

— E Olivia?

— Ela mandou mensagem faz um tempinho. Vai pra casa com o Kendrick. — Carter se levanta, me olhando. — Você acha que pode ficar aqui e não ser roubada?

Eu o encaro de olhos arregalados.

— Preciso tirar o carro da Olivia de lá. Só fica de olho no Auden. Não deixa ele vomitar em você.

Meu rosto está ainda mais horrorizado.

— Você vai ficar bem. Já volto, juro.

Então ele desaparece.

Olho para as bochechas vermelhas e para a boca aberta de Auden. Ele geme e aperta os olhos. Agarro a mão suada dele.

— Está tudo bem. Estamos quase fora daqui.

— Quinn, por que Olivia me largou por aquele cara? — balbucia ele, abrindo os olhos, virando-se para mim.

— Ela tem história com ele. Às vezes, só isso basta.

— Você acha que é porque sou branco? Talvez ela não goste de caras brancos.

— Ela é metade branca.

— Isso não significa que ela gosta de caras brancos.

— Ela gosta de você, Auden.

— Como é que você sabe?

— Antes do Kendrick aparecer, ela tava todinha em cima de você.

Ele sacode a cabeça.

— Ela tava mesmo.

Então deita a cabeça de novo e fecha os olhos. Seguro a mão dele até que Carter volte.

— O carro tá lá fora — diz ele, a voz cansada.

Ele agarra a minha mão e me puxa do sofá.

— E o Auden?

— Vou voltar pra buscar ele. Ele não vai a lugar nenhum.

Quando chegamos lá fora, o ar da noite bate no meu rosto. Arrepios percorrem minha pele exposta.

— Carter, não me sinto bem.

Fecho os olhos.

Ele envolve minha cintura e me conduz.

— Eu sei. Vamos pegar água pra você.

— Não quero água. Só quero deitar.

— Você vai poder deitar daqui a pouco. Vamos pegar o carro primeiro.

— Não sei se consigo.

— Está bem aqui, Quinn.
— Mas meus pés doem.

Ele suspira.

— Odeio essas botas. Como as garotas fazem isso de salto agulha?
— Apoio a cabeça no braço dele.

— Não sei — murmura ele, tentando manter meu corpo na vertical.
— Você acha que eu pareço uma piranha neste vestido?

Ele me olha com uma pitada de divertimento.

— Não.
— Você acha que eu estou sexy?

Chegamos no carro, e Carter abre a porta do passageiro, sem me responder.

— Carter — choramingo, arrastando a última sílaba.

Então o paro no meio da calçada e olho nos olhos dele, fazendo um biquinho.

— O quê, Quinn?

Passo os braços atrás da nuca dele, ficando nas pontas dos pés para ficar bem perto da boca dele.

— Você acha que eu sou sexy?

Carter me olha. Ele segura meus quadris com as pontas dos dedos, como se não estivesse confortável comigo tão perto, mas não quer me afastar.

— Quinn, você sempre foi linda. Sabe disso.

Mordo o lábio inferior e inclino a cabeça. Ele sempre achou isso? Olivia estava certa sobre a quedinha dele? Quando estou prestes a perguntar, o mundo começa a girar. Minha cabeça parece feita de vento. Fecho os olhos com força, e sinto a bile subindo por meu esôfago.

Carter deve saber o que está acontecendo, porque sai da frente bem na hora. O vômito se espalha no cimento, caindo nas botas que Olivia me emprestou.

— Desculpa, mãe da Olivia — choramingo.

Carter segura meu cabelo, mas já acabou. Acho que ele me leva para o carro, mas não me lembro de me sentar nem de colocar o cinto nem do carro em movimento. A escuridão é boa, então eu a deixo me engolir por completo.

## POR QUE EU PERTENÇO EXATAMENTE AO LUGAR ONDE ESTOU

1. Acho que eu não estaria aqui se uma parte de mim não quisesse estar aqui. Seja lá o que "aqui" possa ser.
2. E se "aqui" é um erro, acho que provavelmente aprendi algo – algo que eu precisava aprender.
3. Há portas fechadas e tetos de vidro suficientes no mundo. Minha zona de conforto não deve ser um deles.

– 16 –

# AS PIORES COISAS SOBRE SER HUMANA

Antes de eu poder abrir os olhos, tenho que sentir. Tudo. Minha cabeça latejando, minha garganta seca, meu estômago revirando. Não sei se *consigo* abrir os olhos.

A noite passada volta para mim, cada fratura de tempo mais horrível que a anterior: eu caindo no meio da boate, por cima de Carter, ele me afastando, eu quase vomitando nele. Foi real?

Quando, enfim, abro os olhos, meu coração quase pula da boca. Uma garotinha com marias-chiquinhas de tranças está ajoelhada ao lado da cama, encarando minha boca.

— Você é bonita — diz ela.

É a *última* coisa que eu esperava ver, então um guinchar, baixo e rápido, me escapa. Cubro a boca com a mão, e a garotinha se afasta.

A porta abre. A luz invade, vinda do corredor.

— Imani — chama Carter. A garotinha fica em posição, as mãos atrás das costas. — Te falei para não vir aqui.

— Eu só queria ver...

Ele abre mais a porta.

— Vá comer.

A garotinha franze a testa, correndo para fora do quarto.

Estou muda sob o edredom dele, em sua cama de casal, e não me lembro de como cheguei aqui. Carter me olha, secando as mãos em uma toalha. Ele está sem camisa e com shorts pretos de basquete. De volta ao normal.

— Isso é pra você também. Venha comer.

A porta bate atrás dele.

Quando me sento, olho para baixo. Ainda estou usando o vestido da noite passada. Minha mão voa para meu cabelo emaranhado. Droga, eu não o prendi ontem à noite. Nem posso imaginar como meu rosto está.

Passo as pernas para a lateral da cama e me levanto rápido demais. Minha cabeça gira, e meu estômago se agita. Me seguro ao colchão até que tudo se acalme. Tudo, menos meu estômago.

Quando chego à porta, semicerro os olhos para a luz vinda do corredor, ouvindo os talheres baterem e os murmúrios de um programa infantil. Então vou à cozinha e encontro Carter mexendo uma panela de aveia em um fogão antigo à gás.

— Pegue uma tigela — diz ele, inclinando a cabeça para um armário aberto com louças azuis de plástico.

— Nem consigo pensar em comer — grunho.

— Vai te fazer sentir melhor.

Olho ao redor, cansada.

— Seus, hã, pais estão em casa?

Ele não tira os olhos da panela.

— Que nada.

— Que horas são?

— Umas oito, acho. — Carter tira o celular do bolso. — Oito e meia.

— Preciso pegar minhas coisas na casa da Olivia. Cadê ela?

Carter abaixa a colher e me olha.

— Já peguei.

Ele aponta para a sala de estar.

Passo pela porta. Minha mochila está no chão em frente a um sofá marrom, meu celular por cima, mas paro quando vejo Auden desmaiado entre as almofadas, com uma lata de lixo perto da cabeça. A irmãzinha de Carter está sentada em frente a uma TV pequenina no canto, assistindo a um desenho irreconhecível da Nickelodeon e comendo uma tigela de aveia, como se tudo isso fosse normal.

Quando volto à cozinha com as minhas coisas, de alguma maneira meu estômago parece pior. Me seguro contra a soleira da porta, fechando os olhos.

— Você está bem?

— Preciso ir. Meus pais... — Engulo em seco.

— Ainda vamos ver o filme na sua casa?

Arregalo os olhos e resmungo.

— Me esqueci disso.

— Falei para você e para o Auden. Vocês exageraram.

— Demais.

Carter dá de ombros.

— Se você quiser, posso dirigir.

— Dirigir? Tipo, *você* dirigir o *meu* carro? De jeito nenhum. Tá de brincadeira?

Dou uma risadinha, balançando a cabeça rápido demais.

Carter vê no meu rosto.

— A lata de lixo está bem ali!

Vomito, segurando a lateral da lata com meus olhos bem fechados. Vomitar está na minha lista de *Piores coisas sobre ser humana*, e agora estou adicionando ficar de ressaca. Tudo queima, minhas narinas, minha garganta, meus olhos, enquanto cuspo na lata de lixo.

— Como eu estava dizendo... — Carter ri. — Quer que eu dirija?

Olho por cima do meu ombro trêmulo.

— Sim, por favor.

Carter me mostra o banheiro, onde tiro meu vestido, tento prender o cabelo e escovo os dentes. Máscara de cílios se acumula na base dos meus olhos. Estou horrível. Me sinto pior.

Quando saio, Carter está mexendo em seu guarda-roupa.

— Me dá um segundo. Preciso achar uma camisa.

Olho para os músculos nas costas dele, a definição da coluna como uma vala em que quero mergulhar, e penso comigo mesma: *Você não quer não.*

— Você pode acordar o Auden? — pergunta ele, olhando por sobre o ombro, me flagrando encarar suas costas.

De olhos arregalados, dou meia-volta.

— Sim.

Imani ainda está ocupada perto da TV quando me sento no sofá, aos pés de Auden. Dou tapinhas no tornozelo dele, chamando-o pelo nome. Ele não se mexe. Aperto o tornozelo e o balanço. Nada ainda.

Então me distraio com fotos de Carter na mesa de centro. Deus, esses olhos. Encaro uma foto dele quando pré-adolescente, segurando a irmãzinha no colo. Ela está olhando para ele, admirada, mas Carter está olhando para a câmera, no meio de uma risada.

Durante um comercial, Imani vem até mim com olhos ávidos, descansando as mãos nos meus joelhos. Ela tem cílios tão grandes quanto os do irmão.

— Qual o seu nome?
— Quinn.
— Você é a namorada do Carter?

Sorrindo, balanço a cabeça.

— Mas o Carter só deixa as namoradas dormirem no quarto dele.
— Imani, o que você está dizendo pra ela? — Carter entra, segurando uma camiseta preta. Tento não observar enquanto ele a veste.
— Ah. — Imani está surpresa por ele ter ouvido. — Eu estava contando pra ela que só namoradas dormem no seu quarto. Tipo, a Livvy nunca dorme.
— Quantas namoradas? — pergunto.

Imani sorri.

— Um monte, tipo setecentas. Mas você é a mais bonita.

Me pergunto se ela diz isso a todas as garotas.

— Imani — diz Carter, arregalando os olhos. — Isso era segredo nosso.

Ela se vira para ele com olhos pidões.

— Não, porque você disse para não contar para a mamãe quando garotas dormem aqui, e não estou contando para a mamãe. Estou contando pra... — Ela me olha com os lábios franzidos. — Como é seu nome mesmo?
— Quinn.

Ela se vira para Carter.

— Queen. Rainha em inglês.

Abro a boca para corrigir, mas decido que o erro dela com certeza foi uma melhoria. *Queen Jackson – Rainha Jackson.*

Carter vê minha complacência e bufa. Então assente para Imani.

— Você está certa, falei isso. Mas que tal se a gente não contar para *ninguém*? Tudo bem?

Ela dá de ombros, de repente fica desinteressada na conversa quando o programa dela recomeça.

— Ótima ideia, Carter. Fazer sua irmãzinha manter suas setecentas namoradas em segredo — digo, me levantando com minha mochila. — Bom saber que eu estava dormindo em uma poça de sei lá o quê.

— Seja grata. Eu podia ter feito você dormir no sofá. — Carter pega as chaves da mesa perto da porta, colocando-as no bolso. — Falando nisso, achei que você fosse acordar o Auden.

Ele se aproxima do sofá e arranca o cobertor do corpo de Auden, sacoleja o ombro e bate no rosto dele, um pouco forte. Auden abre os olhos e se senta.

Carter deve ser muito bom em ver a expressão de *estou prestes a vomitar*, porque enfia a lata de lixo nas mãos de Auden, que imediatamente põe os bofes para fora.

— Que nojo — digo, me virando.

Carter faz uma careta.

— Quem é você pra dizer?

Ele pega a lata de lixo quando Auden termina e, de alguma maneira, não está nauseado. Eu, por outro lado, sinto que vou vomitar de novo.

Enquanto Carter reúne o lixo na cozinha, Auden se senta na beirada do sofá, segurando a cabeça nas mãos.

— Posso ficar aqui o dia todo?

— Temos que ver o filme na casa da Quinn — diz Carter da cozinha.

— Vai ficar tudo bem — digo. — Vamos assistir no meu escritório. Tenho um sofá muito macio e uma pipoqueira.

Estou de pé na porta – o mais longe possível do vômito.

Carter sai da cozinha com uma enorme sacola de lixo preta na mão. Faço uma careta, tentando prender a respiração. Não me importo que metade seja o meu vômito. Não aguento o cheiro.

— Imani, vamos. Você vai pra casa da mamãe Sandy.

Ela arfa, pulando com os punhos ao lado do corpo.

— Não, por favor! Quero ir com você.

— Vamos fazer o dever de casa. — Imani franze a testa enquanto Carter calça o sapato. — É melhor você ficar aqui.

Imani resmunga, desligando a televisão e seguindo o irmão até a porta. Ele a ajuda a calçar um par de tênis que acendem luzes, e tento controlar minha atração por ele. Por que ele é tão adorável? Então Carter se ajoelha e deixa que ela passeie em suas costas.

Eu os sigo para fora do apartamento, semicerrando os olhos contra a luz da manhã, Auden me seguindo. Quando chegamos ao fim da escadaria de cimento, Carter pede que a gente espere, então sai correndo com Imani, dando gritinhos/rindo/pulando nas costas dele. Sorrio, não consigo evitar.

Ele joga o lixo na lixeira do outro lado do estacionamento e volta correndo para nós. No final, ele está respirando com dificuldade, e Imani também, deitando a cabeça em seu ombro.

— Faz de novo — diz ela.

Carter sorri.

— Daqui a pouco.

Então eles descem o meio-fio em direção ao prédio da Olivia, o trânsito passando rápido. Olho para a ponta do cotovelo de Carter enquanto ele segura as pernas de Imani. Lembro como estive perto de beijá-lo ontem à noite, o quanto ainda quero muito. Ainda devo estar bêbada.

Quando chegamos ao apartamento da Olivia, vamos em direção à escada, mas Auden fica para trás.

— Ei, posso esperar no carro?

— A Livvy não tá aqui, cara — diz Carter.

— Mesmo assim. — Ele abaixa a cabeça. — Só quero ficar deitado.

Tiro as chaves do bolso e destranco as portas da Mercedes, estacionada em segurança nos fundos do estacionamento.

— Não vomite no meu banco traseiro. — Auden vai em direção ao carro, e sigo Carter escada acima. — Ele está evitando a Olivia? — pergunto.

— Você não evitaria? Kendrick praticamente a arrancou dos braços dele.

Carter bate na porta, com Imani descansando a cabeça no ombro dele.

A mãe de Olivia abre a porta.

— Oi, Carter. — Ela dá um sorriso sonolento. — Imani. — Então me olha. — E esqueci seu nome, querida.

— Quinn.

— Quinn — repete ela, a voz cansada.

— Bom dia, mamãe. Você se importa de tomar conta da Imani um pouquinho? Temos que fazer um projeto da escola.

A mãe de Olivia olha para mim e então para Carter, inclinando a cabeça.

— Um projeto da escola, hein?

— Sim, senhora.

— Garoto, você não tem que mentir pra mim. Venha, Imani.

— Juro que não estou mentindo. Temos um projeto de história.

— Tanto faz — diz ela. — Não nasci ontem.

Olho para Carter, e ele balança a cabeça, revirando os olhos. Tira Imani das costas e a coloca de pé. Ela faz um beicinho, olhando para ele.

— Eu já volto — diz Carter, acariciando a cabeça dela.

Imani faz uma careta e entra no apartamento batendo os pés, os sapatos brilhando por todo o caminho.

— Obrigado, mamãe.

A mãe de Olivia assente e nos dá um tchauzinho.

— Gosto dela — comento, seguindo Carter escada abaixo para o estacionamento.

— Mamãe Sandy? É, ela é ótima.

— Não, quis dizer a Imani.

Ele se vira para mim com um sorrisão.

— Ah, sim. Eu também.

Quando chegamos ao meu carro, Auden está encolhido no banco de trás com os olhos fechados. Carter dá a partida, sorrindo de orelha a orelha, deslizando as mãos no volante.

— Tome bastante cuidado, tá?

— Já vi como você dirige esta coisa. Vou ser bem melhor, prometo.

Reviro os olhos e recosto a cabeça.

Enquanto Carter dirige, com meus olhos fechados e cabeça latejando, revivo a noite passada, e como ele me olhou. Carter não conseguia tirar os olhos de mim, como Olivia disse. Revivo como ele me prensou contra a parede de tijolos quando a multidão passou por nós. Como ele esqueceu o que estava dizendo. Como nós dois esquecemos.

— Você se lembra de alguma coisa da noite passada? — pergunta Carter, lendo meus pensamentos.

— Não me lembro de nada depois que eu vomitei.

— Você deu um trabalhão. Levei vinte minutos para subir com você as escadas até o meu apartamento.

Meus olhos se abrem.

— Espera. O que eu estava fazendo?

Ele me olha com um sorriso.

— Você estava fora de controle. Ficou me implorando para dormir com você.

Meu queixo cai.

— Nããão.

Ah, o horror.

Ele ri, jogando a cabeça para trás.

— Estou brincando, Jackson.

— Não faz isso. — Franzo a testa, apontando o dedo para ele. — Não tem graça.

Porque soa mesmo como algo que eu faria.

— Mas você estava fora de controle ontem, sim. Estava toda em cima de mim, falando, "Você acha que eu sou sexy, Carter?", tentando me beijar e...

— É, não vamos falar disso.

Carter fica em silêncio, mas posso ouvir o sorriso se espalhando em seus lábios.

— Eu não fazia ideia de que você me queria assim.

— Cala a boca. — Faço cara feia. — Eu estava bêbada.

Ele inclina a cabeça com um sorrisinho irritante.

— O que importa é que acalmei o chantageador. — Pego meu celular e confirmo que não tenho novas mensagens. Não, nada.

— Não, o que importa é se você se divertiu. — Ele me olha, as sobrancelhas erguidas.

Assinto, me virando para o para-brisa.

— Me diverti, sim. — Então fecho os olhos e apoio a cabeça no encosto. — Mas quer saber qual é a pior parte da ressaca?

— O quê?

Me viro para Carter.

— Estou com vontade de comer frango frito.

— Isso! Podemos parar no Popeyes? — pergunta Auden, se sentando.

Olho para trás, surpresa. Podia jurar que ele estava dormindo. Carter ri.

— Tenho certeza de que não tem nenhum Popeyes perto da casa da Quinn.

— Não tem. Mas e a Jason's Deli? Eu poderia tomar uma sopa.

Auden resmunga, deitando de novo.

— Então tá.

### AS PIORES COISAS SOBRE SER HUMANA
1. Ter que assistir uns aos outros morrendo.
2. Diarreia.
3. Constipação.
4. Vômito.
5. Psiques construídas para o preconceito.
6. Não viemos com chavinhas para mudar nossas emoções.
7. Estamos à mercê do nosso DNA e da nossa herança.
8. Ressaca.
9. Não podemos escolher por quem nos apaixonamos.

Quando chegamos à minha casa, o carro do meu pai está na garagem. Garanto a Carter que vou protegê-lo, mas ele não ri. Parece nervoso.

Saímos do carro e passamos pela porta – eu, Auden, e Carter atrás. Tiro os tênis. Os garotos fazem o mesmo. Então, em silêncio, passamos de meia pela entrada. Dou uma olhada na sala de estar e me viro para a cozinha.

— A barra tá limpa — garanto.

Eu os conduzo escada acima para o escritório e eles se sentam no sofá.

— Água?

— Sim, por favor — diz Auden. Carter assente.

Enquanto volto para baixo, vejo meu pai na cozinha, enfiando a camisa polo em suas calças cáqui. Meu estômago já irritado revira.

Ele me ouve e se vira.

— Ah, ótimo, você está aqui. Você e eu vamos visitar a Hattie hoje.

Eu o encaro, sem palavras. Ele não diz como se fosse uma escolha. Ele não diz com um grama sequer de paciência.

— Não, preciso trabalhar no meu projeto hoje.

— Quinn. — Meu pai para diante de mim, furioso. — Como você pode só ficar sentada aqui enquanto sua avó está doente?

— Não posso vê-la assim.

Meus olhos se enchem de lágrimas. Não estou pronta para falar disso agora. Preciso de algumas horas a mais de sono. Preciso de comida. Preciso de tempo.

— Você vai se arrepender de cada segundo que não passar com ela. — Ele agarra o meu pulso. — Não vou permitir que você faça isso consigo mesma, nem com ela. Vamos.

Ele me vira.

— Pai.

Ele me puxa em direção à entrada.

— *Pai*.

Me recuso a ir àquela casa de repouso horrível para ver a Hattie que não consegue andar sem ajuda, a Hattie que provavelmente nem se lembra do meu nome, quanto mais do meu rosto - a impostora.

— Pai, para! Não posso ir!

Estou cuspindo lágrimas, tentando me livrar. Se ele me colocar no carro, juro que vou pular fora na primeira chance.

— Desmond, você não pode forçá-la a ir se ela não estiver pronta! — grita minha mãe do topo da escada.

Meu pai para de me puxar, mas não solta meu braço.

— Isso é problema seu, Quinn. — Ele se vira para mim, os olhos marejados, mas não úmidos o bastante para apagar o fogo. — Você fica sentada aqui, esperando o dia em que vai estar pronta. Você nunca vai estar pronta para nada! Não consegue escolher um lugar para viver. Não consegue escolher uma graduação. Não consegue levantar a bunda e ir ver sua avó moribunda. Ela está morrendo, Quinn! E você fica sentada aqui como se ela fosse viver para sempre!

Ele solta o meu pulso com força.

— Não venha chorar pra mim quando ela tiver partido e você não tiver ido vê-la.

Ele se apressa para dentro da casa, e minha mãe corre atrás dele.

Tremo como um terremoto, encarando a sala de estar vazia até que se desfoque em inúmeras cores confusas.

Carter me alcança na cozinha antes que eu desmorone. Não sei quando ele desceu as escadas, ou o quanto ele escutou, mas caio nos braços dele, grata por ele estar aqui.

Minha respiração se apressa entre meus lábios. Estou arfando contra a camisa preta dele. Não estou chorando. Estou chorando *feio*. Nunca chorei feio na frente de ninguém. Duvido que ele possa me ver como "bonita" depois disso.

Minha mãe alcança meu pai na porta da frente.

— Eu juro, Desmond, não importa a situação. Você não pode falar com ela assim!

— Ela vai se arrepender disso pelo resto da vida. E para quê? Porque está com medo de ver Hattie mudar?

Minha mãe diz:

— Hattie sempre foi forte. Quinn não consegue entender que ela está diferente.

— Isso não é desculpa. Não posso ficar de braços cruzados e deixá-la desperdiçar o tempo! — A voz dele falha em *tempo*. Então a porta da frente bate com força.

Tudo está silencioso, exceto por meu arfar e soluços. Carter afasta meu rosto da camisa dele. Seca minhas bochechas. Mal posso ver através das lágrimas, mas consigo distinguir o franzir da testa e os olhos dele se arregalando.

Minha mãe se aproxima. Carter encontra o olhar dela e dá alguns passos para trás, para que ela possa substituí-lo diante de mim.

— Carter — diz ela, sem quebrar o contato visual comigo. — Vá para o escritório. A Quinn já vai pra lá.

Observo Carter por sobre o ombro dela enquanto seco meus olhos, clareando minha vista. Ele está andando de costas, mas me olha como se não quisesse ir. Também não quero que ele vá. Olho para a minha mãe. Ela quer falar sobre o que acabou de acontecer, mas só quero ir lá pra cima, comer minha sopa de cheddar e brócolis e assistir a um filme chato com os meus amigos.

— Mãe, estou bem — digo, olhando para ela. Seco meu rosto com as mãos.

— Quinn. — Ela franze a testa. — Seu pai estava totalmente fora de controle...

— Podemos conversar depois? Agora, eu só quero... — Aponto para a escada. — Temos um projeto pra fazer.

Ela pensa, buscando meus olhos antes de assentir.

— Tudo bem, querida. Conversamos depois.

Passo por ela e sigo Carter lá pra cima.

O ar está tenso, mas quanto mais eu subo, mais meus ombros relaxam, e menos sinto que preciso pedir desculpas pelo que ele acabou de testemunhar.

Acho que não existe lugar perfeito para a gente assistir a esse filme. A casa de Carter não tem muita coisa, não tem pais (que eu tenha visto), nem sequer um aparelho de DVD para assistirmos ao filme. Auden tem uma mãe que não nos deixa em paz por tempo o suficiente para ver o filme. Minha casa tem pais que brigam e uma filha que desmorona, tanto que não podemos nem sequer começar o filme.

Mas todos sabemos que nenhuma das casas é perfeita. E há entendimento entre nós. Posso ver na maneira como Auden está deitado no sofá, bem na curva do L, colocando os pés nas almofadas como se não fosse sua primeira vez aqui. Posso ver na forma como Carter coloca nossas comidas sobre a mesa e dá ordens, como se nada do que aconteceu fosse novidade nem surpreendente, nem *esquisito*. O que é chocante, principalmente depois que ele acabou de ver a versão mais feia de mim. Não acredito que ele não saiu correndo e gritando depois de me ver daquele jeito.

— Tá pronta, Jackson? — pergunta ele, me olhando.

Deus, a camisa dele provavelmente ainda está molhada.

— Vou me limpar.

Desço o corredor até o meu banheiro, coloco meu pijama mais confortável, lavo o rosto, hidrato e prendo o cabelo.

Pareço melhor. Não ótima, mas melhor.

Quando volto ao escritório, os dois estão terminando de comer. Me sento contra o braço do sofá, apoiando meus pés na almofada, e começo o filme.

Como esperado, é chato, e depois da noite que tivemos ontem, e com a quantidade de comida que comemos, nós três adormecemos em menos de trinta minutos.

Quando acordo, o filme acabou. Não acho que nenhum de nós conseguiu fazer uma página inteira de anotações. O DVD está na tela de menu, a assustadora música presidencial afogando o ronco de Auden.

Levanto a cabeça. Auden está esparramado na outra metade do sofá, a cabeça para trás, a boca escancarada. Carter está sentado ao meu lado com a cabeça para trás, inclinada na minha direção, de olhos fechados.

Minhas pernas estão encolhidas no colo dele. Pouso a cabeça de volta na almofada e encaro a tela da televisão, me deleitando com o calor e por estar tão perto dele.

Então fico gananciosa. Me viro de lado para ficar diante de Carter, meus joelhos encolhidos perto do abdômen dele. Uma das mãos dele pousa na minha coxa, a outra na minha pele, mas seus olhos ainda estão fechados. Encaro o formato dos lábios grossos dele, a ponte do nariz largo, o ponto onde as covinhas estariam.

Carter abre os olhos. Sustenta meu olhar, calmamente e em silêncio. Há uma entrega em nosso olhar. As mãos dele ficam pesadas na minha pele. E eu fico quente. Suada. Estas calças de pijama são grossas, e o calor do corpo dele está pegando fogo.

Penso em todas as maneiras como quero beijá-lo, mas antes que possa me convencer, Carter diz em uma voz profunda e grogue (sexy).

— Você ronca.

Minha expressão muda.

— Acho que você está me confundindo com o Auden.

— Sei o que ouvi. — Ele sorri, apertando minha panturrilha.

Minhas bochechas pegam fogo. Tiro minhas pernas do colo dele, me sentando.

— Eu não ronco.

— Como é que você sabe?

Estico os braços acima da cabeça, bocejando. Então me viro para Carter, e ele está olhando para o meu corpo, sem qualquer vergonha.

— Eu apenas sei.

Me levanto, puxando minha blusa para baixo. Olho por sobre o ombro, enquanto dou a volta no sofá. Carter ainda me observa.

Quando vou em direção à escada, eu o ouço me seguindo.

## – 17 –

## COISAS QUE EU NUNCA TERIA FEITO SE AINDA ESTIVESSE COM O MEU DIÁRIO

A porta do quintal se fecha atrás dele.
— Quer falar sobre o que aconteceu?
Presumo que ele esteja falando sobre meus pais brigando e eu chorando feio e Hattie.
— Não.
Carter olha para os móveis do quintal atrás de mim, e então de volta para os meus olhos. Está semicerrando os olhos, embora o sol não esteja mais tão forte. Nuvens absorvem a luz, jogando um tom de cinza sobre tudo. Parece chuva.
— Mas eu agradeço por me reconfortar. Você não precisava ter feito isso.
Me sinto pequena olhando para ele. Carter, com as mãos casualmente nos bolsos dos shorts. Ele encara o chão.
Quando vou ao balanço da Hattie, ele me segue, se sentando ao meu lado.
— Sabe, mesmo que esteja diferente agora, ela ainda é sua avó. Não a puna por estar doente.
— Não estou punindo ela.
Me viro, tocando meu cotovelo no dele.
— Mas você não aceita que ela está diferente agora — diz ele calmamente.

Procuro tranquilidade em seus olhos e roubo um pouco da calma. Então encaro o jardim, o céu nublado, a grama verde, a calçada levando à nossa piscina. Depois de um tempo, digo:

— Só é difícil ver uma pessoa que você ama se deteriorando diante dos seus olhos.

Carter se vira para mim, de olhos sombrios. Dou um tapinha no assento do balanço.

— Sabe, isto aqui é dela.

— Ah. — Alarmado, ele se levanta. — Eu deveria...

— Não, você pode se sentar. — Agarro a mão dele sem pensar, então solto no mesmo instante, voltando minha mão para o colo. — Era aqui que ela me contava histórias.

Com cuidado, Carter se senta de novo.

— Me conta uma.

— Tá bom. — Sorrio, animada, me voltando para ele. — Quando Hattie era pequena, ela tinha que caminhar para a escola. E era, tipo, *quilômetros*. Não sei quantos, mas eram muitos. Um dos meninos da vizinhança tentava brigar com Hattie e o irmão dela enquanto eles iam para a escola.

— Por quê? — pergunta Carter, chocado.

— Não faço ideia! As pessoas brigavam na época porque estavam entediadas.

Carter ri.

— Por que esse menino não estava na escola também?

Ele procura meus olhos, e então o sorriso desaparece. A pergunta me faz perceber o quanto não me lembro dessa história. Por que ele *não* estava na escola? Talvez houvesse um motivo mais profundo para ele brigar. Não consigo me lembrar se ele era negro ou branco. Talvez fosse um vizinho racista que queria impedir que as crianças negras fossem para a escola...

— Não me lembro. Nunca anotei.

— Tudo bem — diz Carter.

Mas não está, porque Hattie provavelmente também não se lembra, então a memória está perdida para sempre.

— Ei, olha pra mim — diz Carter, interrompendo o fluxo dos meus pensamentos. Meus olhos focam nele. — Do que você se lembra?

— Humm. — Desvio o olhar, engolindo em seco. — Só me lembro de que ele os perseguia todo dia. Nunca alcançava Hattie, mas alcançava Sonny, o irmãozinho dela. — Olho para o rosto de Carter. — Então Hattie enganava o valentão, correndo em círculos ao redor dele para que ele a perseguisse e Sonny escapasse.

Carter sorri.

— Isso é coisa de desenho.

— É.

Rio, recostando minhas costas no balanço, colocando meus pés no chão. Penso em todas as histórias sobre como Hattie era rápida. Queria ter visto ela correr. Mas imagino ela com a postura reta, as pernas musculosas atingindo o chão de terra. Ela era tão forte. Ela sempre foi tão forte.

Nós nos balançamos, olhando para o jardim, em silêncio. É bom só ficar sentada aqui fora de novo. Ficar sentada e parada como uma árvore e deixar o vento soprar minhas folhas.

Então, de uma vez, a chuva começa a cair sobre a casa. Paro de balançar e inspiro fundo, absorvendo o cheiro da brisa.

— Nossa, amo quando chove.

Saio do balanço, vou até o limite do quintal e deixo as gotinhas caírem na minha mão. É refrescante e calmante. Olho por sobre o ombro. Carter me observa do balanço, contente. Ele sorri quando me vê olhando para a chuva, sem suspeitar que o observo também. Sorrio como ele, então saio correndo e jogo a água da chuva no rosto dele.

O sorriso de Carter se torna descrença.

— É assim que você quer brincar?

Ele se levanta.

Eu rio, me afastando.

— Nem vem. Estes pijamas são de seda. Não podem molhar.

Ele dá de ombros, se aproximando da beirada da cobertura.

— Você devia ter pensado nisso antes. — Carter estende a mão para a chuva, e saio correndo pela lateral do quintal, mas ele é mais rápido do que eu. Ele agarra minha cintura. — Agora tenho que te jogar na chuva — diz ele, me puxando.

Dou um gritinho, rindo.

— Não, não me jogue! — Me contorço nos braços dele e me viro para ele com olhar meio tonto. Empurro o peito dele com toda a minha força, tentando afastá-lo da chuva. Ele não se mexe. Ri da minha tentativa.

Mas então pressiono minhas mãos no abdômen dele e enfio meus dedos dos pés descalços no chão, usando toda a minha força para empurrá-lo para trás. Ele se mexe um pouquinho, com um sorriso travesso. Então agarra meus antebraços.

— Se eu for parar na chuva, você vem comigo.

— Boa sorte com isso.

Continuo a empurrá-lo até as costas dele tocarem um pilar na beirada do quintal. A chuva respinga na grama a centímetros dos nossos pés, algumas se dissolvendo no cimento, outras atingindo nossos dedos.

Quando olho nos olhos de Carter, um sorriso radiante ainda ilumina meus lábios, mas percebo que o dele se foi. Ele parece perdido em pensamentos. As costas dele estão apoiadas no pilar, mas minhas pernas ainda estão flexionadas, minhas mãos no abdômen dele. Sem dizer nada, ele me ergue pelos braços, meus dedos dos pés tocando os dedos dos pés dele, cobertos por meias pretas, nossos peitos e nossas respirações a centímetros de distância.

Meu sorriso desaparece também, meus olhos caindo na corrente ao redor do pescoço dele, na barba em seu queixo, em seus lábios.

— Por favor, não me jogue na chuva — digo baixinho, nervosa, sem fôlego.

Os dedos dele rastejam na parte baixa das minhas costas.

— Não vou — diz ele, da mesma forma.

A chuva se torna um som de fundo enquanto Carter abaixa a cabeça. Eu ergo a minha, antecipando o respirar e o calor dos lábios dele.

Então a porta do quintal se abre atrás de nós.

Arfo, saindo dos braços de Carter.

— Carter!

Imani vem correndo, inabalável pelo que interrompeu, pulando nos braços dele.

E bem atrás está Olivia, me dando um sorrisinho.

— Livvy me ensinou a fazer um colar — grita Imani, pendurada no pescoço dele.

Me aproximo de Olivia, que mal pode *esperar* para dizer *eu avisei*.

— Se eu soubesse que estava interrompendo a pegação, teria esperado.

— Shhh. Não aconteceu nada.

Eu a conduzo de volta para dentro. Carter e Imani seguem devagar.

— Não aconteceu nada *ainda* — sussurra ela no meu ouvido. Então me para aos pés da escada, me olhando apreensiva. — O Auden tá aqui?

— Ah. — Olho para Carter. — Hã, sim, ele está lá em cima.

— Sério?

Os olhos dela se arregalam.

— Você deveria dar um espaço pra ele, Livvy.

Ela olha direto para Carter.

— Preciso mesmo explicar sobre o Kendrick. Foi um erro enorme ir embora com ele ontem.

— É claro que foi — diz Carter descaradamente.

Imani interrompe:

— Ei, Queen! Esta é a sua casa?

Sorrio, amando o novo nome que ela me deu. Assinto. Ela se livra dos braços de Carter e corre para mim.

— Posso ver seu quarto? — Ela agarra minha mão com sua palma pequenininha e macia. Eu guio ela, Olivia e Carter escada acima.

Quando cruzamos o patamar, Auden olha por sobre o sofá.

— Obrigado por me abandonarem — diz ele. — Vocês poderiam ter me acorda...

Ele para ao ver Olivia.

— Oi, Audee — cumprimenta ela inocentemente. — Podemos conversar?

O ar está extratenso.

— Então, meu quarto é por aqui — digo, conduzindo Imani e Carter pelo corredor escuro, deixando Olivia e Auden sozinhos em uma tensão desconfortável.

Quando acendo a luz, Imani solta minha mão. Fico na soleira, olhando para o meu quarto como se também fosse a primeira vez que o vejo.

Paredes vazias cor-de-rosa, penteadeira cheia de cosméticos, mesa cheia de papéis espalhados e óleo de coco e discos para o meu toca-discos.

Imani dá um gritinho, correndo e pulando na minha cama, olhando para a estampa de flores rosas e amarelas do meu cobertor.

— É uma cama grande — diz ela. — É grande igual à cama da mamãe. Não é, Carter?

— É mesmo. — A voz dele está bem no meu ouvido, me fazendo tremer. Carter passa por mim e se senta na beirada do colchão, olhando ao redor.

— Não escolhi a cor da parede. É rosa desde que nasci.

Carter se inclina para a frente, descansando os braços nas coxas. Encaro a imagem dele na minha cama, guardando-a na memória.

— De que cor você pintaria? Azul-bebê?

Perco o ar, surpresa.

— É, na verdade sim. Como você sabe?

— É óbvio. — Ele dá de ombros, dando um sorrisinho. — Sou observador.

Sorrio também. Essa resposta é familiar.

— Suas unhas sempre combinam com a cor da capinha do seu celular — explica ele.

— Também gosto de azul! — grita Imani, pulando da minha cama e correndo até a mesa.

Carter se junta a ela, e os dois mexem nos meus discos. Sento na cama, observando a reação dele aos álbuns da Mary J. Blige e da Lauryn Hill.

— Sabe, é meio doido. Pensei que você tivesse listas pelas paredes.

Ele se vira, se apoiando na mesa enquanto Imani encontra minha caixa de esmaltes.

— As listas pertencem ao meu diário.

Carter assente.

— Por que exibir seus sentimentos pela parede? Você não tem intenção de compartilhá-los com ninguém. Certo?

— Você fala como se fosse doentio ou algo assim.

Cutuco uma linha solta do meu pijama.

— Você mesma disse que era um mau hábito.

Dou um sorrisinho, erguendo o olhar.

Carter está se aproximando de mim, as mãos nos bolsos.

— Então, o que você tem feito agora que não está com o diário?

Dou uma risadinha, arrancando a linha e a enrolando entre meu dedo indicador e o dedão.

— Estou explodindo.

— Explodindo? — Carter para diante de mim.

— Falando e fazendo coisas *demais*.

A expressão no olhar dele diz que se lembra de como quase nos beijamos há alguns minutos. Baixo o olhar, porque não tenho a coragem que tinha lá fora, quando estava chovendo e pareceu que estávamos na nossa própria ilhazinha.

Imani corre até mim com meu esmalte azul-bebê.

— Você pode pintar minhas unhas desta cor?

— Talvez da próxima vez, Imani — diz Carter.

Ela se vira para ele, fazendo um beicinho.

— Com certeza da próxima vez — garanto.

Ela sorri e corre para devolver meu esmalte.

— Vá encontrar a Livvy. Diga a ela que estamos indo embora.

Ela corre pela porta, gritando:

— Livvy!

Então ficamos só nós dois.

Carter diz:

— Fique sabendo que eu acho que tudo o que você disse e fez foi perfeito. — E passa por mim em direção à porta. — Não vai doer se você disser e fizer um pouquinho mais.

— Em relação a quê? — pergunto, inclinando a cabeça.

— Em relação aos seus sentimentos.

Ele passa pela soleira, me dando um último olhar de tirar o fôlego antes de desaparecer no corredor.

**COISAS QUE EU NUNCA TERIA FEITO SE AINDA ESTIVESSE COM O MEU DIÁRIO**

1. Falar com Olivia Thomas e virar melhor amiga dela.
2. Ir a Houston e enfrentar meus preconceitos sobre a minha própria raça.

3. Falar com Carter Bennett sobre meu pai e estereótipos e Negrescos.
4. Falar com Carter Bennett sobre minhas listas e meus sentimentos.
5. Ir ao centro e ver um lado completamente diferente do certinho Auden Reynolds.
6. Me acabar em uma boate e acordar na cama de Carter Bennett.
7. Quase beijar Carter Bennett de novo e de novo.

– 18 –

# POR QUE EU NÃO DURMO ESTA NOITE

O chantageador enfim me manda mensagem: **Você tem até meia-noite de amanhã pra fazer mais uma coisa.**

Envio um print para Carter.

Ele diz: **Então... o que vai ser? Hattie? Columbia? Destany?** E em uma mensagem separada: **Matt?** Como se tivesse que se forçar para mencionar esse item como uma possibilidade.

Mas, na verdade, quase me esqueci desse item – *Confessar meu amor por Matt Radd*. De repente, *amor* parece uma palavra forte demais.

**Não quero fazer nada disso.**

**Quando você vai contar sobre o que aconteceu entre você e Destany?**

Ele age como se eu tivesse prometido que ia contar, como se tivesse direito a essa informação. Mas depois de ter me reconfortado noite passada no show do Vontae, talvez não seja tão ruim contar a ele.

**Amanhã? Vocês vêm pra gente assistir ao último filme, né?**

**Sim. Ou eu podia te ligar, e você podia me contar agora.**

Meu pulso acelera. Ligar? Tipo, falar com nossas vozes? Com pausas e silêncios desconfortáveis e respirações e *vozes*? Minha pele se arrepia em antecipação. Me viro no colchão, ficando de bruços.

**Tá bom.**

Ele liga, e encaro o nome dele na tela.

*Carter Bennett.*

Atendo.

— Oi.

— Oi. — Ele prolonga mais o dele. — Você está deitada?

— Sim. E você?

— Sim — confirma ele.

Imagino: a cabeça dele onde a minha esteve noite passada, o corpo debaixo do cobertor azul, usando apenas cuecas boxer. Bem, eu acho... não sei de verdade o que ele usa na cama.

Então, lendo minha mente, Carter pergunta:

— O que você está vestindo?

Um sorriso surpreso toma conta dos meus lábios.

— Carter, isso é muito inapropriado.

— O quê? — Ele ri. — Como se você não estivesse pensando nisso.

*Eu estava mesmo.*

— Não brinca comigo — diz ele.

— Por que você quer saber? O que *você* está vestindo?

— Nada — diz ele.

Abro a boca, mas nada sai. Nada, como o que ele está vestindo.

Carter ri.

— Estou brincando, Jackson.

Abafo um riso nervoso.

— Que nada, estou usando cueca e meias. Sinceramente, não sei como as pessoas usam mais roupas na cama. É muito tecido pra mim.

— Concordo.

Silêncio. Me pergunto qual a expressão do rosto dele agora.

— Você concorda? Então, o que isso quer dizer? O que você está vestindo, Jackson?

— A mesma coisa que você, menos as meias.

— Uaaaau. — Ele uiva. — Caramba.

Mordo o lábio inferior.

— Mas enfim! Esta ligação não é sobre isso.

— Não era no começo, mas agora é. Quando você diz *a mesma coisa*, isso inclui algo na parte de cima?

— Carter!

— O quê? Isso é informação crucial.

— Você quer saber sobre a Destany ou não?

— Sinceramente, não sei se consigo me concentrar agora.

Cubro meu sorriso como se ele pudesse ver.

— Então vou desligar.

— Espera, não! — Ele inspira fundo, se acalmando. — Tudo bem, tudo bem. Vou me comportar.

Rio.

— Tem certeza?

— Sim. Conte a história. — Quando não digo nada, Carter prossegue: — Por favor.

A voz baixa dele faz um arrepio subir pela minha coluna.

— Tudo bem. — Agora eu inspiro fundo. — Sabe aquela festa na casa do Chase no fim de semana passado?

— Fiquei sabendo, sim.

— Eu estava lá com Destany e Gia. A gente estava do lado de fora, e Gia estava reclamando para um grupo inteiro sobre uma senhora negra que a acusou de roubar na Gap, o que ela *fez*, sim. — Reviro os olhos. — Mas, enquanto reclamava, ela ficou chamando a senhora negra da palavra com P — sussurro, me sentindo envergonhada de novo. — E eu só fiquei sentada lá e a deixei dizer.

Carter não diz nada. Pensei que ele fosse brigar comigo por ser uma covarde, mas não.

— Quando Gia percebeu que eu estava lá — minha voz fica embargada —, ela ficou tipo, "Ai, meu Deus, Quinn está bem aqui". E todo mundo olhou pra mim.

— Isso é horrível.

— Essa não foi a pior parte. Depois que perceberam que eu estava lá, Destany, minha *melhor amiga*, disse para eles: "Não liga pra Quinn. Ela é praticamente branca mesmo".

Fecho os olhos, ouvindo Carter respirar. Ainda dói reviver aquele momento, porque bem quando pensei que Destany me defenderia, ela desprezou a mim e aos meus sentimentos. Eu não tinha permissão para ficar ofendida. Ela presumiu que eu não estava.

— Acho que fui embora sem explicar porque estava com vergonha de mim mesma. Quer dizer, não foi a primeira vez que elas disseram alguma merda racista, mas foi a primeira vez que percebi que poderiam estar falando sobre *mim*. Entende?

— Sei exatamente do que você está falando. — Carter escolhe as palavras com cuidado. — Acredito que chega um tempo em que você precisa aprender o que significa ter a nossa pele. É como um despertar.

— Quando você despertou?

— Lembra quando te contei da minha época na escola pública?

Assinto como se ele pudesse ver.

— Sobre como meus amigos brancos pensavam em mim como uma exceção aos estereótipos deles?

— Sim.

— Eu tinha uns nove ou dez anos, e meu melhor amigo, Derrick, estava dando uma festa na piscina.

— Ah, não.

— Sim. — Carter ri. — Você já sabe onde vai dar. Ele disse que todo mundo estava convidado, mas percebi que eu era o único negro na lista. Perguntei o motivo, e adivinha o que ele disse.

— Me conte.

— Ele disse: "Achei que nenhum deles viria". Ele ficou tipo: "Porque pessoas negras não sabem nadar, e não estraga o cabelo de vocês ou algo assim?".

— Uau. Imaginei que seria uma dessas coisas, mas não as *duas*. O que você fez depois que ele disse isso?

— Nada. Só parei de andar com ele, como você fez com a Destany.

— Sério? — Isso me faz pensar. — Então, se você tivesse uma lista de sete coisas que *você* tem medo demais de fazer, o que estaria nela?

Ele não me responde imediatamente. Eu o ouço se remexer na cama e o deixo pensar. Depois de um tempo, ele diz:

— Tem muitas coisas.

— Tipo o quê?

Carter faz uma pausa.

— Bem, se eu te contar, vou me sentir pressionado para realmente fazer as coisas. Tipo, te parabenizo pra caramba, Quinn. Você é corajosa demais. Sabia?

Meus olhos se abrem, os lábios se entreabrindo. Nunca pensei em mim mesma como corajosa. É muito bom ouvir isso, principalmente vindo de Carter.

— Não fiz muita coisa.
— Mas fez uma *parte*.
— E vocês me ajudaram.
Ele pausa e então murmura.
— Talvez se você tivesse a gente para te ajudar, seria fácil pra você também — digo.
Ele canta:
— Talvez.
Fico em silêncio, o celular pressionado entre minha orelha e o travesseiro. Carter está em silêncio também e na mesma posição, imagino. Nenhum de nós diz nada por alguns segundos.
Então:
— Quinn — diz Carter em um arfar, como em uma reflexão tardia, como se meu nome estivesse na ponta da língua e ele não tivesse percebido que o deixou escapar.
— Carter — digo da mesma forma.
Passa da meia-noite. Estou cansada, principalmente considerando a noite anterior, mas não estou pronta para desligar o celular. A voz, as palavras, a presença dele me conforta. Admito. Ele me conforta.
— Então — diz Carter —, calcinha e sutiã ou só calcinha?
Retiro o que pensei. Não estou mais confortável.
— Carter, sinto que você não devia estar me perguntando isso.
— Por que não?
— Porque é inapropriado, e você e eu não somos assim.
— Não somos inapropriados?
— Não estamos *juntos*.
— E? Não tem nada a ver com isso.
— E tem a ver com o quê, então? O que você ganha com isso?
Ele expira dramaticamente.
— Encerramento.
— Não é da sua conta, Carter. — Puxo meu cobertor até o queixo.
— Tudo bem, tudo bem, Jackson — diz ele, desistindo.
Me viro de lado, de frente para a parede. Por que me sinto tão decepcionada por Carter ter desistido?
— Eu deveria desligar — diz ele. — Está ficando tarde.
— É, tá bom.

— Boa noite, Quinn.

Só essas três palavras agitam meu estômago. Sinto que estou flutuando fora do meu corpo, como se Carter Bennett não pudesse estar *me* dando boa noite.

— Boa noite, Carter.

Quando desligo, coloco o celular com a tela para baixo no colchão e fecho os olhos. Estou mais desperta agora do que estive o dia todo. Eu *não* deveria me sentir alegre assim. Eu *não* deveria estar sentindo falta dele. Eu *não* deveria pegar meu celular e mandar a mensagem: **Só a calcinha.**

Mas eu mando.

POR QUE EU NÃO DURMO ESTA NOITE
1. Carter me responde: Puta merda. O que você fez comigo?
2. Tento descobrir o que ele quer dizer. Será que eu fiz alguma coisa com ele?
3. Imagino ele deitado na cama, pensando em mim usando só a roupa íntima.
4. O que requer pensamento recíproco sobre ele usando só a roupa íntima.
5. Tenho certeza de que nós dois sabemos que estamos pensando sobre coisas agora e não tenho certeza se estou confortável sabendo disso.
6. Não sei como eu deveria agir perto dele amanhã. Fico pensando em cada cenário possível.
7. E fico imaginando o que teria acontecido com a gente se Olivia e Imani tivessem esperado mais cinco minutos antes de ir lá para fora.
8. Percebi que não respondi a mensagem de Matt ontem. E que não me importo em responder.
9. Então agora não sei o que isso quer dizer para a minha lista de coisas a fazer, porque se devo contar a alguém sobre os meus sentimentos, é para Carter.
10. Acho que talvez eu faça isso. Amanhã.

## – 19 –
## COMO É BEIJAR CARTER

Carter me mandou mensagem cedinho hoje: **As coisas não foram bem com Olivia e Auden. Ele não vai hoje. Só eu.**

Então estou surtando. Não sei o que vestir. Nada do que tenho é sexy como aquele vestido vermelho.

Meu pai vem à porta do meu quarto, surpreso por me encontrar enrolada na toalha.

— O que está acontecendo?

Ele pisa na minha bagunça de roupas.

— Pai, não tenho roupas. Tipo *nada* além de bolsas e... — pego uma camisa branca com babados e renda — seja lá o que for isso.

Meu pai se senta na cama.

— É por causa daquele garoto? Carter, não é?

Estou surpresa por ele se lembrar do nome dele. Mas então percebo que meu pai está se sentando na minha cama, e ele só vem aqui quando quer conversar.

Quando nota meu olhar, ele dá um tapinha na cama.

— Venha se sentar comigo.

Com cuidado, me junto a ele. *Por favor, que não seja sobre a Columbia.*

Meu pai coloca as mãos sobre o próprio colo e as encara.

— Quero me desculpar pela maneira como falei com você sobre Hattie ontem.

*Ah.* Não é o que eu esperava, principalmente porque meu pai nunca se desculpa. Não respondo, porque o que devemos dizer quando alguém se desculpa? Obrigada? Eu te perdoo? Está tudo bem? Nada disso parece certo. Nada disso parece verdade.

Ele me olha.

— Quando perdi meu pai, senti muita raiva dele por morrer. Pareceu que ele morreu só para que eu me arrependesse de ir para a Columbia. Ele nunca quis que eu fosse para longe assim.

Assinto. Sei sobre o vovô.

— Voltei de Nova York para enterrá-lo e passar todo o tempo possível com Hattie. Para *você* poder também.

— Pai, a Hattie que ela é agora não é a Hattie que eu conheço. Tenho medo de quem ela é agora. Tenho medo de que ela não se lembre de mim.

Ele me olha, magoado.

— É claro que ela se lembra de você, Quinn. Ela pergunta de você toda vez que vou visitá-la.

Arregalo os olhos, meus lábios tremendo.

— Ela pergunta?

— Sim, meu amor. — Ele me segura pelo queixo. — É claro que ela pergunta.

Faz mais de um ano que não vejo Hattie. E depois de todo esse tempo, mesmo com o Alzheimer dela piorando, ela ainda pergunta de mim.

Meu pai se levanta.

— Vista-se.

Eu o observo ir, as palavras ecoando na minha cabeça. *Ela pergunta de você toda vez que vou visitá-la.* Minha Hattie pergunta de mim. Talvez essa seja ela de verdade, e não apenas a casca que ela costumava ser. Talvez ela ainda esteja lá.

— Espera, pai — chamo atrás dele.

Ele se vira na soleira.

— Preciso falar com você sobre outra coisa.

— O que é?

Ele volta para o meio do quarto, mas não se senta. É intimidador, mas não posso continuar evitando isso. Não consegui olhar para ele como antes desde a primeira vez em que Carter e Auden vieram. Só preciso que ele me diga exatamente quem ele pensa ser, que Carter interpretou errado a situação.

— Pai, o que aconteceu com Carter no dia em que você o encontrou na casa?

Ele semicerra os olhos, como se estivesse prestes a apontar o dedo e gritar comigo por falar desse assunto de novo, mas deixa os ombros afundarem e suspira.

— Quinn, querida, por que ainda estamos falando disso?

— Nunca falamos disso — respondo. — E não consigo parar de pensar no assunto, porque, pai, minha pele é exatamente da mesma cor que a de Carter, e não sei o que isso significa. — Mordo meu lábio para me conter, mas posso sentir tudo o que estive segurando vindo à superfície em busca de ar, querendo ser ouvido e visto e, enfim, reconhecido. — Não sei o que significa quanto a como você *me* vê.

Meu pai abaixa o olhar, e então vem se sentar comigo na cama de novo.

— Vejo uma garota negra maravilhosa, inteligente, talentosa e linda.

— E quando olha para outras garotas que se parecem comigo, é isso o que você vê?

Meu pai franze a testa.

— É claro, Quinn.

— Tudo bem, então me explique o que aconteceu com Carter.

Me inclino para ele, meus olhos implorando.

— Cometi um erro. — Ele dá de ombros, os olhos vagando. — Não tinha dormido, e sinceramente acho que nunca vi um rapaz que se pareça com Carter pisar na minha casa. *Nunca.*

— Então você pensou que ele estava tentando nos roubar?

Meu pai encara as mãos no colo de novo.

— Não sei o que pensei. Mas sim, talvez. — Ele ergue o olhar para encontrar o meu. — Mas, por favor, não questione o meu amor por você e o quanto eu te valorizo. Cometi um erro com Carter, e sinceramente, foi um choque de realidade. Preciso de mais amigos negros.

— Você já teve um amigo negro?

Não consigo imaginá-lo com um, não no ensino médio, e definitivamente não na faculdade.

— Tudo o que tive foram amigos negros em Columbia. Eu era membro da Organização de Alunos Negros. Já falei disso antes. — Ele balança a cabeça. — Você sempre me distrai quando falo da Columbia.

— Bem, enfim — digo, revirando os olhos.

*Não vamos tornar isso sobre mim.*

— Preciso de mais pessoas negras na minha vida. Não tinha percebido, até agora, como isso é importante. Há algo sobre ter amigos negros que te faz sentir... *completo*.

Fecho minha boca, *completo* ecoando nos meus ouvidos. Sei exatamente o que ele quer dizer. Ter Olivia e Carter na minha vida, mesmo que por pouco tempo, tem sido transformador. Tive conversas e experiências com eles que nunca poderia ter com Matt, e muito menos com Destany.

— Então... — digo. — Estive pensando, já que você está no espírito da desculpa, Carter vem hoje.

E, com isso, meu pai se levanta. Observo em antecipação enquanto ele caminha até a porta. Ele para e vira no corredor.

— Tá bom. Talvez eu faça isso.

Carter aparece perto do meio-dia. Meu pai abre a porta da frente quando estou descendo as escadas.

Quando chego na entrada, Carter está tirando os sapatos. Ele está usando shorts de academia baixos nos quadris, uma camiseta branca e aqueles tênis brilhantes. O olhar dele encontra o meu, e então ele olha para as minhas pernas expostas nestes shorts supercurtos, e meu decote neste top.

Meu pai se vira e olha para a minha roupa com um franzir de sobrancelhas.

— Carter, você pode se sentar no balcão. Quinn, vamos conversar lá em cima.

Ele passa por mim em direção à cozinha, os olhos em chamas.

Mas então, por um segundo, estou sozinha com Carter.

— Ei — diz ele, se aproximando.

— Ei. — Um sorriso envergonhado aparece nos meus lábios enquanto me lembro da nossa conversa ontem à noite.

— Quinn! — grita meu pai da cozinha.

Levo um susto, me apressando para segui-lo. Olho por sobre o ombro enquanto Carter entra na cozinha atrás de mim. Ele está sorrindo, me observando.

Dentro de mim, as borboletas batem as asas pela linha do meu torso. Estou sem fôlego quando termino de subir as escadas, onde meu pai espera com uma mão no quadril.

— Troque de roupa. Agora.

Passo por ele, revirando os olhos.

— Qual parte?

— Tudo!

Tiro a roupa e me contento com um par mais longo de shorts Nike pretos com uma camiseta branca. Quando volto para baixo, meu pai está inclinado sobre o balcão do outro lado do bar, diante de Carter.

— Não tive uma pessoa negra sequer, fora da minha família, nesta casa em *anos*.

Carter assente, os olhos baixos no balcão. Me sento ao lado dele, esperando que isso o faça ficar mais confortável.

— Neste lado da cidade, é difícil vir alguém de família negra. E ela — diz meu pai, me olhando — só teve amigos brancos. Isso não é desculpa, é claro. É provavelmente culpa minha, também. Lutar contra preconceitos é um esforço consciente, mesmo para pessoas negras, e percebo que não estou lutando há muito tempo. — Meu pai aponta para Carter. — Me faça um favor e fique por perto. Amo que Quinn tenha você como amigo.

Carter me olha e sorri.

— Se ela me aceitar.

Me encolho na cadeira, incapaz de lidar com ele e seu charme hoje. Me viro assim mesmo, escondendo meu sorriso, pensando em todos aqueles cenários diferentes que alimentei ontem à noite.

— Em que tipo de engenharia você está pensando? — pergunta meu pai, me arrancando do devaneio.

— Civil — responde Carter.

— Espera. Você vai se graduar em engenharia?

Como é que eu não sabia disso?

— Na Universidade de Houston, com bolsa integral — meu pai responde, os braços cruzados sobre o peito.

*Como* eu não sabia disso?

— Você vai para a Houston? Em período integral?

Este estudante que dorme nas aulas e não participa de nada conseguiu uma bolsa integral enquanto eles me colocaram na fila de espera? Minha surpresa provavelmente é um pouco mais que insultante, mas Carter só dá de ombros.

— Quinn não faz ideia do que quer fazer quando chegar em Columbia.

Meu pai me olha com lábios bem pressionados e olhar desaprovador.

Aí está minha deixa para ir embora. Antes que ele possa começar a me prender, eu digo:

— Vou ficar lá em cima, pai. — E me levanto, indicando com a cabeça o caminho para Carter.

— Mantenham a porta aberta, por favor — ele diz atrás de nós.

Carter se senta no sofá do escritório enquanto eu coloco o filme na tela grande.

— Houston, né? — pergunto, olhando por sobre o ombro.

Ele está com ambos os braços espalhados sobre as almofadas, o peito bem aberto.

— Sim.

— Quando você ia me contar? — pergunto, como se ele tivesse qualquer responsabilidade de me contar sobre seu futuro.

Olho por cima do ombro de novo, e Carter dá de ombros.

— O assunto só nunca surgiu.

— Então tá. — Abro a capa do DVD e pego o disco. — Mas parabéns. Isso é incrível.

Sorrio, me aproximando dele.

— Obrigado.

Carter sorri de volta, flertando com os olhos. Acho que é assim que se chama o modo como ele olha para todo o meu corpo antes de voltar para o meu rosto.

Me sento no sofá ao lado dele, meus pés no chão, o braço dele emanando calor contra a minha nuca. Quando estou pegando o controle remoto da mesinha, percebo três folhas de papel dispostas.

— Temos que tomar notas para o Auden também — diz Carter.

— O que aconteceu com ele e a Olivia? — pergunto.

— Livvy pode ser uma idiota às vezes. Nem vamos falar disso.

Me recosto, dando play no filme. Mas estou curiosa com o que ele quer dizer.

— Mas ela disse que o Kendrick foi um erro.

Carter se vira para mim com um sorriso cansado.

— Deixe que ela te conte, está bem?

— Está bem. — Dou de ombros. — Tá.

— Sei que se eu te contar não vou ser justo com ela.

Seja lá o que isso signifique.

Primeiro, preenchemos nossas próprias folhas, então trabalhamos juntos na de Auden. Mas nossas mãos ficam trombando quando tentamos escrever as mesmas notas ao mesmo tempo. Depois, decidimos alternar.

Quando terminamos a parte de Auden, relaxamos. Os braços dele encontram a parte de trás do sofá de novo, e eu chego mais perto dele, só um pouquinho. O resto do filme passa, mas não assisto. Só consigo me concentrar nele e em como, a cada cinco minutos, parece que ele chega mais perto de mim também.

Meu pai sobe a escada batendo o pé. O braço de Carter queima atrás da minha cabeça. Fico tensa quando meu pai caminha ao redor do sofá, olha para nós dois sem dizer nada, e pega o iPad do divã do outro lado do escritório. Então passa diante de nós, olhando o espaço entre nossas coxas. Por enquanto, nem uma palavra. Mas parece que estou pegando fogo pelo calor do olhar inquisitivo dele.

E então, juro, nem três minutos depois, minha mãe entra.

— Quinn, você viu meus óculos de sol? — pergunta. — Aqueles da armação azul, sabe?

Ela olha para mim e Carter sentados juntos, com um dedo sobre os lábios, escondendo um sorriso.

Pressiono os meus em uma linha fina e balanço a cabeça.

— Não.

— Droga.

Ela pousa as mãos nos quadris e olha pelo escritório, como se os óculos fossem estar aqui. Sei com certeza que estão em algum lugar da cozinha, só pelos hábitos dela.

Ergo a sobrancelha e olho para Carter. Ele sorri, como se soubesse o que estou pensando.

— Já fizemos nossas notas. Você quer...
— Sim. Claro.
Ele tira o braço de trás de mim, e eu desligo o filme.
— Ah, o filme já acabou? — pergunta minha mãe.
Fico de pé, perplexa.
— Vamos ficar no meu quarto.
Carter me segue pelo corredor.
— Ah, tudo bem — diz ela atrás de nós. — Deixe a porta aberta.
Reviro os olhos, Acendendo a luz do quarto.
— Desculpe por aquilo.
— Não, tudo bem.
Enquanto me sento à mesa, Carter se senta na cama. A imagem dele me faz parar. Observo enquanto ele mexe na mochila e pega seu velho diário.
— Devemos falar de estratégia?
Ele ergue o olhar e encontra o meu, sorrindo, sabendo que é a décima vez que me pegou o encarando desde aquele dia no meu quintal.
— Estratégia pra quê?
— Para o que você vai fazer da sua lista hoje.
Encaro minhas mãos.
— Ah. Isso.
Ele folheia até uma página em branco.
— Quais opções sobraram?
Suspiro e pego meu celular da mesa, tirando-o do carregador. Abro a conversa com o chantageador e paro na lista de coisas a fazer.
— Hoje é domingo, então não posso ir até o outro campus antes de amanhã.
— Certo — diz Carter, anotando.
— Eu poderia contar meus sentimentos para o Matt. — Faço uma careta imediatamente. — Contar para os meus pais sobre a Columbia, visitar Hattie, conversar com Destany.
— Matt, seus pais, Hattie, Destany e o desconhecido último item — diz ele, anotando devagar.
— Meus pais e a Hattie não são opções. Nem o último item.
— Qual é o último item? — pergunta Carter, erguendo o olhar. Pressiono os lábios e o olho como se ele tivesse enlouquecido. Sorrindo, ele

se volta para o diário. — Achei que eu deveria tentar. Tudo bem, sobra Matt ou Destany. Com Destany não deve ser tão difícil, certo? Você me disse ontem à noite o que aconteceu. Então só conte a ela, agora.

Arregalo os olhos.

— *Não é* fácil assim.

— Por que não?

— Deixei passar coisas muito piores no passado, e de repente tenho um problema com o racismo da Gia?

— Isso não importa.

— Mas importa. Você sabe que sim.

— Não importa quanto tempo você demorou para perceber que é errado, isso não muda quão errado é ou o quanto isso te magoou.

— É, bem. — Olho para baixo. — É difícil.

— Tudo bem, então confessar para o Matt seria mais fácil?

Quando encontro o olhar de Carter, ele parece dividido. Também estou. Nem sei mais se ainda tenho esses sentimentos. Não fui capaz de pensar sobre ninguém além de Carter desde sexta-feira.

— Se você não fizer nada, Quinn, o que será postado amanhã? Qual lista?

— Não sei — choramingo, me levantando para me juntar a ele na cama. Deixo uma galáxia de espaço entre nós.

Carter olha para o papel, hesita e ergue o olhar. Me observa por um instante antes de perguntar:

— Quais exatamente são seus sentimentos pelo Matt?

A pergunta me pega de guarda baixa. Cruzo as pernas na cama, diante dele, mas sem olhá-lo. Carter também cruza as pernas.

— Você está apaixonada por ele?

Balanço a cabeça, colocando uma mecha do cabelo atrás da orelha.

— Mas você gosta dele?

— Não sei, Carter. — Remexo o brinco em forma de estrela na minha orelha. — Escrevi aquilo meses atrás.

— Então seus sentimentos mudaram?

Dou de ombros, sustentando o olhar dele.

— O que você sente por ele agora?

Olho para o meu colo e tento imaginar que estou na cama elástica de Matt. Tento invocar a paz e a atração que sentia por ele, mas quando ergo o olhar, tudo voa pela janela. Porque Carter está aqui, sentado diante de mim, e só consigo pensar *nele*.

Os olhos dele estão focados em mim. Carter está esperando. Todas as palavras que me vêm à mente são sobre ele. E então de repente as palavras são despejadas.

— Não consigo pensar no Matt. Não quando você está aqui.

Carter arregala os olhos.

Meu desejo por ele está explodindo de novo. Eu deveria cobrir minha boca. Porque talvez toda a parte sexy e todas as palavras calorosas dele não passem de amizade. Talvez ele não se sinta da mesma maneira que eu. Mas olhando para ele agora, não consigo me conter. Há muitos motivos por que eu preferiria estar aqui do que com Matt. E todos estão sendo despejados.

— Não consigo focar quando você está aqui. Porque estar perto de você é tão... Quando conversamos, sinto que você vê partes de mim que eu nem sabia que existiam. E não penso em Matt desde que você e eu fomos a Houston juntos. E você estava certo. Ele definitivamente ficou com ciúmes de me ver com você, mas parece que não ligo pra isso por causa de... você.

Quando ergo a cabeça, a expressão de Carter está devastadoramente inexpressiva por um longo tempo, até que ele sorri.

— Você acabou de confessar seus sentimentos por mim, Quinn Jackson?

Pisco para o meu colo, impressionada comigo mesma.

— Acho que talvez sim.

— Uau. — É tudo o que ele diz.

E não consigo olhá-lo nos olhos. Não consigo desviar o olhar do esmalte azul nas minhas unhas. *Por favor, diga alguma coisa.* Qualquer coisa. Pelo amor de Deus, não aguento essa antecipação.

Carter se aproxima. Observo o espaço entre nossos joelhos diminuir. A temperatura do meu corpo aumenta.

— Acho que me sinto da mesma maneira.

Meu estômago revira. Olho para cima, procurando os olhos dele.

— Você sente?

Assentindo, ele chega tão perto que nossos joelhos se tocam.

— O que isso significa?

— Não sei. Essa confissão é *sua*. O que você quer que signifique?
— Hum.

Sorrio, constrangida, esfregando minhas mãos suadas. Passo por todos os cenários imaginados que me mantiveram acordada ontem à noite. Cada um deles terminava com a gente se beijando. Mas a transição até chegar nessa parte era mais tranquila que agora. Eu me inclinei, ele se inclinou, e desse jeito nos beijamos. Mas na realidade, não faço ideia de como chegar lá.

Carter me olha nos olhos.

— Você parece aterrorizada.
— Eu *estou*.

Ele ri.

— Relaxa. Sou só eu.

Carter diz isso como se ele não fosse o problema. Eu o vejo em sua camisa branca simples e shorts pretos, aqueles brincos na orelha dele. Caramba, ele é lindo.

— O que você quer, Quinn?
— Quero te beijar.

Arregalo os olhos. Falei isso em voz alta? Deus, isto está saindo de controle.

Mas Carter não retruca. Não hesita. Ele diz:

— Está bem.

E se inclina, segurando meu queixo. Meu coração para.

— Beije.

Então cometo o erro de olhar para os lábios de Carter. Os lábios dele são tudo o que eu quis nas últimas vinte e quatro horas. Quarenta e oito horas. Caramba, setenta e duas horas. Também estou me inclinando. A respiração dele sai trêmula por entre os lábios, tocando em ondas suaves na minha. Me inclino mais, fechando os olhos, esfregando a pontinha do nariz dele com a minha.

Espero um segundo pela interrupção inevitável – minha mãe entrando para procurar os óculos de sol de novo –, qualquer coisa para me atrapalhar a beijar Carter. Mas tudo está silencioso. Tudo, exceto por nossas respirações e a louça batendo lá embaixo.

— Estou com medo — sussurro.
— Só beije.

E, sem pensar duas vezes, pressiono meus lábios nos dele.

## COMO É BEIJAR CARTER

1. Como se tudo em mim estivesse correndo para os meus lábios para sentir seu gosto também.
2. Como nadar no oceano, quando toda a água está tentando entrar em você, e você está com medo de que acabe acontecendo.
3. Querendo que aconteça.
4. Melhor do que dedos que se tocam e palmas que se apertam, cotovelos que se esbarram e empurrar abdômens. Melhor do que tudo isso junto.
5. Como se não fizesse diferença se tudo isso é um jogo, porque eu devo estar ganhando se posso beijá-lo.
6. Como se eu esperasse mesmo que isto não fosse só um jogo para ele, porque beijá-lo não parece um jogo de jeito nenhum.
7. Como finalmente.

Os lábios dele acariciam os meus, mais suaves do que pensei ser possível. Então os pressiono mais forte contra a boca dele, e Carter retribui. Me sinto sem fôlego e leve, um formigamento descendo, tomando conta do meu corpo. Me pressiono contra ele até que Carter esteja deitado na minha cama, e eu, por cima dele.

Os dedos dele deslizam nas minhas costas, erguendo minha camiseta para que ele possa pressionar as mãos na minha pele nua. Tremo, abrindo minha boca contra os lábios dele. A língua dele entra.

Nunca fui beijada assim. A lista de garotos que já beijei é bem pequena e todas as ocasiões aconteceram no ensino fundamental, mas Carter não sabe disso. E espero que ele não suspeite pela forma como eu retribuo o beijo. Vou no ritmo dele, deixo que ele conduza, me dissolvo em um monte de receptores sensoriais e desejos naturais.

Até que meu pai começa a bater palmas na porta aberta.

— Ei!

Nos separamos em um pulo, quase caindo da cama.

— Olivia está aqui — anuncia ele, franzindo a testa. Ela está na porta atrás dele, acenando para nós com um sorrisinho ridículo.

— Por favor, garanta que isso não aconteça de novo — pede meu pai para ela antes de se afastar.

— Pode deixar. — Olivia entra no quarto, balançando a cabeça para nós, o sorrisinho malicioso ficando maior. Então começa a bater palmas devagar. — Isso foi incrível.

— Cala a boca, Livvy — diz Carter, abaixando a camisa.

Ela me olha.

— Você devia ter visto a cara do seu pai quando ele entrou. Ele ficou *embasbacado*. — Ela ri, se forçando entre mim e Carter na cama e colocando os braços em nossos ombros. — Estou tão feliz que vocês, enfim, estão se pegando.

Me retiro de baixo do braço dela, ficando de pé.

— Nós só nos beijamos.

Olivia me lança um olhar.

— Já vi beijos. Isso foi mais do que beijar.

— Achei que você fosse ligar antes de vir. — Carter muda de assunto. Olivia deita de costas na minha cama, olhando para o teto.

— Eu estava esperando que Auden estivesse aqui.

— Você já não o magoou o bastante?

— Não fala assim — choraminga ela, virando a cabeça para Carter. — Gosto dele de verdade.

— Então o que aconteceu? — pergunto, curiosa demais para o meu próprio bem.

Olivia se senta para me olhar.

— Me desculpei por ir embora com o Kendrick. Mas falei para ele que não estou pronta para namorar agora. — Me encolho. Ai. — Não é justo com ele. Auden seria só a minha recuperação, e não merece isso.

Me apoio na cômoda.

— Entendo.

— Pra que você queria vê-lo? — pergunta Carter.

— Não tive a chance de explicar. Ele foi embora depois que eu falei que não podia sair com ele.

*Pobre Auden*. Nem consigo imaginar como foi a volta dele para casa depois disso.

Carter fica de pé abruptamente.

— Espera, cadê a Imani?

— Está com a minha mãe — responde Olivia.

Carter solta o ar, mas não se senta.

— Acho que é melhor a gente ir.

Olivia fica de pé, depois bate a mão na minha e diz, antes de sair:

— Não comecem a se pegar até que eu saia do quarto.

Carter a segue, e eu o observo, meu coração doendo. Mas então ele para na soleira e olha para mim.

— Então, você está pronta para falar com o Matt? — pergunta.

Eu rio.

— Tá brincando?

— Mais ou menos. — Ele sorri, dando alguns passos para dentro. — Mas o que você vai fazer? Você só tem até meia-noite.

— A lista diz para contar a Matt que sou apaixonada por ele, mas não tenho mais esses sentimentos. — Baixo o olhar antes de voltá-lo para Carter. Ele está me olhando com um sorrisinho. — Acho que vou tentar explicar isso para o chantageador.

Ele ergue as sobrancelhas, se aproximando.

— Você acha que ele vai entender?

— É a minha lista de coisas para fazer, e esse item não se aplica mais. Para mim, acabei de tirá-lo da lista ao confessar isso pra você.

Carter acaba com a distância entre nós, olhando para os meus olhos, meus lábios e de volta para os meus olhos. Meu coração martela no peito. Não consigo falar. Mal posso respirar. Mas posso assentir.

Ele me beija, e, bem assim, derreto nas mãos dele.

**Fiz o item dois, mas não foi com o Matt. Não me sinto mais daquela forma a respeito dele, então infelizmente o item não se aplica mais. Em vez disso, admiti meus sentimentos para Carter.**

Anexo a foto que Carter tirou de nós dois nos beijando. E envio a mensagem.

# – 20 –

# COMO LIDERAR UMA CAMPANHA DE DIFAMAÇÃO

COMO LIDERAR UMA CAMPANHA DE DIFAMAÇÃO
1. Iluda-se para acreditar que o alvo destruiu um relacionamento saudável propositalmente.
2. Espalhe o boato de que ela é uma destruidora de lares.
3. Destrua a reputação dela; tire todas as amigas da vida dela.
4. Espalhe o boato de que ela só anda com garotos porque ela não quer ninguém competindo por um pau.
5. Pegue qualquer coisa exemplar sobre o alvo, como o fato de que ela é a fotógrafa principal do anuário, e então destrua o mérito assim:
6. Durante as férias de fim de ano, consiga acesso à escola.
7. Garanta que haja um motorista de fuga estacionado atrás do prédio.
8. Garanta que haja alguém vigiando na frente.
9. Estrague o trabalho da vida dela com marcadores vermelhos.
10. Delete todas as gravações das câmeras do corredor antes de ir embora.

Escrevi esse passo a passo no dia do vandalismo. A culpa foi tão grande que tive que confessar o que fiz, ainda que apenas para o meu diário. Não era para ninguém ver.

Mas quando acordo, a escola inteira está marcada nele, incluindo Olivia.

Todo mundo vai pensar que eu comecei o ataque contra ela. Não comecei, mas estava envolvida. Não tem como negar. Lá estava eu, estacionada atrás do prédio, quando as fotos foram vandalizadas.

E aqui estava eu, pensando que podíamos nos tornar amigas. Não só isso. Carter nunca mais vai falar comigo depois que ver a lista. O mesmo com Auden.

Recebo uma mensagem do chantageador: **A lista diz para contar para o Matt sobre seus sentimentos. Não para "qualquer cara aleatório que gosta de mim com certeza". Você tem até meia-noite.**

Jogo meu cobertor no chão. Isso já foi longe demais. Isso, por si só, é uma campanha de difamação contra mim. Todos os meus novos amigos arrancados de mim em um instante.

Penso nos quatro suspeitos: Matt, Destany, Kaide ou Carter. De jeito nenhum é Carter. Eu o tiro da lista de suspeitos. Matt, Destany ou Kaide. Seja lá quem for, está morto.

Mas quando chego na escola, minha adrenalina me abandona, me deixando fria e assustada. Não estou pronta para encarar Olivia. Não estou pronta para perder a amizade dela, do Carter e Auden. Então fico sentada no carro no estacionamento, o motor ainda ligado, lendo os comentários sob o post:

**Inveja te faz fazer loucuras.**

**Sempre achei que foi ela quem fez aquilo com a Olivia. Ela tem essa energia desesperada.**

Alguém bate na minha janela. Dou um pulo ao ver os olhos preocupados de Carter. Atordoada, abaixo o vidro.

— Você está bem? — pergunta ele.

Meu coração dispara. Estou *agora*. Eu não esperava que ele falasse comigo. Não sei o que dizer. Estou tão grata e aliviada pela presença dele. De olhos marejados, mostro a mensagem do chantageador. Enquanto ele lê, eu o observo, minha respiração estabilizando.

Carter me devolve o celular.

— Vai ficar tudo bem. Vamos descobrir o que fazer.

Assinto, tentando me agarrar a um pouquinho da confiança dele.

— Ainda vamos visitar a outra universidade hoje, certo?

Assinto de novo.

— Preciso falar com o sr. Green rapidinho, mas já volto. Tudo bem?

— Carter se inclina, apoiando os braços na minha janela. O sol brilha no rosto dele, iluminando o marrom das bochechas dele, o castanho dos olhos, o rosado dos lábios. Ele se inclina mais e, como um ímã, os lábios dele me atraem. Ele me dá um beijinho uma, duas, três vezes. Então se afasta. — Fique aqui. Eu já volto.

Carter se vira e corre pelo estacionamento.

Eu o observo ir, levando meu coração consigo. Estou atordoada. Como Carter pode me beijar depois de ver a lista que foi postada hoje? Não quero questionar. Só quero mais. Quero agradecê-lo e abraçá-lo e comemorar que ele ainda está aqui por mim.

Desligo o motor, sem me incomodar em subir o vidro, e corro atrás de Carter. Mas ele já se foi, e aguento correr só por uns vinte segundos. Quando chego ao corredor da sala do sr. Green, Carter está sentado em uma mesa lá na frente, com o professor ao lado.

— Você faltou na sexta-feira. Não pode faltar hoje também.

Ah, caramba. Isso é sobre a gente ter matado aula. Me apoio na parede antes que o sr. Green possa me dar uma bronca também.

— Estamos visitando universidades, sr. Green. É sério.

— Você já sabe que vai para a Houston. Auden vai para a Estadual do Texas, e Quinn vai para a Columbia.

Carter fica em silêncio. Eu suo, apoiada na parede.

— Olha, eu sei que você odeia esta escola.

— Eu não odeio — diz Carter.

— Você se ressente por seu pai estar pagando sua mensalidade.

Franzo a testa. O pai dele consegue pagar a mensalidade daqui?

— Bem, vou para a Houston ano que vem, então isso não será problema. — Ele parece irritado.

— Verdade, mas você não se graduou ainda. E não vai se graduar se continuar matando aula.

— Não estou matando — insiste Carter. — Temos permissão para tirar dias para visitar universidades.

— Não quando você já sabe pra qual vai.

— Sr. Green...

— É por minha causa, está bem? — Entro na sala, meus punhos fechados dentro dos bolsos.

Os dois se viram, surpresos.

— Não entrei em Columbia, então estamos visitando as universidades que me aceitaram.

— Como assim não entrou em Columbia? Seus pais contaram para todo mundo que você entrou.

— Sim. — Assinto, olhando para meus tênis brancos contra o piso vermelho. — Porque menti para eles sobre ter entrado.

— Eles sabem? — pergunta o sr. Green, perplexo.

— Não contei para eles ainda.

O sr. Green coloca as mãos na cabeça, os olhos estressados. A reação dele não está ajudando. Nem um pouco.

— Quinn...

— Então precisamos ir. Está bem? — Gesticulo para Carter. — Nosso tour começa às onze, e temos uma longa estrada à frente.

— Quando vai contar para eles? — pergunta o sr. Green, sem fôlego.

— Em breve — respondo. Carter me segue até a porta. — Por favor, não apresse as coisas, sr. Green. Eu preciso ser a pessoa que vai contar para eles.

Nos apressamos pelo corredor antes que ele possa nos seguir.

— Você não precisava ter feito aquilo. Estava tudo sob controle — diz Carter.

— Bem, agora ele sabe a verdade. — Pressiono meus lábios, com esperança de que o sr. Green não me delate. Ele é mais fiel aos meus pais que a mim.

Carter me para.

— Talvez a gente não deva ir ao tour hoje. O chantageador está fora de controle.

— Mais motivos para a gente ir e tirar isso da lista.

— Mais motivos para a gente ficar e descobrir quem é que está fazendo isso.

— Ou para não ficar... e não encontrar Olivia hoje. — Olho nos olhos dele. — Não posso. Não acho que consigo olhar para ela.

— Você não pode continuar... — Ele cospe as palavras e se interrompe.

Continuar magoando ela? Carter acredita que fui eu que comecei os boatos?

— Continuar o quê? — pergunto baixinho.

— Correndo dos seus problemas. — Os ombros dele relaxam, os olhos sérios. — Auden vai com a gente. Ele também está evitando a Olivia.

Huntsville fica mais ao norte do que Houston. A viagem até lá me lembra de que moramos no Texas. Austin meio que me protege disto: do lado conservador e rural do Texas.

Passamos por uma placa mostrando apoio a Donald Trump.

— Uau — diz Carter, encarando a casa-trailer e a cerca de madeira, também com a infame bandeira *"Come and Take It"*, com rifle preto e uma única estrela preta em cima.

— Eu ia amar ser vizinho deles — diz Auden sarcasticamente no banco de trás.

— Má primeira impressão — digo, olhando para Carter.

— Não chegamos ainda, Quinn. Dê uma chance.

Na maior parte do caminho, Carter e eu cantamos músicas R&B dos anos 1990. Auden fica quietinho. Temos sido cuidadosos para não falar sobre Olivia perto dele. Quer dizer, Auden e eu estamos aqui para evitá-la... mas tenho certeza de que ele viu a lista agora. Estou curiosa para saber a opinião dele.

Quando chegamos ao campus, Carter tenta descobrir onde estacionar. Leva vinte minutos para encontrarmos *uma* vaga, e então corremos para o centro de visitantes.

— Má primeira impressão — repito, correndo atrás dele e de Auden.

— Não — grita Carter para mim, desacelerando para pegar minha mão.

O tour começa com uma apresentação sobre a vida estudantil e auxílio financeiro na Sam Houston. Uma senhora com um coque loiro apertado e saltos agulha caminha de um lado a outro lá na frente e esconde uma mão sob a outra como se mantivesse algo preso nas palmas – não sei bem o que, mas com certeza não é a nossa atenção.

Estamos os três sentados no fundo, cadeiras vazias em ambos os lados, e estamos olhando para nossos celulares. Muitos comentários aparecendo no post, mas nada de Olivia.

**Primeiro a Columbia, e agora isso? Sua existência inteira só piora.**

**Engraçado, ela não apareceu na escola hoje.**

— Ei.

Ergo o olhar. As pessoas estão enchendo a sala. Auden já está indo se juntar ao grupo. Carter está de pé diante de mim, oferecendo a mão. Guardo o celular e a aceito.

Quando estamos nos juntando ao grupo, ele sussurra na minha orelha:

— Ficar lendo todos aqueles comentários não vai ajudar. É só uma distração. — Ergo o olhar, um pouco irritada. Ele junta nossos dedos. — Fique aqui comigo.

Ele sorri e beija minha testa.

Como eu posso dizer não a isso?

E Carter está certo. Não posso desperdiçar esta visita como fiz em Houston. Afinal de contas, posso acabar aqui pelos próximos quatro anos.

Não há nada de especial no campus. Estudantes andam pela calçada com fones no ouvido, olhos na tela dos celulares. E isso não é ruim. Um campus grande como o da Columbia com sua arquitetura antiga e seu corpo estudantil pretensioso apenas me deixaria cansada. Sam Houston sabe o que é. Um degrau. Uma oportunidade.

No fim, pegamos sacos de panfletos informativos e vamos embora. Carter pega o boné de beisebol laranja e branco da bolsa e o coloca na cabeça, com a aba para trás. Auden usa o dele para a frente. Eu não coloco o meu.

Na volta para o carro, tento me lembrar de como chegar na vaga enquanto Carter e Auden folheiam um panfleto sobre coisas para fazer em Huntsville.

— Aaaah, eles têm um museu sobre Sam Houston. Tem um lago de patos — diz Carter, como se isso fosse me convencer.

— E a gente deveria ver a estátua. — Auden entra na conversa.

— Gente, espera. Acho que estamos perdidos.

Carter tira os olhos do panfleto. Estamos no meio de um estacionamento aleatório.

— Quinn, onde é que a gente está?

— Vocês não estão me ajudando!

Ele guarda o panfleto e pega o celular. Depois, pega minha mão e conduz a mim e Auden na direção oposta.

Quando chegamos na vaga, Carter me coloca no banco do passageiro.

— Me deixa dirigir. Tem uns lugares por aqui que preciso que você veja.

— Não podemos ficar muito tempo, ou meus pais vão se perguntar onde eu estou.

— Sim, eu também — diz Auden.

— Digam que vocês estão estudando na casa de um amigo. — Então solta minha mão e vai em direção ao lado do motorista. — Realisticamente falando, como você poderia escolher estudar aqui sem ver a cidade onde vai morar?

Ele tem razão. Então, pela segunda vez na vida, me sento no banco do passageiro do meu carro, Auden atrás, e Carter assume o volante.

### DEZ COISAS PARA FAZER EM HUNTSVILLE, TEXAS
1. Estudar na Universidade Estadual de Sam Houston se tiver a sorte de encontrar uma vaga de estacionamento.
2. Descobrir logo de cara por que as pessoas a chamam de Cidade da Prisão. Há literalmente um alarme no campus para quando detentos escapam.
3. Ir ao cinema bem baratinho.
4. Se animar com a possibilidade de ter um shopping descendo a rua, apenas para se frustrar. Nunca vi um shopping tão vazio na vida. Me pergunto como eles têm a audácia de chamá-lo assim.
5. Ser espetada por uma agulha de pinheiro e agredida por uma pinha, porque não tem nada além de árvores aqui.
6. Se perder entre a Avenida N e a Avenida S e se perguntar se eles não podiam ter colocado nomes de verdade nas ruas.
7. Observar Carter fingir que sabe para onde está indo.
8. Parar no acostamento da rodovia e visitar a maior estátua do mundo de um herói americano. Tirar fotos.
9. Parar no acostamento da rodovia e tirar fotos em um campo de centáureas-azuis – conferir se é ilegal colhê-las (não é).
10. Fingir que estou irritada com Carter quando ele faz algo muito fofo, tipo errar a saída.

Voltamos para a Hayworth bem quando o dia de aula está acabando. Eu me encolho no assento, esperando que ninguém veja meu carro, por medo de que atirem ovos. Enquanto Auden está saindo, Carter o chama.

— Livvy quer falar com você. Você deveria ouvir.

Não vejo a reação de Auden, mas sinto a tensão. Ele fecha a porta sem dizer nada.

Quando Carter está tirando o carro do estacionamento, pergunto:

— Você acha que o Auden me odeia?

— O quê? — Ele ri, confuso. — Por que ele te odiaria?

Estou com o olhar firme à frente.

— Eu estava lá quando as fotos da Olivia foram vandalizadas. Eu estava envolvida. — Me viro para ele. — Você não me odeia?

Carter também encara à frente.

— Não.

— Por quê?

É como se eu implorasse para que ele me odiasse. Mereço ser odiada.

— Porque não. — Carter suspira. — As coisas são diferentes agora. *Você* está diferente agora. E Livvy gosta mesmo de te ter como amiga. Ela não vai entrar no jogo do chantageador e te abandonar. Ela sabe bem demais como é isso.

Mas eu não mereço ser abandonada? Fiquei irritada com o chantageador esta manhã por postar a lista, mas se não tivesse acontecido, eu teria algum dia confessado a Olivia? Não é como se me desculpar com ela estivesse na minha lista. Estou percebendo agora que deveria estar.

Estive evitando essa conversa por meses. Mas não tenho direito de aceitar a amizade dela se não posso olhá-la nos olhos e me desculpar pelo papel que tive na difamação.

Meu pai costumava segurar a mão da minha mãe sobre o console do carro. Olhando do banco de trás, eu não costumava pensar nisso, até que ele parou.

Comecei a mentir para mim mesma quando ele parou.

Então, quando Carter une nossos dedos sobre o console enquanto nos leva para o lado dele da cidade, meu estômago revira, porque é algo que parece ter prazo de validade.

Estamos sentados no estacionamento do prédio de Olivia, só olhando um para o outro. O sol está se pondo ao passo que nosso tempo juntos está acabando.

— Você gosta mais da Sam comparada à Houston?

— É tipo um universo totalmente diferente. Estou acostumada com a cidade. Provavelmente vou me acostumar mais fácil com a Houston. — Olho para as nossas mãos sobre o console. — Ainda bem que você tem bolsa integral para a Houston. Agora seu pai não tem que pagar sua mensalidade.

Ele fica tenso.

— Você ouviu?

Assinto.

Carter afasta a mão. Agora parece que Carter está a mundos de distância. Sei tão pouco sobre ele. Ele sempre esteve a mundos de distância.

— Carter...

— Não quero falar disso.

— Tá bom.

Recuo, literalmente me afastando dele. Mas não está bom, porque ele sabe tanto sobre mim e eu não sei quase nada sobre ele.

Então ele olha para mim e para a distância entre nós.

— Ei, vem aqui. — Carter gesticula para que eu me aproxime. — Por favor. — Me inclino para o console. — Não se preocupe comigo. Está tudo bem.

— Não estou preocupada. Só quero te conhecer.

— Você me conhece.

— Só que não — digo. — Tipo, nem um pouco.

Ele suspira, apoiando o cotovelo no console.

— Tudo bem. Então, eu sou de virgem. Minha cor favorita é vermelho. Às vezes, amarelo. Minha comida favorita provavelmente é asinha apimentada com gorgonzola. Humm...

— Por mais que eu não soubesse *nada* disso, não foi isso o que eu quis dizer com querer te conhecer.

Ele me olha e sorri.

— Tá. — Carter vai mais fundo. — Antes de você, nunca namorei.

Fico surpresa. A maneira como ele beija, ele tem que ter praticado.

— Hum. E as setecentas garotas que sua irmã mencionou?

Ele ri.

— Primeiramente, a Imani exagerou demais. Em segundo lugar, aquelas garotas foram só *garotas*.

— O que isso quer dizer?

— Não era sério.

— Você as usou para sexo?

Carter semicerra os olhos.

— Sempre foi um relacionamento mútuo.

— Então elas também te usaram para sexo?

— Você faz soar muito clínico. — Ele se vira, olhando pelo para-brisa. — Acho que eu nunca *quis* ficar sério com elas. Nunca quis fazer uma garota sentir como se tivesse que competir pelo meu tempo.

— Competir contra o quê?

— Minha irmã. — Carter se vira para mim, sério. — Não temos pai, mas se depender de mim, ela nunca será aquela garota com "problemas com o papai".

— E a sua mãe?

— Ela trabalha o tempo todo para nos sustentar, então eu cuido da Imani. Olivia ajuda, mas tento não ocupá-la. Não tenho tempo para levar uma garota para sair todo fim de semana. Nem dinheiro. — Carter evita meu olhar. — Desculpe. Eu provavelmente deveria ter te dito isso antes...

Sorrio.

— Só tenho uma pergunta.

— O quê? — Carter ergue o olhar, se preparando.

— Se isso é verdade, então por que você está dando uma chance pra mim?

Ele olha para os degraus que levam ao apartamento de Olivia.

— Imani gosta de você — diz ele. — E, naquela manhã, você me disse que gosta dela também. E eu estava esperando que talvez você não se importasse de passar tempo com nós dois de vez em quando.

Encaro a relutância no rosto dele. Meu coração dói, meus olhos se enchem de lágrimas.

— Viu? Foi isso o que eu quis dizer com te conhecer.

Ele revira os olhos.

— Não comece a chorar.

— *Não estou* chorando.

— Estou vendo nos seus olhos. Venha aqui.

Me inclino para ele.

— Eu amaria passar tempo com vocês dois.

Carter me beija devagar e profundamente, passando as mãos no meu pescoço e na minha nuca, os dedos enrolando nos meus cachos, e isso nem me incomoda. Tenho certeza de que ele não desconhece cabelo crespo. Eu o deixo inclinar minha cabeça para trás enquanto Brandy sussurra nos meus alto-falantes, cantando sob os sons dos nossos lábios se separando e se unindo.

— Você deveria ir, não? — Carter pergunta depois de um tempo.

Assinto, unindo minha boca à dele outra vez, fechando meus olhos. Ele me beija de volta por um minuto, porque de verdade esta é a melhor coisa do mundo, e é difícil parar. Mas por fim paramos, porque Olivia está em casa e é hora de eu, enfim, enfrentá-la.

– 21 –

## COMO ENCURRALAR UM VALENTÃO

A mãe dela atende a porta.
— Desculpe, querida. Esqueci seu nome de novo.
Estou agitada demais para me ofender.
— Quinn.
— Isso. — Ela sorri. — Venha, entre. Livvy está no quarto.
Meu coração martela como uma bateria.
Passo pelo sofá e pela TV exibindo uma série de comédia e entro na cozinha, o linóleo estalando sob meus sapatos. Quando chego ao quarto de Olivia, vejo a luz passando por baixo da porta dela. Ouço Vontae nos alto-falantes.
Estou no corredor, tentando reunir coragem, quando a mãe dela se aproxima.
— Você tem que bater com força. — Ela bate na porta de Olivia. — A música sempre está muito alta. Livvy, abaixa essa merda! Você tem visita!
A música abaixa.
— Quem é?
A mãe dela abre a porta, e aqui estou eu, de pé e de boca aberta.
Olivia tira os olhos do notebook, hostil, até que me vê.
— Ah, é só a Quinn. — Ela se levanta da mesa, me puxa para dentro do quarto e bate a porta atrás de nós. — Odeio quando ela faz essa

merda. Se eu pergunto quem é, responda. Sabe? — Ela volta à mesa. — Vem ver isso.

Me aproximo da mesa, vibrando de apreensão. Ela está passando fotos da nossa viagem a Houston — aquelas do posto de gasolina detonado.

— Tenho que editá-las sozinha agora... — Ela só diz isso, deixando de fora o nome de Auden.

— São fotos incríveis — digo.

Olivia me olha, sorrindo.

— Obrigada, Quinn.

Ela continua sorrindo, e meu coração continua batendo forte. Achei que ela me odiasse. Por algum motivo, acho que eu poderia ter lidado com isso melhor.

— Olivia. — Inspiro fundo. Carter e eu praticamos isso no carro. *Só fale logo*, disse ele. Então falo. — Acho que você viu a nova lista.

O sorriso dela desaparece.

— Sinto muito não ter feito nada para parar a campanha de difamação. Fui covarde. Mas, eu juro, não fui eu espalhando as mentiras.

Ela revira os olhos.

— Sei que não foi.

— Sabe?

— Eu sempre soube, Quinn. — Ela abraça as coxas perto do peito, descansando o queixo no joelho. — Foi a Destany.

Começo a balançar a cabeça, mas Olivia continua:

— Holden tinha terminado com ela no recesso de Natal. Ele começou a flertar comigo. Os boatos diziam que a gente tinha transado enquanto os dois ainda estavam juntos. — Ela sorri. — Obviamente, foi a Destany. É por isso que eu acho, se não for o Kaide, que ela é quem está com o seu diário. Esse tipo de coisa é a cara dela.

— Mas não foi a Destany — digo.

Olivia me olha, confusa.

— Quer dizer, a Destany estava lá, mas não foi ela que planejou a coisa toda. — Minha boca escancara. — Ai, meu Deus.

— O quê?

— Você está certa sobre uma coisa. A mesma pessoa que começou a te difamar está agindo contra mim.

Destany não faz esse tipo de coisa. Ela não é conivente assim.

— Tenho que ir.

Vou em direção à porta.

— Quinn! — Olivia grita, se levando. — Quem é?

Me viro, incerta, porque Olivia parece um canhão, e não sei o que ela vai fazer se eu contar.

Ela se aproxima como se eu fosse um filhote de cervo.

— Quem fez isso arruinou minha reputação. Eu mereço saber.

Ela está certa. Eu fiquei assistindo à reputação dela ser destruída e não fiz nada para evitar. O mínimo que posso fazer é dizer a ela quem estava por trás.

— Dirigi o carro de fuga — admito. — Destany ficou de guarda, mas foi Gia quem vandalizou e espalhou os boatos.

Com curiosidade, Olivia inclina a cabeça, então volta ao notebook e fecha a tampa. O respirar suave de Vontae para.

— Vamos.

— Espera. O que vamos fazer?

— Nós vamos dar uma de *As apimentadas* na cara dela.

Franzo a testa.

— Nós vamos apimentar... a cara dela? — pergunto, tentando entender.

Olivia me olha como se eu fosse de outro planeta.

— Não, *As apimentadas*. O filme.

— Ah. — Dou um sorriso. — Amo esse filme.

— Nós somos os Clover. E elas são... — Ela estala os dedos. — Quem eram aquelas garotas brancas? As dragões vermelhos ou alguma merda assim?

— Era alguma coisa vermelho. Mas não acho que eram dragões.

— Sabe o que eu gosto nesse filme? — Ela passa por mim e se apressa para a porta do quarto. Eu a sigo. — Elas chamam atenção para a apropriação. E, no final, quem se apropriou perde. Esse filme foi à frente de seu tempo!

Olivia se vira para a mãe sentada no sofá, fazendo um colar.

— Volto depois, mãe. Não espere acordada.

— Tá bom. Se cuida. Te amo.

— Também te amo!

Ela sai pela porta da frente.

— Tchau, Quinn — diz a mãe para mim.
— Tchau.
Aceno, feliz por ela enfim se lembrar do meu nome, e saio depois de Olivia.
Ela já desceu dez degraus.
— Você é Gabrielle Union! Sou a garota energética que quer lutar e diz: "Você foi tocada por um anjo, garota". — Ela sorri quando chego aos pés da escada. — Você se lembra dessa parte?
— Totalmente.
— Essa sou eu — diz ela, agarrando a minha mão. — Essa merda está prestes a pegar fogo.

Quando paro na calçada da casa de Gia, não temos um plano. Tentamos pensar em um durante o caminho, mas é difícil pensar quando estamos com raiva assim. E Olivia fez um trabalho muito bom em me deixar com raiva.
— Como essa vadia fez isso? Achei que ela fosse sua amiga.
Mas Gia nunca foi minha amiga. Gia é manipuladora. Gia é condescendente. Gia sempre fez o que podia para se colocar entre mim e Destany. Agora ela, enfim, conseguiu.
— Mas como ela conseguiu o meu diário? Ela não está na aula da srta. Yates — digo, encarando a casa de tijolos de Gia.
Olivia se vira para mim, balançando a cabeça.
— Quinn, foi a Destany.
Meu estômago revira.
— Não. Ela não saberia. Ela não deixaria Gia... — Destany sempre seguiu Gia, mas até nisso? Tanto que estava disposta a acabar comigo. Eu, a melhor amiga dela por dez anos? — Mas isso quer dizer que Destany roubou o meu diário.
Olivia assente.
— De que outra maneira Gia conseguiria pegá-lo?
— Talvez ela esteja trabalhando com Kaide — digo, esperançosa.
— Ele é racista. Ela é racista. Eles são perfeitos um para o outro.
Olivia franze os lábios e se volta para o para-brisa, cética.
De jeito nenhum Destany poderia saber disso. Gia tentaria encher a cabeça dela com bobagens sobre mim, mas ela não teria ouvido.

Olho para a casa de tijolos e para a grama verde. Então, enfim percebo que a garagem está vazia.

— Espera. Ela nem está aqui.

Olho para Olivia.

Ela percebe que o meu carro é o único no acostamento.

— Merda. A gente espera?

Dou de ombros. Então penso. O único motivo de ela ter feito isso seria para ficar com Destany só para ela. Dou ré no carro.

— Sei onde ela está.

Dez minutos depois, paramos na familiar casa branca de fazenda. Tudo parece igual. O jardim de flores na lateral, os móveis rústicos de jardim na beirada da varanda que dá a volta na casa, onde Destany e eu costumávamos pintar as unhas, a bandeira americana pendurada no toldo.

Estou estacionada atrás do Tahoe branco de Gia.

Olivia se vira para mim.

— Você está pronta?

Estou prestes a enfrentar a maior valentona da Hayworth. Olho para Olivia, o piercing no septo como uma coroa sobre os lábios dela, os olhos castanhos como chocolate circulados por delineador preto, as longas e finas tranças e um rabo de cavalo alto. Mas estou com a garota mais foda da Hayworth, a que derrotou garotos. Assinto. Estou pronta.

— Nossa prioridade é conseguir seu diário de volta. — Os olhos dela estão incendiados.

Não acredito que ela está aqui por mim, apesar de eu não ter estado lá por ela.

Quando Olivia abre a porta, digo:

— Espere, Olivia. — Ela para, um pé dentro do carro, o outro no chão. — Sinto muito não ter te defendido antes.

Ela relaxa no banco.

— Quinn, eu sei que você sente. O que importa é que você está aqui agora. — Ela se vira para mim de sobrancelhas erguidas. — E pode me chamar de Livvy. Tá bom?

Assinto, agradecida, sorrindo de orelha a orelha.

— Vamos — diz ela.

Damos a volta no caminhão de Gia e no Mustang de Destany. Não há outros carros na entrada. Os pais dela devem estar fora.

Meu coração está batendo forte. Subimos os degraus da varanda, o som dos nossos passos reverberando pela propriedade. Minha mão treme quando eu a ergo para a porta de tela. Bato baixinho demais, então Livvy vem e bate com força.

Me viro para ela.

— Estou com medo.

— Não, Quinn. Você é destemida, e está aqui para pegar o que é seu. Você é Gabrielle Union. Certo?

Nenhuma de nós se lembra do nome da personagem dela.

Assinto, me voltando para a porta de tela.

— Sou Gabrielle Union. Estou aqui para pegar o que é meu.

Mas estou com medo de descobrir se Olivia está certa sobre Destany.

A porta da frente se abre. Destany está diante de nós, os olhos surpresos por me ver, mas ainda mais surpresos por ver Olivia.

— Quinn, o que você está fazendo aqui?

Olho para os olhos cinzentos dela, sentindo minhas emoções se romperem no fundo do meu estômago, sentindo as palavras se formarem no meu esôfago. Eu as engulo e a observo, porque sei pela maneira como ela olha de volta que Destany sabe exatamente por que estou aqui. Há culpa nos olhos dela. Ela sabe.

Com essa percepção, meu mundo desmorona. Com certeza estou tirando conclusões precipitadas. De jeito nenhum ela deixaria isso acontecer comigo. Ela sempre foi tão leal. Me lembro da sexta-feira antes da festa do Chase. Matt esperou até o último minuto da escola para chamar Destany para sair.

Ele disse:

— Ei, como você vai para a casa do Chase amanhã?

— Não sei — respondeu ela. — Provavelmente com Gia e Quinn.

— Ah, você deveria me deixar te levar. Podemos ir juntos.

Ela guinchou:

— Tipo um encontro?

Ela foi pega desprevenida, principalmente porque sempre contei a ela sobre nossos pequenos momentos na cama elástica. Nós duas pensávamos que Matt estava a fim de *mim*.

— Sim. Tipo um encontro. — Ele riu.

E Matt é atraente. Ele não está acostumado à rejeição. Mas ela disse:

— De jeito nenhum.

E praticamente saiu correndo.

Ela me parou no estacionamento e me contou tudo.

Partiu meu coração saber que ele tinha sentimentos por ela e não por mim. Mas Destany disse:

— Eu nunca sairia com ele, Quinn. Não sabendo como você se sente a respeito dele.

— Quer dizer, se você gosta dele...

— Eu gosto de *você* — interrompeu ela.

E quase chorei de tanto que apreciei aquilo. Pulei nela e nos abraçamos por mais ou menos cinco minutos direto, rindo de quão boba ela deve ter parecido quando correu dele. Eu a amava tanto. Pensei que ela protegeria meus sentimentos custasse o que custasse. Pensei que ela nunca faria nada para me magoar.

Então é muita coisa para digerir e muita coisa que não sei como digerir. Dez anos de amizade, e em apenas uma semana ela me deserdou.

Enfim abro a boca.

— A Gia está?

Destany olha de mim para Olivia.

— Por quê?

— Traz ela aqui — ruge Livvy.

Destany não hesita. Ela se vira, deixando a porta da frente aberta, mas mantendo a porta de tela fechada. Consigo ver as imagens de cavalos selvagens e pinturas de crucifixos no corredor.

Livvy se vira para mim enquanto esperamos.

— O que você acha?

Assinto.

— Elas estão com ele.

Meu corpo todo aquece, incluindo a parte de trás dos meus olhos. Espanto as lágrimas. Elas não merecem minhas lágrimas.

Não é difícil me agarrar à raiva quando vejo a cara convencida de Gia. Destany está um centímetro atrás dela, as duas atrás da porta de tela.

— Como posso ajudar? — cantarola Gia.

— Quero meu diário de volta — digo, tentando manter a calma.

— Como é? — Gia inclina a cabeça em confusão fingida. — Que diário?

— Vadia. — Livvy cospe a palavra. Soa tão cheia, como um tapa, como uma palma colidindo contra uma bochecha. As duas se encolhem.

— Você sabe exatamente de que diário estou falando — insisto. Gia me olha, o sorriso arrancado de seu rosto. — Vá buscar.

Nenhuma delas se mexe.

— Agora!

Livvy abre a porta de tela. Não há nada as separando.

— Vá buscar — diz Destany.

Gia dá uma risada furiosa antes de ir, deixando Olivia e Destany se encarando.

Mas eu não tinha percebido que doeria tanto assim conseguir a confirmação para as minhas suspeitas. Me curvo, sentindo como se o ar tivesse sido arrancado de mim. Quando olho para Destany, balanço a cabeça.

— Uau. Você levou dois segundos para me jogar fora, para jogar meu nome na lama, para cuspir em dez anos de amizade.

Olivia dá um passo para trás, me dando espaço para chegar em Destany.

— Quinn, você me jogou fora primeiro.

— Eu fui *embora*! Você pegou minha propriedade pessoal e a espalhou pela escola inteira. Eu nunca faria algo assim com você, porque amigos não fazem isso!

Ela se embaralha.

— Não éramos amigas. Você me largou por causa de um cara. Dez anos de amizade e você deixa um *cara* se colocar entre nós. Eu nem sequer saí com ele! Nada aconteceu entre Matt e eu, mas você ficou com ciúmes por ele me dar atenção.

— Não fui embora por causa do Matt. Você não me conhece, Destany? Como pode pensar que esse foi o motivo?

— Bem, então qual foi?

Gia se aproxima então, segurando meu diário. Olho para Destany, abaixando minha voz.

— Porque sou "praticamente branca mesmo".

Ela franze a sobrancelha, e então seus olhos se iluminam.

— Você está falando sério? Por causa *daquilo*? Foi só uma piada, Quinn. Quer dizer, é óbvio que você não é branca.

— Óbvio — repete Gia, desdenhando da minha pele retinta.

Dou um passo para trás.

— Uma *piada*? Você acha que Gia ter degradado a humanidade da funcionária da Gap ao se referir repetidamente a ela com a palavra com P foi uma piada? E quando pensei que você poderia dizer a ela para parar, você negou o meu direito de estar ofendida, você dispensou toda a minha identidade como garota negra e apagou completamente minha voz na conversa, tudo com cinco palavrinhas. Aquilo foi uma *piada* para você?

— Quinn, você sempre exagera nesse negócio de raça — diz Destany.

— Como eu disse, Dessie, ela faz isso por atenção. Ela não está magoada. Só quer que alguém sinta pena dela...

— Continua falando que você vai ver! — Livvy fica frente a frente com Gia. — Eu não preciso de desculpa para acabar com você. Nós já *temos* um problema. Mas minha paciência acaba quando vadias se tornam racistas. Pergunte à sua amiga Hailey. Pergunte ao seu amigo Paul. Pergunte ao seu amigo Sean.

— Livvy, Livvy. — Agarro o braço dela e a contenho. — Ela não vale a pena. — Olho para Destany. — Nenhuma delas vale. São duas covardes.

Livvy se afasta para andar de um lado para o outro na varanda, as mãos nos quadris, mas eu continuo:

— Covardes fazem qualquer coisa para se sentir seguros, para se sentir no controle. Eu costumava ser covarde também, mas a primeira coisa corajosa que fiz foi deixar de ser sua amiga. — Estendo a mão. — Diário.

Gia estende meu diário, mas não o solta quando eu o agarro.

Ela diz:

— Se alguém ficar sabendo disso, vou enviar uma mensagem para o seu pai sobre a Columbia...

Livvy volta correndo.

— Se você mandar mensagem para o pai dela, eu vou mandar mensagem para o inferno para informar que você está indo pra lá.

Gia solta o diário, e eu bloqueio Livvy para que ela não chegue mais perto.

— Não vamos contar, mas quero todas as fotos do meu diário apagadas.

— Feito. — Gia sorri.

Livvy faz cara feia. Enquanto me afasto, tirando-a da porta, ela aponta um dedo por sobre o meu ombro, para o rosto de Gia.

— Você foi tocada por um anjo, garota.

Então ela se vira e nós vamos embora, deixando a porta de tela bater atrás de nós.

Enquanto descemos os degraus, Livvy sibila:

— Eu falei! Igual no filme.

Sorrio.

— Foi perfeito.

Ela bate a mão no meu braço.

— Mas e aí? Vamos deixar elas se safarem disso?

Sorrio, tirando meu celular do bolso de trás.

— Que nada — digo, entendendo imediatamente por que Carter diz tanto isso. Parece fácil. — Não estou mais jogando de acordo com as regras delas. Gravei a conversa toda.

Livvy pega meu celular enquanto vamos para o meu carro.

— Sua vadiazinha sorrateira. Eu te amo.

— Ah, e Quinn! — Gia chama atrás de nós. Ela está na varanda, com Destany logo atrás dela. — Que bom que você conseguiu perdoar o Carter depois que ele perdeu seu diário.

Reviro os olhos.

— Ele perdeu por acidente.

— Bem, tenho certeza de que ele parou de ser cuidadoso depois que leu aquela lista que você escreveu sobre ele. Sabe, aquela sobre ele ser um filho da mãe pretensioso e um cuzão arrogante. Lembra?

Gia está sorrindo.

Livvy para e se vira.

— Quinn, deixa pra lá. Elas estão tentando começar uma confusão.

— Ele só leu a primeira página.

— Isso não é — Gia se vira para Destany —, isso não é o que Destany viu.

Destany assente.

— Ele folheou tudo antes de a gente pegar.

Minha respiração acelera. Não, não é possível. Ele me disse que só leu a primeira página. Se mentiu... então ele sabe de *tudo*. Esse tempo todo, ele sabia de cada detalhe horrível sobre mim.

Livvy questiona:

— Por que devemos acreditar em uma palavra sua?

— Acredite no que quiser — diz Gia, indo embora.

Destany segue, dizendo:

— É verdade, Quinn.

A porta de tela bate atrás delas, e então a porta da frente. Estou paralisada no lugar, tentando me convencer de que é mentira. Livvy agarra meu braço.

— Elas só estão tentando te confundir. Você não pode acreditar nelas.

Olho nos olhos dela, deixando as palavras entrarem em mim.

— Sim, você está certa.

Eu a sigo até o meu carro, segurando o diário contra o colo. Tem o cheiro do interior da casa de Destany. Odeio isso. Eu o jogo no banco de trás e dou ré.

— Você foi tão foda — diz Livvy.

— Não tão foda quanto você.

Ela balança a cabeça.

— Bem mais.

Mas não me sinto foda. Me sinto cansada, como se pudesse dormir por dias. Minhas roupas estão encharcadas de suor. E ainda estou tão preocupada.

Naquele dia no armário de Carter, quando perguntei se ele tinha lido meu diário, ele me olhou como se estivesse tentando descobrir a melhor resposta para a circunstância – não a verdade.

Depois de dirigir em silêncio por dez minutos, enfim pergunto:

— Mas e se ele leu?

Olho para Livvy com lábios trêmulos.

— Vamos perguntar pra ele.

Me encolho com o pensamento de perguntar para ele e ouvir o que não quero. Penso na maneira como ele me beijou hoje, como confessou o motivo de não ter namoradas, e por que decidiu me dar uma chance. Naquele momento, eu mergulhei, me apaixonei. Me comprometi com a ideia de estar com ele. E agora isso. E se Carter esteve mentindo para mim todo esse tempo?

— Não acho que tenho a energia para outro confronto.

— Tudo bem — diz Livvy. — Vamos perguntar amanhã. Está bem?

— Está bem. — Inspiro fundo. Por ora, vou acreditar no que quero. Carter não leu. Está tudo bem. Tudo está perfeito. — Você quer vir para a minha casa? Não quero ficar sozinha hoje.

Porque nada está perfeito. Eu costumava ser boa em mentir para mim mesma, mas não mais.

— Ah — diz Livvy, surpresa.

— Você não precisa — digo rápido. — Tudo bem se você não quiser.

Talvez ela ainda não tenha me perdoado por estar envolvida na difamação. Não posso culpá-la, e não quero apressá-la.

— Não! — diz Livvy, animada. — Vou amar, Quinn.

Meus olhos se iluminam.

— Sério?

— Claro! Me deixa só ligar pra minha mãe. — Ela pega o celular e liga. — Mamãe, vou ficar na Quinn esta noite.

Vou em direção à minha casa com um sorriso florescendo no rosto, cheio de algo indescritível. Apenas completa. Me sinto *completa* pela primeira vez em meses.

## – 22 –

## SE CARTER LEU O MEU DIÁRIO

Os carros dos meus pais estão estacionados na garagem. Quando saio, olho para a meia-lua. Está claro aqui fora, mas o sol se pôs em grande parte do céu. Crepúsculo.

— Estou com fome — comenta Livvy, batendo a porta.

— É, eu também.

As luzes estão apagadas quando entramos. Vamos à cozinha, e ouço os murmúrios da televisão no escritório.

— Quinn? — diz meu pai antes que eu chegue até o topo da escada.

A luz da televisão reflete nas paredes, colocando cores em mim. Ele está deitado contra o braço do sofá, a cabeça da minha mãe baixa no peito dele, o corpo dela moldado entre as pernas dele. É tão íntimo que parece até estranho vê-los assim.

— Oi, querida — diz minha mãe. Ela está bêbada. Vejo no sorriso fácil dela. Então Livvy fica ao meu lado, e minha mãe se ergue um pouco. — Bom te ver de novo, Olivia.

— Sim, senhora. Igualmente.

— Amor — diz meu pai, estendendo mais ou menos a mão para mim. Sim, ele também está bêbado. — Sua mãe e eu...

— Encontramos um terapeuta de casais. — Ela deixa escapar.

— Ah. — Meus olhos se arregalam. — Eu não sabia que vocês estavam procurando por um.

Eles assentem. Isso é bom, certo? Eles estão tentando. Ainda estão tentando.

— Começamos amanhã — acrescenta meu pai.

Eles sorriem nervosamente.

— Isso é ótimo. Parabéns. — Sorrio, encorajando. Agarro as alças da minha mochila, dando uma olhada no filme na tela, um que eles nunca viram antes, porque se recusam a assistir a filmes duas vezes.

— Tudo bem se a Livvy dormir aqui?

Eles olham para ela de novo, como se tivessem esquecido qual é a aparência dela. Eles se entreolham, se comunicando pelas sobrancelhas.

— Tudo bem — diz meu pai, se recostando no braço do sofá, minha mãe se ajeitando entre as pernas dele.

— Podemos pedir pizza?

— Ah! — Minha mãe torna a se sentar. — Quero asinhas, Quinn. — Ela olha para o meu pai. — Que sabor de pizza você quer, Dez?

— Você sabe o que eu quero.

Ela sorri, flertando. Eu suspiro, e Livvy dá um sorrisão.

— Mãe, já que aparentemente você sabe o que o pai quer, pode pedir para nós? — Me viro para Livvy. — Qual pizza você quer?

— Qualquer uma.

Minha mãe diz:

— Claro, querida. — E nos dá um tchauzinho.

Seguimos pelo corredor escuro até o meu quarto.

— Seus pais são fofos — diz Livvy, colocando a mochila contra minha parede.

— Nem sempre. — Me sento na cadeira da mesa, pensando nos gritos e no silêncio e neles agora no sofá, juntinhos. — Mas, sim, eles são fofos.

Meu celular toca. Quando olho para a tela, o nome dele dispara por mim. Meu corpo se lembra dele, sente falta dele, mas minha cabeça não consegue superar o que Destany e Gia disseram. Encaro a tela até que pare de tocar.

Livvy está sentada na beirada da minha cama, com uma expressão conflituosa.

— Carter?

Assinto.

Ele manda mensagem: **Como foi com a Livvy?**

Silencio meu celular e o deixo na penteadeira – o que os olhos não veem, o coração não sente. Porque quero mandar mensagem dizendo que foi ótimo. Quando Livvy e eu estávamos indo embora com o meu diário, tudo foi perfeito. Eu tinha prova de que Destany e Gia eram as chantageadoras. Eu tinha meu diário. Eu tinha Livvy e Carter, e tudo estava melhorando.

Mas então me virei.

— Tenho dever de casa. Tudo bem se eu fizer agora? – pergunta Livvy.

— Claro.

Ela pega os livros da mochila e se deita na minha cama. Me sento na mesa e abro meu diário há tanto tempo perdido. É quase difícil olhar para ele, sabendo que Destany e Gia estiveram com ele esse tempo todo.

Abro na primeira página: a sinistra lista de coisas para fazer. Ah, se eu nunca a tivesse escrito... Risco os itens que fiz, substituindo o nome de Matt pelo de Carter no número dois, terminando com contar a Destany o real motivo de eu ter parado de falar com ela. Um sorrisinho aparece nos meus lábios quando vejo tudo que fiz.

Mas olhar para os itens de Columbia e Hattie ainda precisando serem feitos logo apaga o sorriso.

Passo pelas minhas listas de coisas a fazer, pelas de tutoriais, e quando chego às minhas favoritas, imagino que sou Carter – que estou aprendendo todos esses fatos novos sobre a Quinn.

1. A cor favorita dela é azul-bebê.
2. A árvore favorita dela é aquela que se inclina sobre o local onde Hattie nada.
3. O lugar favorito dela no mundo é onde Hattie nada.
4. A música favorita dela é "How You Gonna Act Like That", do Tyrese.

Espera, ele disse que essa era a música favorita dele também. Será que era verdade?

Se Carter leu meu diário, ele tinha informações íntimas minhas. E essas informações foram o grande motivo de nos conectarmos, para começo de conversa. Ele me fez sentir que podia ver partes de mim que eram invisíveis para os outros, que ele podia me entender em um nível que ninguém mais podia. Mas foi só porque ele leu meu diário? Tremo de repulsa.

O celular de Livvy toca. Quando me viro, ela está me olhando, dividida.

— Não — digo.

— Se eu não atender, ele vai saber que está rolando alguma coisa. — Ela suspira e atende. — E aí?

O volume do celular está alto o bastante para eu ouvi-lo do outro lado do quarto.

— Ei, você viu a Quinn?

Ouvir a voz dele me faz querer pegar meu celular e ligar pra ele. Quero Carter no meu ouvido.

— Hum. — Olivia me olha com olhos arregalados. — Sim, ela passou aqui faz um tempinho.

Me junto a ela na cama.

Ele diz:

— E pra onde ela foi?

— Não sei. Pra casa, acho.

— Ah. — Carter fica em silêncio por um momento. — Então onde você está?

Olivia me olha, em pânico. Balanço a cabeça.

— Fora.

— Fora onde?

— Pra que você precisa saber? Caramba. Você não é meu pai.

Sorrio, segurando o riso.

— Olha, Livvy, eu sei que você está na casa da Quinn. Acabei de falar com a mamãe Sandy.

Ficamos boquiabertas.

— Não sei por que você está mentindo, e não sei por que ela está me evitando, mas eu adoraria que alguém me dissesse alguma coisa.

Livvy me olha sem responder, piscando rápido.

— Olivia. — Ele usa o nome dela.

— Deixe ela pensar hoje. Amanhã ela vai falar com você.

Carter fica em silêncio por um momento.

— Tudo bem, mas você sabe o que eu fiz?
— Só deixe ela pensar hoje. Tá bom?
Esperamos pela resposta dele.
— Tá.
Eles desligam. Eu volto para a mesa. Livvy volta a fazer o dever de casa. Não falamos do assunto. Fico feliz que não, porque quanto mais leio o diário, pior fica. Não acredito que ele foi tão longe assim. Se ele deu uma olhada, como Destany disse, ele não foi tão longe assim. Com certeza, ele não chegou em "Diversas".

Quando a pizza chega, Livvy deixa o caderno de lado. Ela pega três fatias de pepperoni, e eu pego uma caixa inteira de vegetariana. Comemos e assistimos *As apimentadas*. Tomo banho, depois Livvy toma banho. Ela usa uma das minhas camisetas para dormir. Fica parecendo um vestido curto nela. Ela fica com o lado da cama que fica encostado na parede. Deito de lado, de frente para a porta.

Na mesa, meu celular acende. Depois de alguns segundos, apaga de novo. Me viro para o outro lado, de frente para Livvy.

— Vá dormir, Quinn. Não faz bem se preocupar com o amanhã.

Fecho os olhos.

— Eu sei.

— Celebre nossas vitórias. E talvez amanhã descobriremos que aquelas vadias estavam mentindo o tempo todo. Você e o Carter podem viver felizes para sempre.

Eu estive esperando exatamente isso. Mas uma grande parte de mim acredita que Destany está dizendo a verdade.

### SE CARTER LEU O MEU DIÁRIO

1. *Talvez eu dê um tapa nele.*
2. *Talvez eu nunca mais fale com ele de novo.*
3. *Talvez eu o esqueça e siga em frente.*
4. *Talvez eu nunca o esqueça e nunca siga em frente.*
5. *Talvez eu chore e o beije.*
6. *Talvez eu chore e o beije e deixe que ele me abrace até que não doa mais.*
7. *Talvez eu o perdoe.*

Livvy dorme pesado. Estou vestida e pronta para ir quando enfim a acordo. Ela está usando as roupas da minha mãe, que ainda são grandes para ela. Ela enrola os jeans largos até a panturrilha, enfia uma ponta da camiseta no elástico. Essa garota dá um jeito em tudo.

Estamos sentadas no meu carro, ainda no estacionamento. Meu coração bate forte.

Livvy olha por sobre o assento.

— O ônibus dele está aqui. — Então olha para mim. Estou encarando o para-brisa. — Você está bem?

Assinto sem fazer contato visual.

Livvy toca meu braço.

— Me mande mensagem se precisar. — A mão dela permanece. — Estou falando sério.

— Obrigada.

Ela sai do carro, e é quando a coisa realmente começa.

Carter abre a porta do passageiro e entra, preenchendo o carro com seu cheiro, enchendo a minha cabeça de confusão. Porque quero beijá-lo, mas preciso saber a verdade.

— Quinn? — ele pergunta quando não falo com ele. — O que foi, amor?

*Amor?* Não faz isso comigo.

— Ontem, descobri que Destany e Gia estavam com o meu diário — começo a falar. — Livvy e eu o pegamos de volta.

— Uau — diz ele, mas logo fica quieto, confuso. — Isso é bom, certo? Agora você sabe que com certeza eu não fiz isso.

— É — digo com uma risada triste.

— Então por que você não consegue olhar para mim agora? — Ele tenta tocar minha bochecha.

Me afasto do toque dele.

— Carter, você leu meu diário? — pergunto, encarando o para-brisa.

A mão dele congela no ar. Vejo de canto de olho. Tudo está silencioso, exceto meu motor ligado e o ar-condicionado baixo soprando.

— O quê?

Finalmente olho para ele.

— Você me disse que só leu a primeira página.

Carter deixa cair a mão, buscando meus olhos.

— Quinn, a sensação é de que aconteceu há tanto tempo.

Arfo. Acho que havia uma parte de mim ainda esperando que não fosse verdade. Essa parte está se partindo em duas.

— Quanto você leu?

Ele pisca, olhando para o console entre nós.

— Tudo.

Engulo cada grama de esperança que eu ainda tinha e apoio minhas costas na porta.

Ele se inclina à frente.

— Mas nada do que li mudou como me sinto sobre você.

— A questão não é essa.

— Na verdade, ler me fez gostar mais de você.

— A questão não é essa! Você invadiu minha privacidade na cara dura.

— E me *arrependo*! Queria não ter feito isso. De verdade. Quando menti, eu estava tentando te poupar do constrangimento. Mas então a coisa da chantagem aconteceu, e eu sabia que se te contasse, você ia achar que eu era o chantageador.

— Isso não é desculpa.

— Sei que não! — Ele pressiona as pontas dos dedos no console. — Não estou tentando inventar uma desculpa. Só estou tentando explicar. — Ele me olha, o peito subindo e descendo. O meu sobe e desce no mesmo ritmo. — Por favor, venha aqui.

Não me mexo. Mas quero. Não quero ficar com raiva dele. Quero ele nos meus lábios. Mas sei que não deveria querer.

— Você pode só sair?

Ele parece angustiado.

— Sei que cometi um erro, mas você está agindo como se eu tivesse *te traído* ou algo assim.

Minhas narinas inflam.

— Acho que eu me sentiria assim se fosse traída. Me apaixonei por uma ideia de você. Agora, estou descobrindo que minha ideia estava errada. Tudo o que você me disse, tudo o que fizemos juntos está manchado, porque você sabia! Esse tempo todo, você sabia de tudo!

Balanço a cabeça. A verdade das minhas próprias palavras está embargando a minha voz e o meu peito e os meus olhos.

— Pode ser que você não tenha estado com outra garota, mas perdeu a minha confiança. Por favor, saia do meu carro. — Carter estende a mão para mim, mas eu pressiono meu ombro contra a porta. — Por favor, saia!

— Me desculpa mesmo.

Ele se afasta, abre a porta com força, a bate para fechar e caminha pelo estacionamento com as mãos na cabeça.

Eu desabo. Minhas costelas estralam. Pego meu celular e mando mensagem para Livvy: **Preciso de você.**

## – 23 –

## POR QUE NÃO POSSO OLHAR PARA VOCÊ

Olivia me arranca do carro. Estamos perdendo a primeira aula. Ela me leva até a porta da srta. Henderson, e então me encara. Ela seca meus olhos e as minhas bochechas. Por sorte, não perdi tempo me maquiando hoje.

— Você está linda — diz ela, colocando as mãos nos meus ombros, dando um sorrisão. — Vamos matar o Carter mais tarde, está bem?

Não quero matá-lo. Quero removê-lo cirurgicamente do meu coração.

Ela abre a porta da sala e me empurra para dentro. A srta. Henderson tira os olhos do quadro.

— Quinn? — Ela está se perguntando por que estou atrasada. Está se perguntando onde estive nos últimos dois dias. Está se perguntando por que parece que eu chorei.

Mantenho meus olhos baixos e sigo para a mesa, nos fundos. Por sorte, a srta. Henderson não insiste.

— Ela voltou — diz a garota à minha frente. — Eu estava esperando que ela largasse a escola.

— Ela devia ser expulsa pelo que fez com a Olivia.

— Sim, tadinha da Olivia.

Olho para as garotas fofocando na minha frente. Quase me esqueci da lista de *Cono liderar uma campanha de difamação*. Encaro os rostos delas sem piscar. Quando elas veem que estou olhando, não conseguem sustentar meu olhar. Elas se viram e se calam, porque a maioria dessas pessoas só consegue falar merda se não houver risco de consequências. Mas estou com ollhos ameaçadores. Hoje não é um dia para me testar.

Durante a aula, penso em tudo o que aconteceu depois que Carter leu meu diário.

Naquele dia, quando ele me disse que o perdeu no ônibus, foi mentira. Ele com certeza estava lendo durante a primeira aula. Se ele tivesse me contado a verdade, talvez eu nunca tivesse tentado o chantageador a expor minha rejeição da Columbia.

E Carter me convenceu de que ele de *alguma maneira* sabia a minha música favorita de R&B dos anos 1990, que de *alguma maneira* sabia o quanto eu odeio Vontae, e que de *alguma maneira* sabia sobre meu uso do termo *Negresco*, mas esse tempo todo era porque tinha lido meu diário. A intuição misteriosa dele não era tão misteriosa no fim das contas.

Penso no tempo em que ele esteve no meu quarto, como adivinhou que eu pintaria minhas paredes de azul-bebê, como ele alegou saber minha cor favorita porque era observador. Observador coisa nenhuma!

O que foi real? Alguma coisa a respeito dele foi real?

Quando a aula termina, a srta. Henderson me chama à mesa. Ela pergunta sobre as minhas faltas. Mostro meus comprovantes de visita às universidades, e ela me dá os exercícios que perdi.

Cálculo é pior. As pessoas na aula de cálculo ainda estão falando da Columbia.

— Onde você vai estudar, Quinn? Na faculdade Comunitária de Austin?

— Ela não consegue entrar lá. Não seja bobo.

Só enfrentei duas aulas e já estou tentada a matar aula de novo, mas estou tão atrasada. E estou tentando o meu melhor para aparecer hoje, para não ser covarde, para não fugir como sempre fiz.

Chego à terceira e à quarta aula sem ver Carter. Estou satisfeita porque parece que, enfim, estou começando a me ajustar a esse novo normal. Como o almoço lá fora, sozinha, porque Livvy vai sair no segundo horário de almoço.

Encaro as árvores e mergulho na única coisa que ainda me dá conforto – minhas memórias de Hattie, da única vez em que fiz algo tão destemido e descuidado. A vez em que nadamos na piscina natural apesar das nuvens escuras. Não era apenas uma ameaça de chuva. Estávamos com alerta de tornado. Mas eu queria nadar, e Hattie não viu por que não.

Ela disse:

— Estamos aqui agora. Melhor fazer o que viemos fazer.

Ela desceu do Gator e caminhou até a borda do riacho.

— Espere. Hattie, o que você está fazendo?

Ela se virou, sorrindo.

— Garota, eu não vou entrar. Eu seria a última a pular nessa água.

Saí do Gator para me juntar a ela. A corrente d'água estava devagar e constante.

— Entra aí, medrosa — disse ela, rindo, empurrando meu ombro.

— Hattie! — gritei, pulando para trás. Ela era tão infantil. Cruzei meus braços sobre o peito. — Vire-se.

— Garota, seja lá o que você vai fazer, confia em mim, aguentei dez vezes mais na minha época.

Olhei para a estatura pequenina dela, duvidando.

— De onde você acha que vieram as suas curvas?

— Hum. Da minha mãe?

Ela riu.

— Sua mãe é fofa, mas ela é reta como uma vara. Você herdou essa bunda de mim, querida.

Então ela me deu um tapa na bunda a caminho do Gator.

Tirei meus sapatos, meias, camisa e shorts, deixando em uma pilha no chão. Relâmpagos cruzavam o céu. Trovões também. Olhei para Hattie, sentada no Gator, protegida.

— Vai lá.

Então corri para a "árvore torta". Era uma árvore que se curvava sobre a água, como um trampolim da natureza. Hattie colocara um balanço de pneu no meio do tronco que se pendurava sobre a água. Quando inundava, metade do pneu ficava submerso – era a melhor coisa, quando eu podia me sentar e colocar as pernas na água.

Enquanto eu engatinhava pelo tronco, começou a respingar. Olhei para a água. O vento estava mais forte, assim como a corrente.

— Hattie, talvez a gente deva voltar!

— Se você está com medo, podemos voltar. Se você se machucar... não posso ir te salvar.

Era verdade. Eu estava completamente por conta própria. E não era como se tivéssemos contado a alguém aonde estávamos indo antes de sair. De nós duas, eu sempre fui a mais responsável. Hattie cresceu em outra época, quando o que não te matava te fazia mais forte. Então pular na correnteza abaixo ou me mataria ou me faria mais forte.

Olhei para o céu escuro, e então para Hattie no banco do passageiro do Gator. Hattie pularia se pudesse. Não pensaria duas vezes. Desci pela corda até chegar no pneu na ponta. Me sentei e prendi a respiração quando a chuva começou a cair mais forte. Então fiquei de pé no pneu, me segurando na corda, balançando o máximo que consegui.

— Uhuuu! — gritei no vento, com gotinhas de chuva na minha boca e nos olhos.

Senti que tinha a vida nas palmas das mãos, como se eu não pudesse morrer, não quando eu queria viver tanto quanto naquele momento. Não quando eu amava tanto a vida.

Então pulei.

Quando chego à sala do sr. Green, a mesa de Carter está vazia. Instintivamente, meus olhos encontram Destany. O olhar dela encontra o meu por um segundo antes que ela o abaixe de novo. Sem sorrisinhos. Nada.

A princípio, quando me afastei dela, pensei que um dia poderíamos ter uma conversa franca sobre raça. Pensei que um dia eu poderia perdoá-la. A ignorância é perdoável. Mas isso não é. Ela e eu já era.

Auden me cumprimenta quando me sento. Ergo o olhar e forço um sorriso. Depois, Carter se senta ao meu lado em silêncio. O cheiro dele ataca a mim e ao buraco no meu coração.

O sr. Green se aproxima de nossas mesas.

— Vocês três faltaram demais. — Ele parece decepcionado. — Na sexta, assistimos às peças passadas, vencedores e perdedores. Ontem, escolhemos nossos papéis e teorias da conspiração e tivemos outro teste. Vocês podem fazer o teste hoje depois da escola, amanhã cedo ou amanhã depois da escola. Depois disso, a nota é zero.

— Sim, senhor — responde Auden.

Carter e eu ficamos em silêncio.

O sr. Green fala por grande parte da aula. Tento me concentrar nele e não na repulsa que sinto por Carter. Ele sabia que meu diário era pessoal, mas teve a audácia de ler a coisa toda. Não apenas algumas páginas acidentais. A coisa *toda*.

Pelos últimos dez minutos da aula, o sr. Green permite que a gente escreva o roteiro. Mas não consigo abrir a boca. Carter também não abre.

— Alguma sugestão de quem deveria ser o Kennedy? — Auden olha para nós dois, apreensivo.

Não dizemos nada.

— Acho que eu quero ser o governo.

Quero perguntar: *O governo inteiro, Auden?*, mas não pergunto.

— Sabe — diz Auden com um suspiro —, falei com a Olivia hoje.

Ergo a cabeça. Carter também.

— Eu a deixei explicar por que me rejeitou. E agora, milagrosamente, me sinto melhor. Ainda estou magoado, não me entendam mal, mas agora sei que a rejeição dela teve mais a ver com o passado dela do que comigo.

Parece que ele está tentando me convencer a falar com Carter, e não gosto disso.

O sinal toca. Não decidimos quem vai interpretar Kennedy ou "o governo" e ainda estamos muito atrasados. Auden suspira, junta suas coisas e vai embora.

Reúno meus livros às pressas, porque não quero sair da aula com Carter. Mas mesmo depois que consigo chegar na porta primeiro, ele me persegue pelo corredor.

— Quinn — chama ele, agarrando meu braço. Quase sibilo por ele me tocar. Ele ergue as mãos. — Desculpe. — Mas continua andando ao meu lado. — Quero me desculpar. Sinto muito por ter invadido sua privacidade e ter sido tão descuidado com sua confiança.

O buraco dói, lateja.

Chegamos na frente, e ele se apressa para abrir a porta para mim. Então começamos a caminhar juntos na direção do estacionamento, desviando de grupos de pessoas na calçada. Mas ele fica comigo.

— Também sinto muito mesmo por não ter tentado entender seus sentimentos, e por ter tentado amenizar o que fiz com você. O que eu fiz foi horrível. Não apenas foi desrespeitoso, foi cruel e... nojento.

Deve ser por isso que sinto tanta repulsa.

— Mas quero fazer o que for possível para compensar para você. Quero ganhar sua confiança, e acho que a única maneira de fazer isso é com uma revelação completa.

A essa altura, chegamos no meu carro. Abro a porta de trás e enfio meus livros e mochila no banco.

— Preciso me *expor* para você. — Carter se apressa para explicar. — Não fisicamente, mas emocionalmente exposto, como te forcei a fazer comigo.

Meu olhar está no asfalto entre nós. O corpo dele bloqueia minha porta. Quero dar a volta por ele, entrar no meu carro e ir embora.

Carter deve ler minha mente, porque se mexe e abre a porta para mim.

— Porque percebi hoje que foi isso que fiz com você. Te forcei a se expor antes que você estivesse pronta. E estou indignado comigo mesmo por ter feito isso.

Meus olhos aquecem. Como Carter está fazendo isso? Como ele está colocando em palavras exatamente o que estive sentindo o dia todo? Não consegui entender por que estou tão irritada e enojada, mas aí está. É exatamente isso.

— Então quero te dar isso.

Carter põe a mão no bolso da calça de moletom e pega um pedaço de papel dobrado. Parece perigoso, como tudo o que não quero agora, mas tudo o que preciso.

Dou a volta na mão estendida dele, entro no carro e fecho a porta.

— Por favor, Quinn. — Ele bate na minha janela. — Não espero que você fale comigo depois disso. Você nem precisa ler. Por favor, só pegue.

Estou encarando o para-brisa, me recusando a olhar para ele. Me pergunto o que é. Ele disse que quer ser sincero comigo. O que é que pode estar neste pedaço de papel?

Não preciso ser muito convincente. Por mais que eu esteja resistindo, sei que vou me estressar depois se não aceitar. Desço o vidro, pego o pedaço de papel e subo o vidro antes que Carter possa dizer mais alguma coisa que me faça querer perdoá-lo. Minha determinação já está suavizando; consigo sentir.

Ele se afasta do meu carro devagar, enfiando as mãos nos bolsos, então se vira e vai em direção ao ponto de ônibus. Eu o observo pelo retrovisor até a porta do passageiro se abrir e Livvy entrar.

— Corre, Quinn! Passa por cima daquelas vadias! — Ela aponta para Gia e Destany passando na frente do meu carro.

Sorrio. Acho que é a primeira vez que sorrio hoje.

— Mas, sério — diz ela, virando-se para mim. — Quando vamos acabar com elas?

Me volto para o para-brisa, observando-as rir juntas.

— Em breve. Primeiro preciso contar aos meus pais a verdade sobre a Columbia.

# – 24 –

# MANIFESTAÇÕES DA ESSÊNCIA DE HATTIE

Vai ser ruim.

Meus pais estão planejando minha vida em Nova York há meses. Caramba, eles planejaram isso toda a minha vida.

Vai ser muito, muito ruim.

Livvy segura minha mão. Eu aperto a dela enquanto caminhamos pela entrada. Vejo a carta de aceitação da Columbia emoldurada na parede quando entro na sala. Minha mãe está com suas anotações espalhadas por toda a mesa de centro. Ela está contando ao meu pai sobre o caso em que está trabalhando agora, e ele está ouvindo com uma taça de vinho na mão, sentado no chão. É tão fofo e saudável, e estou prestes a estragar tudo.

— Quinn, meu amor, você pode pegar outra garrafa de vinho para nós no bar? — pede minha mãe, gesticulando para a cozinha. — Ah, oi, Olivia.

Quando chego à cozinha, percebo os cartazes de parabéns ainda presos na parede. Meu coração acelera.

— Você também é veterana, não é? — pergunta meu pai a ela quando estou voltando à sala.

— Sim, senhor.

— Onde você vai estudar no ano que vem?

— Na Estadual do Texas — diz ela.

— Ah, que impressionante.

Entrego a garrafa de vinho tinto para os meus pais.

— O que vocês estão aprontando? — pergunta minha mãe quando percebe que ainda estamos paradas atrás do sofá.

— Nada — respondo, nervosa.

Livvy olha para mim. Ela espalha as mãos, como se estivesse limpando a parte ruim.

— Fala logo.

— Fala logo o quê? — pergunta meu pai.

— Mãe, pai, preciso contar uma coisa para vocês.

Os olhos da minha mãe ficam enrugados de preocupação. Meu pai se inclina à frente.

— O que é?

— Sobre a Columbia... não acho que posso ir.

Instantaneamente, ele olha para Olivia, como se ela fosse o demônio que me convenceu a jogar meu futuro fora.

— Claro que você pode — diz ele, virando-se para mim. — Vamos viajar até lá na semana que vem. Vamos escolher um apartamento...

— Pai, eu não vou.

— Sim. Você. Vai.

Livvy belisca o meu braço. *Fala logo.*

— Pai, não posso ir porque não passei.

O silêncio recai na casa.

— Como assim não passou?

— Temos sua carta de admissão — diz minha mãe, apontando para a moldura na parede.

— É falsa. Fui eu que fiz.

— Você fez o quê? — Meu pai se levanta. — Para qual faculdade você vai, Quinn? O que é isso?

Ele deixa a taça de vinho na mesa e caminha de um lado para o outro.

— Você entrou em alguma? — pergunta minha mãe.

— Nenhum lugar sobre o qual vocês querem ouvir. Até a Universidade de Houston me pôs na lista de espera.

Isso arranca o fôlego do meu pai.

— Você está de brincadeira? Pensei que você estivesse indo bem nas aulas. E seu vestibular, pensei que você tinha tirado noventa e quatro?

— Tirei sessenta e sete.

— Ai, meu Deus! — grita meu pai. Ele se dobra, agarrando os joelhos. — Contamos a todo mundo que *conhecemos* que você vai para Nova York! Imprimimos seus convites de formatura! Vendemos o terreno da Hattie para poder pagar pela Columbia! Como você pôde fazer isso?

Meu sangue gela.

— Espera. Vocês venderam o terreno de Hattie?

— Você sabe como a Columbia é cara? Mensalidade, livros, e Nova York é a cidade mais cara para se viver. Sabe quem teria pagado por isso?

— Então vocês *venderam* o terreno da Hattie? Vocês venderam os móveis dela também? Venderam o divã e a poltrona dela? — Minha cabeça se inclina como se fosse pesada demais. — Venderam em uma venda de garagem?

Ele parece confuso.

— Claro que não, Quinn. Está no depósito.

Pestanejo, grata. Os móveis dela não estão espalhados na casa de estranhos. A poltrona dela não está na sala de estar do Auden.

— Vocês precisam recuperar a casa e o terreno dela.

— Já descontamos o cheque, Quinn. O comprador vai se mudar no fim de semana que vem.

— Quando vocês iam me contar?

— Quando você ia nos contar? — grita meu pai de volta.

Minha mãe se levanta, pousando a mão no ombro dele.

— Talvez a gente devesse fazer uma pausa.

O terreno de Hattie. A casa dela. Toda a minha infância se foi.

— Quinn, leve Olivia para casa. Seu pai e eu temos muito o que conversar.

Fico plantada, minhas mãos tremendo.

— Vai! — grita meu pai.

Agarro a mão de Livvy e a conduzo pela porta da frente até a garagem.

— Quinn, devagar.

Eu a solto quando chegamos no carro.

Não fui à casa de Hattie desde que a tiraram de mim, mais de um ano atrás. Agora foi vendida, perdida para sempre.

— Quer saber? Não. Não vou te levar para casa. — Olho para ela por cima do teto do carro. — Vamos até a casa de Hattie.

**CINCO MANEIRAS QUE LIVVY USA PARA PERGUNTAR SE ESTOU BEM SEM SER DIRETA**
1. — Carter está chateado o dia todo. Quer falar disso?
2. — Acelere um pouco menos, Quinn. Ou eu posso assumir o volante se você precisar.
3. — Como o seu pai pôde fazer isso? Você pode xingar, cuspir, chorar, o que precisar.
4. — Tirarei fotos de tudo, assim você nunca vai se esquecer de como a casa é.
5. — Que bom que você me trouxe, Quinn. Estarei sempre aqui por você.

Quando chegamos ao portão de Hattie no extremo leste de Leander, tudo volta para mim. Observamos o portão se abrir, e parece que um portão dentro de mim também se abre. Passo pela longa entrada rochosa, me lembrando de cada árvore por que passamos. Como algumas das curvas são muito fechadas, parece que a estrada vai desaparecer e que vamos direto para a floresta.

Quando a casa aparece, eu não pisco.

Olivia tira fotos de tudo do lado de fora pela janela aberta.

— É lindo.

É. Ainda é tão bonito. As lajes parecidas com as de cabanas, a varanda que dá a volta na casa, a lareira de tijolos ao lado.

Saímos do carro. Olivia vai em direção à casa, mas eu balanço a cabeça.

— Vamos para as trilhas. Eu quero mostrar a você onde nadamos.

O jardim de Hattie no lado esquerdo do quintal é apenas um pedaço deserto agora. A porta da estufa está aberta. As plantas se foram, e os pássaros também. Dói mais do que eu esperava, olhar para todo o vazio.

O Gator ainda está estacionado na garagem, a chave na ignição. Pega de primeira. Olivia toma seu lugar ao meu lado, segurando a maçaneta.

— Tem certeza de que está pronta para isso?

Saio da garagem de ré e então sigo para a vasta linha de árvores na colina.

— Não, mas preciso fazer isso.

Atravessamos o pasto rapidamente, o vento batendo no meu suor, nos meus nervos e nos nós do estômago. Olivia está quieta quando cruzamos a entrada da floresta, em um caminho que me lembro como a palma da mão de Hattie. Quanto mais fundo vamos, mais minha alma parece deixar meu corpo. O cheiro de carvalho e cedro me leva de volta aos dez, doze e quinze anos. Estou borbulhando de nostalgia, meu peito se expandindo com alívio, alegria e tristeza, tudo ao mesmo tempo.

Enfim vejo o marco – uma árvore com uma fita laranja amarrada em volta.

— Estamos nos aproximando da grande lombada.

— Da o quê?

Diminuo a velocidade. Enquanto mergulhamos em uma grande vala no caminho, digo:

— Uma vez, dirigi por esse buraco em alta velocidade. — Olho para Livvy com um sorriso. — Capotamos. Tudo voou da parte de trás, e meu cóccix ficou dolorido por uma semana.

Olivia ri, jogando a cabeça para trás.

— Hattie marcou a árvore para a gente saber quando desacelerar.

O sol mal chega até nós através das copas das árvores, mas o ar está tão quente que chega a ser sufocante. Dirijo rápido para pegar mais vento, mas então nos aproximamos da encruzilhada familiar no caminho. Viro à direita, e Olivia não questiona. Enquanto dirijo devagar, ela tira fotos das árvores.

— Isto é incrível. Sua avó é dona desta terra? — pergunta ela.

— Ela *era*. — Engulo em seco. — Tudo bem, vamos passar por buracos. Segura aí.

Ela abaixa a câmera, segurando na barra na lateral da porta. O caminho fica cada vez mais estreito e bem mais esburacado do que eu me lembrava. Chegamos a uma grande lombada, e eu mordo a língua.

— Merda — sibilo, engolindo o sangue.

— Talvez seja melhor a gente... — Olivia arfa, a voz tremendo como uma britadeira. — Talvez seja melhor você desacelerar.

Subimos uma colina, e, no fundo, vejo um cervo familiar.

— Olha!

Olivia arfa de novo.

— Que fofo! Podemos parar para tirar fotos?

— Humm, talvez.

Mas estou indo rápido demais, e a colina é bem mais íngreme do que eu me lembrava. Tento frear, mas já estamos na metade da descida, voando. Os cervos correm para se salvar.

— Quinn! — grita Olivia.

Agarro o volante do jeito mais firme que consigo, meus olhos arregalados.

Gritamos o mais alto possível enquanto nos aproximamos da grande curva, a última curva. Passamos por ela tão rápido que mal posso acreditar que não capotamos. Piso nos freios na hora certa, a centímetros da água.

Livvy se vira para mim, a boca escancarada, os olhos ovais dela tão arregalados quanto os meus. Então ela ri de maneira maníaca, com a mão no peito. Um sorriso se espalha pelos meus lábios, e rio também.

— Quinn, você fez aquela curva como se a gente estivesse na porra do Mario Kart!

Rio ainda mais, engasgando com a saliva.

— Por um segundo, achei que eu fosse o Luigi na Rainbow Road.

Arfo.

— Ah, não, não, não, não! Com certeza a gente estava na Moo Moo Meadows!

Ela se vira para mim, surpresa.

— Você está certíssima!

Ponho as mãos na testa, recuperando o fôlego.

— Mas, olhe — digo, encarando a piscina natural da Hattie, de um azul tão claro quanto eu me lembrava. As árvores verdes de alguma maneira estão mais verdes, a árvore curvada, o balanço de pneu amarrado no meio do galho, tudo está lá, perfeitamente intacto.

— Ah. — Olivia suspira. — É melhor do que eu esperava.

Sorrio quando ela desce, ligando a câmera. Ela tira fotos da água, das árvores, de mim sentada no Gator. Olho para o céu: nenhum sinal de chuva. É meio decepcionante. Nadar na chuva naquele dia com Hattie foi a melhor experiência que já tive aqui.

Depois que eu pulei na água, a água tentou me roubar. Tentou me arrastar para baixo. Tentou acabar com a minha resistência. Fiquei com medo, mas não lutei. Deixei que me levasse. E, depois de um tempo, a água me abraçou, me embalou e me ergueu até a superfície. Quando consegui respirar, meu coração disparou e me senti mais viva do que nunca.

Hattie estava parada na beira do banco, procurando por mim. Gritei:

— Quem é a medrosa agora?

— Garota! — gritou ela, secando o rosto molhado pela chuva. — Pensei que eu tinha te perdido.

— Você não vai se livrar de mim assim tão fácil! — Limpei a chuva do meu rosto.

Com as mãos nos quadris, ela disse:

— Sai daí. Vamos para casa. Seu pai vai me matar se descobrir.

Ela estava com medo. Eu podia ouvir na voz dela. E eu nunca tinha ouvido aquilo na voz dela antes. Ela não estava com medo do meu pai. Estava com medo de me perder.

Nadei de volta à margem com a maior força de vontade que pude e, quando saí da água, eu estava exausta. Me esparramei na terra nas minhas roupas íntimas encharcadas, gotas gordas de chuva caindo em mim. Hattie ficou na chuva comigo.

— Sua vez — brinquei.

— Garotinha, não acredito que você fez isso comigo.

Dei de ombros, secando os olhos.

— Acho que eu sou mais como você do que pensei. Não fujo do desafio.

Hattie balançou a cabeça.

— *Caramba*, eu nunca duvidei que você fosse como eu. Sei que você é.

Hattie sabia. Sempre soube que eu era como ela. Mas acho, todo esse tempo, que eu tinha me esquecido dessa parte corajosa de mim.

Enquanto Livvy tira fotos da árvore curvada, desço do Gator.

— Você nadava aqui? — pergunta ela, sem tirar os olhos da árvore.

— Nadava?

Tiro minha camisa, meus sapatos e as calças. Passo por ela até a árvore, usando calcinha rosa e sutiã azul-escuro, de pés descalços e destemida.

— Isso aí — diz Olivia, tirando fotos enquanto eu engatinho até o meio do tronco. Então desço pela corda, balançando sobre o pneu como fiz naquele dia. — Você é uma deusa. Uma guerreira.

Ela está certa. Sou uma guerreira. Encarei minha lista de coisas a fazer. Lutei pela minha liberdade. Parei de permitir que Destany e Gia abusassem de mim. Finalmente contei para os meus pais sobre a Columbia. E agora estou aqui. De volta ao lugar em que me encontrei pela primeira vez, encontrando mais pedaços de quem sou.

Mergulho e deixo a água fria me engolir.

QUEM EU SOU
1. ~~Uma (péssima) mentirosa.~~ Corajosa suficiente para ter responsabilidade pelas mentiras que contei.
2. Uma pessoa que chora feio.
3. Sempre prefiro estar do lado de fora, mesmo quando está chovendo, mesmo quando está frio.
4. Vegetariana.
5. Socialmente desajeitada.
6. ~~Uma pessoa que foge,~~ não uma lutadora.
7. ~~O leão covarde antes de ser corajoso.~~ Uma guerreira.
8. ~~Não tão bonita quanto ela.~~ Uma deusa.
9. A neta de Hattie.

Deixo que Livvy dirija de volta enquanto o vento e o sol secam minha pele.

— Sabe, quando eu morava em Houston, fazia passeios nas trilhas com a minha mãe. Você já fez um passeio na trilha?

Fico confusa, gesticulando para a trilha à nossa frente.

— Não, garota! — Ela ri. — Um passeio na trilha é um evento inteiro, um *setor* inteiro da cultura negra do sul. Vou te levar para Houston. É temporada de trilhas agora, caramba.

Ergo as sobrancelhas.

— Está bem. — Rio.

— Enfim, minha mãe namorava esse cara, Henry. Nós cavalgávamos por estradas do interior com a família e os amigos dele e fazíamos festas um fim de semana sim, outro não.

Olho para Olivia, tirando da bochecha um fio molhado do meu cabelo. A pele dela está brilhando, a luz do sol colidindo contra as gotas de suor em sua pele negra.

— Vir aqui — diz ela, gesticulando para as árvores — está me fazendo perceber como sinto falta daquilo. Droga, sinto falta do meu cavalo, Chestnut. — Ela faz um biquinho, e então se vira para mim com um sorriso. — De todos os namorados da minha mãe, Henry com certeza foi o meu favorito.

— O que aconteceu com ele?

Olivia balança a cabeça.

— Traiu ela, mas, quer dizer — ela dá de ombros —, esse provavelmente foi o motivo mais leve de ela ter terminado com um cara. Pelo menos ele não era viciado em metanfetamina, e pelo menos ele nunca a espancou quase até a morte. — Ela se vira para mim. — Sabe?

*Não.* Mas assinto mesmo assim.

Olivia continua, se voltando para a trilha.

— Traição é perdoável. Eu meio que queria que ela perdoasse ele.

— Queria?

— Às vezes — diz ela.

Se a mãe dela tivesse perdoado Henry, Livvy talvez não tivesse se mudado para Houston. E talvez não tivéssemos feito isso. Talvez eu não tivesse feito isso.

— Como você veio para Austin? — pergunto.

— Minha mãe foi contratada por uma loja em South Congress para fazer colares e tal.

— Uau, isso é incrível — falo, lembrando das joias que a mãe dela sempre faz.

— Sim, é bem legal. Paga as contas. Foi minha mãe que me encorajou a vender minhas fotos on-line.

Vejo a afeição nos olhos dela. Elas passaram por muita coisa juntas. Nem consigo imaginar ter um monte de caras namorando a minha mãe, alguns deles (parece que a *maioria* deles) sendo verdadeiros babacas.

Olivia diz, dirigindo devagar:

— Sinto muito que seu pai vendeu tudo isto. É um tesouro e tanto.

— É — concordo, semicerrando os olhos para os raios de sol que passam pelas árvores.

— Então... por que você não vai vê-la?

A pergunta é pesada. A resposta é pesada. Mas não sei, parece seguro aqui, com ela. E ainda estou cheia de adrenalina. Sinto que posso fazer qualquer coisa, até falar sobre Hattie.

— Antes dos meus pais decidirem colocá-la na casa de repouso, ela guardava todas as coisas dela, as roupas, as fotos, porque ela sempre estava tirando fotos das paredes, e colocava tudo no caminhão e dirigia para lugares aleatórios. Levávamos horas para encontrá-la. Ela deixava o fogão ligado, a torneira aberta. Inundou o banheiro. Ela colocava roupas na máquina de lavar e esquecia de colocá-las para secar. Elas ficavam cobertas de mofo antes que a gente percebesse. Ela não conseguia mais cuidar de si mesma.

— Deve ter sido difícil ver isso.

Assinto para as árvores que passam rápido.

— Me lembro da última conversa que tive com ela. Ela me pediu para ir ao quarto dela e pegar um cobertor, porque ela estava com frio. Pediu que eu pegasse o cobertor azul do armário, não aquele que estava na cama, porque tinha um bebê dormindo na cama dela.

Olho para Olivia, balançando a cabeça.

— Então conferi a cama, e é claro que não tinha bebê nenhum. Perguntei do que ela estava falando, e ela respondeu: "A bebê Quinn".

Livvy faz uma careta.

— Eu falei: "Mas eu sou a Quinn". E ela ficou tipo, "Sim, eu sei que você é a Quinn". Ela parecia tão confusa. Busquei o cobertor e, quando voltei, ela perguntou se eu tinha acordado o bebê. — Mordo o lábio. — Foi demais. Nem consigo imaginar como ela está agora.

— Nunca passei por nada assim — diz Livvy. — E não posso fingir que sei como é difícil para você, mas tenho certeza de uma coisa: você não pode mais adiar isso.

— Eu sei. Mas quanto mais eu espero, mais difícil fica, porque sei que ela me odeia por eu nunca vê-la.

— Melhor vê-la quando ela está com raiva do que nunca mais vê-la. — Livvy me olha, e então de volta para a trilha. — Além disso, se você contar que seu pai está vendendo a terra dela, talvez ela possa pará-lo.

Me viro para ela de olhos arregalados.

Olivia dá de ombros, sorrindo.

— Eu ia acabar com o meu filho se ele tentasse vender algo tão bonito meu.

— Ai, meu Deus, Livvy! — Rio com lágrimas nos olhos. — Você está totalmente certa. Ela *o mataria* se soubesse.

— Isso. Vamos contar para mãe dele o que ele fez!

Emergimos da floresta de volta ao pasto aberto. Respiro fundo ao ver a casa de Hattie. Quando estacionamos sob a garagem, pego minhas roupas na parte de trás e me visto.

— Antes de a gente ir, podemos entrar?

Olivia me encara com olhos suaves.

— Claro.

Quando subimos a varanda, faço uma pausa, olhando para as chaves na minha mão. A chave de Hattie. Pressiono as mãos na porta de madeira e a destranco. Quando a porta se abre, o cheiro ainda é o mesmo: hortelã-pimenta e tabaco. O armário com todas as nossas fotos se foi. Os porta-revistas, a geladeira, o fogão a gás e o saleiro de árvore de Natal. As únicas coisas que restaram foram os estrados e colchões nos quartos.

Me lembro de como tudo costumava ser. A cadeira de Hattie ficava ao lado da janela, e do outro lado havia um sofá. Bem ao lado da televisão, Hattie colocou o armário para poder olhar para todos nós – eu, minha mãe, meu pai e meu avô. Meu pai disse que ela nunca mais foi a mesma depois que meu avô morreu, mas essa foi a única Hattie que conheci.

Trancamos a porta de volta e vamos para o carro. Enquanto olho a propriedade, o sol se põe no horizonte. Acho que seria mais difícil deixar este lugar se ainda estivesse fervilhando de vida, mas tudo se foi, incluindo Hattie. E mesmo as partes dela estão desaparecendo.

Não tenho mais muito tempo. Não posso desperdiçar nem mais um segundo.

### COISAS DA CASA DE HATTIE PARA EU NUNCA ME ESQUECER
1. As curvas da entrada, que fazem parecer que estou entrando em Nárnia.
2. O rangido do segundo degrau da varanda dela.
3. O som da chuva atingindo o teto fino da garagem dela.
4. O buraco na trilha e os contratempos que ele causou.
5. A hera venenosa na floresta e a vez que Hattie me mostrou como identificá-la.
6. A diferença entre mostarda e couve, e como Hattie preferia mostarda.
7. Eu e ela, cantando no jardim.
8. Como os beija-flores na estufa não se assustavam quando espalhavam o néctar. A vez em que um pousou na minha mão.
9. Como fazer um nó tão apertado quanto aquele que segura o balanço de pneu.
10. Os mexilhões no fundo do riacho, e como suas conchas são afiadas quando pisamos e elas se abrem.
11. A lareira no Natal.
12. Assar marshmallows no fogão durante o verão.
13. Arroz branco de manhã.
14. Ajudar na igreja aos sábados.
15. A receita dela de chá doce.
16. A receita dela de limonada.
17. A receita dela de feijão-verde e batatas.
18. A maneira como ela pronunciava merda: merde. E como todo mundo deixava ela dizer como se não fosse um palavrão.
19. Jogar cartas e ler livros quando estava quente demais para sentar lá fora.
20. Ver o mundo girar do balanço da varanda dela.

De acordo com Livvy, a casa de repouso fede, mas não tanto quanto poderia.

Chegamos na recepção e pedimos para ver Harriet Jackson.

A recepcionista pede o meu nome e identidade. Mas Livvy não pode entrar.

— Você consegue. Você é uma guerreira.

Mas não me sinto uma guerreira agora. Sinto que vou vomitar.

Uma enfermeira me leva pelo corredor, abrindo portas com seu crachá. Quanto mais avançamos, mais irregulares se tornam meus passos. Meu pé esquerdo está dando passos maiores que o direito. Chegamos ao final do corredor, e então a enfermeira nos conduz a outro. Este corredor me deixa respirar. Parece menos um hospital e mais um hotel, com pisos acarpetados e iluminação ambiente.

A enfermeira para em frente à porta 1243, bate e depois usa o crachá para destrancá-la. Ela espia.

— Senhora Hattie, a senhora tem visita.

Então ouço a voz dela, e meu estômago revira. A voz dela soa diferente. Fraca.

— Meu filho já veio aqui.

— Sim, senhora. Agora sua neta está aqui.

A enfermeira abre a porta para mim.

— Minha neta? Quinn? — Hattie chama. — Minha Quinn?

Ao ouvir meu nome, respiro mais rápido.

— Sim, senhora — responde a enfermeira, gesticulando para que eu entre.

Me apresso para dentro. Ela tem uma cama enorme, soleiras de portas arredondadas, balcões de granito claro, e uma sala de estar com televisão presa na parede.

Hattie está sentada na cadeira, os olhos me procurando. Não parece a mesma. Ela está pequenininha, frágil, a pele negra mais enrugada e mais retinta do que me lembro, o cabelo branco mais fino também. Está agarrando os braços da cadeira, como se estivesse prestes a se levantar, mas não parece que consegue sozinha. Parece tão pequena. Tão, tão pequena.

— Hattie? — sussurro.

— Quinn.

Ela sorri, e eu corro para ela. Quando me abaixo, jogando meus braços ao redor do pescoço dela, Hattie dá tapinhas fracos nas minhas costas.

Me afasto, chocada com a fraqueza dela. Ela nunca sobreviveria a um passeio na floresta ou conseguiria se agachar para pegar verduras no pomar.

— Senti saudade, Hattie.

— Sentiu saudade? A gente se viu ontem, quando fomos nas trilhas.

Ela sorri, mas não consigo sorrir de volta. Hattie costumava ser a pessoa mais sã que eu conhecia, antes de o cérebro dela começar a falhar. Mas pelo menos estou nas fantasias dela.

Os olhos dela não focam em mim, nem em nada. Hattie olha para a televisão na parede enquanto me sento no sofá adjacente a ela. Não sei o que dizer, ou como conversar com ela. Ela só observa o mundo passar, perdida em algum lugar de suas memórias.

— Hattie — digo. — Preciso te dizer uma coisa. — Me levanto e me ajoelho diante dela. — Meu pai está vendendo a sua terra. Sua casa. Tudo.

Ela assente.

— Sim, eu sei. Eu falei para ele vender.

— O quê? Por quê?

Hattie dá de ombros.

— Não posso levar comigo.

Busco os olhos dela.

— Você não está triste? Seu lar se foi.

*Meu* lar se foi.

— Este é o meu lar.

— Não, não é — insisto. — Este não é o seu lar. — Como ela pode pensar que é? E como está tão decidida a não voltar para casa? Nunca. — E a varanda? E as trilhas? E a piscina natural, Hattie? Aquele é o seu lar. Aquele era o *meu* lar. Como você pôde deixar ele vender?

— Escute aqui, garotinha. — Hattie ergue meu queixo para que eu a olhe nos olhos. — O lar não é um lugar. O lar é aqui. — Ela toca o coração. — Não tenha medo, estou bem aqui.

Paraliso, procurando seus olhos escuros. Ela se lembra da nossa música? Quando eu chorava em seu jardim ou na mesa da cozinha, quando estava tão preocupada que meus pais estivessem se separando, ela me lembrava que estava comigo. Eu não sabia naquela época o quanto estava contando com isso ser verdade para sempre.

Repito com ela.

— Não tenha medo, estou bem aqui.

Estou cheia de gratidão por estar aqui e por Hattie se lembrar de mim. E arrependida por ter demorado tanto para enfrentá-la. Eu estava com medo de que ela ficasse irreconhecível, mas mesmo que suas memórias estejam falhando, tudo o que resta ainda é a Hattie que me criou.

### MANIFESTAÇÕES DA ESSÊNCIA DE HATTIE DURANTE NOSSA VISITA

1. Um jogo de basquete estava passando na televisão, mas Hattie não conseguiu parar de olhar pela janela.
2. Chamei a enfermeira e pedi para levar Hattie lá para fora, mas ela disse que não era uma boa ideia, porque o pólen está especialmente intenso hoje. Então Hattie disse, do jeito dela, "Ande logo, menina, e pegue minha cadeira de rodas".
3. Empurramos a cadeira de rodas dela pela porta, descendo o corredor até lá na frente, onde Livvy esperava. Apresentei ela a Hattie como minha amiga, mas Hattie pareceu pensativa. Ela disse: "Essa não é a Destany". Fiquei surpresa por ela se lembrar de Destany. Mas Hattie pareceu satisfeita. Ela segurou a mão de Olivia, sorrindo.
4. Nos sentamos no jardim e observamos as flores dobrarem com o vento leve, eu entre Livvy e Hattie, tomando golinhos de água gelada. Hattie resmungou sobre a comida do refeitório. Ela queria poder mostrar para as pessoas do refeitório como cozinhar feijão-verde de verdade – não aquela merda enlatada. Contei a Livvy como os feijões de Hattie eram bons. Hattie disse: "No passado?". Livvy e eu não conseguimos parar de rir.
5. Depois de um tempo, Hattie começou a tossir e fiquei assustada, tentei levá-la de volta para dentro. Mas ela disse que estava bem, que não queria voltar para dentro. Os olhos dela estavam marejados. E eu não soube se era pela alergia ou porque ela não queria mesmo voltar para dentro. Mas a tosse dela piorou, e não tive escolha.
6. A enfermeira deu a Hattie água em temperatura ambiente e nos levou de volta ao quarto. Hattie pareceu tão decepcionada

por ter que voltar a ficar na frente da televisão. Ela olhou pela janela e depois para mim, partindo meu coração. Ela disse: "Você precisa vir me ver mais vezes, Quinn. Seu pai nunca me leva lá para fora".

7. Eu não queria deixá-la. Dava para ver como ela se sentia presa. Ela nunca gostou de ficar dentro de casa. Sempre foi grande demais para aquelas paredes. Mas Olivia estava esperando lá fora, e meus pais estavam enchendo meu celular de mensagens e ligações. Então beijei a testa dela e prometi voltar no fim de semana. Ela disse que me amava. Fazia mais de um ano que eu não ouvia ela dizer que me amava. Eu disse que a amava também e fui embora, fraturada e curada ao mesmo tempo.

Eu devia ter visitado Hattie muito antes. Eu devia ter ido todos os sábados. Podíamos ter feito novas memórias e revisitado as antigas, e eu estaria lá para ver cada mudança, saboreando tudo o que resta dela.

Perdi tanto tempo vivendo com medo que pensei que estava confortável, mas estava me contorcendo em uma gaiola que não sabia que existia, fazendo listas de todas as minhas preocupações sem intenção de fazer nada a respeito.

Fazer listas de todos os meus medos me impedia de enfrentá-los.

Quando chegamos em casa, meus pais estão descendo a escada.

Meu pai diz:

— Quinn, onde você esteve?

Minha mãe me olha como se estivesse procurando por sinais de abuso.

— Fomos ver a Hattie.

Meu pai arregala os olhos, encarando a mim e Olivia.

— Vocês foram?

Assinto, olhando para o piso.

— Ela já sabe sobre a propriedade. Parece que eu era a única que não sabia.

— Tudo aconteceu muito rápido — diz minha mãe, se aproximando do meu pai. — Ainda não tínhamos certeza se queríamos vender quando o comprador nos contatou.

Se Hattie conseguiu desapegar, quem sou eu para parar isso?

— Sinto muito por ter mentido sobre a Columbia.

O rosto do meu pai endurece. Ele balança a cabeça.

— Não acredito que você ia...

Minha mãe pousa a mão no braço dele.

— Vamos dar tempo ao tempo. Agora, vá se limpar para o jantar. Olivia, querida, você fica?

— Ah, não, senhora. — Ela murmura a próxima parte. — O Carter vem me buscar.

Me viro para olhar para ela, mas Olivia evita meu olhar.

— Mãe, na verdade — digo —, precisamos falar com você sobre uma coisa.

Ela vai até a geladeira e meu pai se vira para o forno. Livvy e eu nos sentamos no balcão diante deles.

— Quanto conhecimento você tem sobre cyberbullying?

Minha mãe se vira. Meu pai também. Pego meu celular, abrindo a gravação de Destany e Gia.

— Precisamos da sua ajuda.

Está escuro lá fora, mas consigo ver Carter encostado no carro de Olivia sob a luz do poste. Estou espiando pela janela do meu quarto, por trás das cortinas. Livvy sai com a mochila, a câmera em volta do pescoço. Ela dá a volta para o lado do passageiro, apontando para Carter dirigir.

Ele passa a mão no topo do cabelo e olha para cima. Me vê, e eu paraliso. Meu coração bate forte. Quase esqueço por que estou chateada com ele. Mas então me afasto, caminhando até a beirada da cama para recuperar o fôlego.

O papel está pesando no meu bolso desde o momento em que ele me deu, mas agora queima contra a minha coxa. Eu tenho que saber. Pego o pedaço de papel dobrado e, enfim, o abro.

POR QUE EU LI SEU DIÁRIO

1. Começou como um engano. Primeiro pensei que seu diário fosse meu, mas depois da lista de "Se eu pudesse beijar qualquer um", soube que era o seu e que era muito pessoal.

2. Continuei lendo porque vi meu nome no fim da lista, e não sabia que você pensava em mim desse jeito. Fiquei desesperado para encontrar meu nome de novo.
3. Eu não te respeitei. Pensei que eu soubesse exatamente quem você era.
4. Eu estava com raiva por causa do que aconteceu com o seu pai. Achei que você merecia ter sua privacidade invadida. Eu estava muito errado. Ninguém merece isso.
5. Eu te via escrever no diário o tempo todo. Sempre fiquei curioso para ver o que era.
6. Fiquei envolvido. Quanto mais lia sobre você, mais queria te conhecer. Suas imperfeições, seus erros, seus desejos, tudo me atraiu. Folheei como se não fossem partes de você.
7. Saber seus segredos era como ter macetes para te acessar.
8. Não percebi que haveria consequências. Pensei que seus segredos iriam para o túmulo comigo. Não pensei que eu fosse me apaixonar por você.
9. Não percebi como era sério até ver o quanto te magoou.

# – 25 –
# PRÓS E CONTRAS DE TER UMA MÃE ADVOGADA

PRÓS E CONTRAS DE TER UMA MÃE ADVOGADA
* CONTRAS
1. Ela investiga. Nunca consegui fingir estar doente para escapar de ir à escola.
2. A profissão dela é discutir. Ganhar um argumento contra ela é impossível.
3. Ela entra na minha cabeça. Sempre sabe o que vou fazer.
4. Ela é observadora. Mentir pra ela é muito difícil.
5. Ela resolve problemas. Quando problemas são apresentados, ela está mais preocupada em resolvê-los do que em ter empatia.

* PRÓS
1. Ela resolve problemas. Quando problemas são apresentados, ela os resolve.
2. Ela ganha muito dinheiro.
3. Ela é uma vadia foda e independente. (É normal chamar sua própria mãe de vadia foda? Porque minha mãe é.)
4. Se eu cometer um crime, ela vai me representar de graça (provavelmente... talvez).
5. Se alguém ataca a filha dela, ela voa na garganta da pessoa rapidinho.

O diretor Falcon tem uma escultura de bronze de um falcão na beirada da mesa. Eu a encaro, me perguntando se esse foi o único motivo de ele se tornar diretor. Nenhum outro escritório ficaria tão bem com essa escultura. Talvez um escritório do governo, tipo o governador Falcon.

Estou sentada entre minha mãe e Olivia. Minha mãe se arrumou e insistiu que eu fizesse o mesmo. Eu não me arrumei exatamente, mas não estou usando moletom. Ela se senta à minha esquerda em suas vestimentas de advogada – calças de alfaiataria com pernas amplas bem-ajustadas na cintura, blusa branca dentro da calça, saltos agulha pretos de bico fino. As pernas dela estão cruzadas, o pé de baixo batendo no chão.

— Acho interessante que duas estudantes *negras* estejam sofrendo bullying dentro da escola, e você não parece pensar que algo possa ser feito.

— Sra. Jackson, estou tratando o assunto com muita seriedade. Isto — ele aponta para o meu celular — é passível de expulsão. Só estou dizendo que pode haver represálias.

— E estou dizendo que não deve haver. — Minha mãe se inclina à frente. — Não me importo com quem é o pai de Gia ou quanto dinheiro ele doou. Isso não dá direito a ela de atormentar uma aluna. Essas garotas estavam mantendo minha filha *refém*.

— Eu entendo que...

Ela se inclina e aponta para Olivia.

— Elas arruinaram a reputação desta garota há alguns meses, espalhando mentiras nojentas e *vandalizando* o trabalho dela. Já fizeram isso duas vezes, e farão de novo.

Ela se vira para o diretor Falcon.

— Acontece que duas alunas negras foram assediadas sob sua vigilância por duas alunas brancas, uma das quais está sendo protegida por um doador. Isso é um processo de discriminação esperando para ser feito.

A boca dele treme, abrindo e fechando como a de um peixe. Sinto tanto orgulho da minha mãe que lágrimas ardem nos meus olhos.

— Que tal se trouxermos as garotas? — Ele pega o celular e ordena que Destany Maddox e Gia Teller venham ao escritório. Então olha para a minha mãe. — Preciso pedir que você deixe o interrogatório para mim. Os pais delas não estão presentes...

— Entendo. — Minha mãe descruza e cruza as pernas.

Esperamos. Olho para Livvy, e ela olha para mim, sorrindo. Ela ficou tão animada quando soube que minha mãe estava vindo. Partiu meu coração. Imaginei que ela estivesse há meses esperando por justiça. Ela é tão forte; sempre fez parecer que não a afetava. Agora, consigo ver o quanto afetou.

As garotas entram juntas. Destany parece assustada, mas assim que vê minha mãe, fica aterrorizada. Gia nem se importa.

— Sim, sr. Falcon?

— Por favor, sentem-se.

Elas afastam as cadeiras, sentando-se adjacentes à mesa dele.

— Recentemente, o diário da Quinn foi roubado, e ela foi chantageada por uma conta anônima no Instagram. E Olivia teve sua arte vandalizada em janeiro. Essas garotas têm razões para acreditar que vocês foram responsáveis por ambos os incidentes.

Ele ergue as sobrancelhas, esperando que elas falem.

— Não sei nada a respeito disso — diz Gia.

Livvy faz cara feia.

— Tá de brincadeira?

Minha mãe agarra a mão de Livvy. Livvy olha nos olhos dela, respira fundo e se recosta na cadeira.

— Vocês foram marcadas em duas listas supostamente retiradas do diário da Quinn? — pergunta o diretor.

— Bem, sim. Todo mundo foi marcado.

— Mas vocês não estavam por trás da conta no Instagram?

— Não.

— Então não estavam em posse deste diário? — O diretor Falcon segura meu diário vermelho de espiral. Me encolho, vendo as mãos dele mancharem a capa com mais digitais.

— Nunca vi isso na minha vida.

— Interessante. — Ele devolve o diário para a mesa, pega meu celular e toca a gravação, começando por quando pedi meu diário de volta e parando depois que Gia ameaça mandar mensagem para o meu pai.

A boca de Destany fica escancarada. Gia parece irritada.

— Não é a gente.

— O nome de vocês é mencionado — diz Falcon.

— Isso não prova nada. Posso ligar para o meu pai? — pergunta ela, pressionando os lábios em uma linha fina. — Não me sinto confortável sendo interrogada e acusada de algo que não fiz.

— Sim. Ligaremos para os seus pais e discutiremos os próximos passos.

— Próximos passos? — pergunta Gia.

— Isto é punível com expulsão, srta. Teller. Não toleramos quem faz bullying aqui.

— Você sabe quem meu pai é? — Ela sorri. — Tenho certeza de que ele vai amar saber que você está nos questionando na presença de uma advogada.

— A sra. Jackson está aqui como mãe. Não como advogada.

*Bem...*

— Srta. Maddox — diz o diretor antes que Gia possa retrucar. — Você está quieta. Não tem algo a dizer?

Destany olha para Falcon, e então para mim. O nariz dela está ficando vermelho, os olhos brilhando – sinais de que ela vai explodir. Como esperado, ela se curva, cobrindo a boca e o nariz com a mão.

— Eu sinto muito. — Ela chora.

Gia revira os olhos e se recosta na cadeira.

— Quinn. — Destany me olha. — Você estava certa. Sou uma covarde.

Meus olhos se enchem de lágrimas também.

— Eu nunca soube sobre... — Ela olha para baixo. — A coisa da raça, não sabia que te incomodava. Quer dizer, a gente estava brincando. E você sempre foi diferente. A gente nunca falava de *você*. — Ela me olha, as lágrimas escorrendo pelo rosto.

Destany não entende que não pode falar sobre pessoas negras sem me incluir. Ela não entende que usar a palavra com P em qualquer contexto nunca é uma piada. Para mim, não, não é. Mas ela sente muito. Ela se importa. Não sabia que ela se importava. Não importa o quanto ela me magoou, sempre haverá um buraco no meu coração para ela.

— Srta. Maddox, você participou disso de alguma maneira? — pergunta ele para ela, gesticulando para o meu celular e o diário.

Destany o olha. Então pisca e assente.

— Eu roubei o diário.

— E a conta do Instagram? — pergunta ele.

— Eu sabia que existia, mas não postei.

Ela olha para Gia.

— Srta. Teller?

Gia cruza os braços.

— Não fui eu.

Falcon assente e então olha para a minha mãe.

— Vou ligar para os pais delas agora. Pode ficar, se preferir.

— Não. — Minha mãe se levanta, estendendo a mão para o diretor. Ele a aperta. — Nos informe sobre sua decisão final. — Então ela se vira para nós. — Vamos, meninas.

Falcon me entrega o celular e o diário.

— Me mande a gravação por e-mail — pede ele.

Assinto, seguindo Olivia para fora do escritório. Olho para Destany. Ela está fazendo bico, me observando ir.

— Obrigada — digo para ela.

Devagar, Destany fecha os olhos e assente. Então se volta para Falcon, cobrindo a boca com a mão. Gia não olha para nós ao sairmos.

Quando a porta do escritório fecha, Livvy se vira e dá um gritinho, me abraçando com tanta força que mal dá para eu erguer os braços para abraçá-la de volta. Em seguida, ela corre para os braços da minha mãe.

— Muito obrigada.

Minha mãe sorri, devolvendo o abraço.

— Não precisa me agradecer.

— Precisamos sim — digo. — Você é incrível, mãe.

Livvy se afasta e assente.

Quando minha mãe me olha, o sorriso desaparece.

— Queria que você tivesse me contado isso antes. — Ela balança a cabeça. — Queria que você tivesse falado tudo bem antes, da Columbia, do racismo, da chantagem. Não acredito que você escondeu tudo isso de mim.

Abaixo o olhar.

— Eu sei. Sinto muito.

Ela suspira.

— Olivia, você pode voltar para a aula, me ligue se precisar de alguma coisa — diz ela, olhando para Olivia com seriedade.

— Sim, senhora. — Livvy assente. — Obrigada de novo.

Ela se afasta, me dando um tchauzinho por sobre o ombro.

— E eu? Não posso voltar para a aula?

— *Nós* vamos almoçar.

Ela me conduz pelo corredor.

— Agora?

Minha mãe me olha com um olhar frio.

— Temos uma reunião com uma das minhas amigas da Universidade de Houston. Você vai sair da lista de espera de uma maneira ou de outra.

Estamos sentadas em uma mesa perto das janelas, olhando para a varanda e para as palmeiras decorativas à distância. Parece verão aqui, como se eu tivesse que estar com um vestido leve e chinelos em vez de jeans apertados e moletom.

Estou curvada, com a cabeça recostada na cadeira. Estamos esperando, ocupando a mesa há quarenta e cinco minutos, sem pedir nada além de água.

— Senta direito — diz minha mãe, cutucando meu braço. — Ela está aqui.

Ela é uma mulher negra retinta que arrasta os saltos pelo chão. Quando vê minha mãe, cantarola:

— Wendy!

— Alorah! — Minha mãe se levanta e a abraça forte. Elas se balançam, cantarolando. Então seguram o braço uma da outra.

— Tigresa — diz Alorah, olhando para a roupa de trabalho da minha mãe.

— Garotaaa.

Minha mãe observa o vestido de estampa tribal de Alorah, decote abundante, muitas pulseiras, brincos de argola e uma faixa de cabelo vibrante amarrada na parte de trás da cabeça, a enorme pilha de cachos saindo do topo. Alorah dá uma volta enquanto minha mãe a elogia. Ela é realmente linda. Parece uma rainha.

Então ela e minha mãe param de repente. Alorah olha para mim por cima de seus grandes óculos redondos.

— Esta é a menina delinquente?

Eu franzo a testa e olho para minha mãe.

— É. É ela. — Ela gesticula para mim. — Diga olá, Quinn.

— Oi. — Estendo a mão.

Alorah me cumprimenta enquanto se senta. Nosso garçom vem e anota os pedidos apressadamente. Quando ele sai, Alorah cruza os braços sobre a mesa e vai direto ao assunto.

— Wendy me contou sobre a sua situação. Uma bagunça o que você fez.

Desvio o olhar, pega desprevenida pelo tom duro dela.

— Dei uma olhada na sua candidatura. Suas notas são...

— Ruins.

Ela assente com os dentes expostos.

— Muito ruins.

Olho para a minha mãe, e então para o copo de água, a condensação escorrendo pela lateral. Me pergunto quando a comida vai chegar. Quero ir embora agora.

— Mas então vi sua redação.

Olho para ela.

— Garanto, sua redação te salvou. Foi interessante.

Um sorriso ameaça aparecer nos meus lábios. Eu o contenho.

— O tema era escrever sobre o que te diferencia dos outros candidatos. — Ela explica para a minha mãe, e então se volta para mim. — Você escreveu sobre o quanto era boa em mentir para si mesma. Ironicamente, sua redação foi uma das mais sinceras que li nesta rodada. — Ela inclina a cabeça, o cabelo cacheado caindo para um lado. — Quer me contar qual foi sua inspiração?

— Humm. — Não me lembro de como estava a minha mente quando escrevi a redação. Foi de último minuto, no início de novembro. — Recentemente, tive que enfrentar muitas das mentiras que contei. — Olho para a minha mãe. — Por mais que eu tenha mentido para você sobre a Columbia, também menti para mim mesma. Minha vida toda, vocês acreditaram que eu iria para a Columbia. — Me volto para Alorah. — Mas eu não me esforcei de verdade, e não acho que eu realmente *quisesse* ir para a Columbia.

Ela olha para mim com um pequeno sorriso, daquele tipo que você nem nota.

— Mantive todas as minhas verdades em um diário para que nunca pudessem escapar, mas quando *enfim* escaparam, tudo foi jogado na minha cara. Menti para mim mesma sobre meus amigos, que eu não me ofendia com o racismo deles. Menti para mim mesma sobre a minha avó, que o tempo pararia por mim e começaria de novo quando eu estivesse pronta para vê-la. Menti para mim mesma sobre meus pais.

Minha mãe fica boquiaberta.

Alorah olha para ela, e então de volta para mim.

— Mentiu sobre os seus pais como?

— Que qualquer coisa que eu fizesse poderia afetar os sentimentos deles um pelo outro.

— E quando você parou de mentir para si mesma?

Sorrio e dou de ombros.

— Hoje? Ontem? Literalmente em algum momento dos últimos três dias.

Ela ri, virando-se para minha mãe. Elas se entreolham por um momento, e minha mãe balança a cabeça.

— Não começa.

— Você e o Dez?

Minha mãe olha para a mesa.

— Estamos começando a terapia.

Alorah faz um muxoxo antes de se virar para mim.

— Você sabia que eu fui namorada do seu pai no ensino médio?

Meu rosto fica horrorizado, e ela ri da minha expressão.

— Conheci a Wendy na Columbia. Segui seu pai até lá. — Alorah balança a cabeça. — Terminamos no início do primeiro semestre.

— Uau. — Umedeço os lábios. — Tantas camadas nessa história.

Ela ri.

— Conheci a Wendy no...

— Estudos de mulheres — diz minha mãe.

— Você sabe como seus pais se conheceram? — pergunta ela para mim.

— Só sei que foi na Columbia.

Alorah dá um sorrisinho.

— Wendy estava estudando no meu dormitório. Fui fazer alguma coisa.

— Tomar banho — completa minha mãe.

— E seu pai foi deixar alguma coisa.

— Seu moletom.

Alorah sorri.

— E o que ele falou, Wendy?

Minha mãe revira os olhos.

— *Conta pra Lorah que eu deixei isto.* Mas ele ficou me encarando. Perguntou meu nome e se eu estaria lá mais vezes. — Minha mãe sorri. — Eu disse que ia. Então ele disse que ia voltar para deixar outro moletom.

Eu rio.

— O quê? Meu pai tinha lábia assim?

— Dificilmente — diz Alorah. — Sua mãe achou que ele fosse pretensioso. Mas ela achava que todo mundo em Columbia era pretensioso.

— E era — diz minha mãe, tomando um gole de água.

— Wendy me contou que Dez tinha passado lá e que tinha dado em cima dela. — Alorah dá de ombros. — Então eu disse que ela devia ir em frente, mas não deixar ficar sério demais. Ele *não* era pra casar.

— Você não ligou que sua amiga namorasse com seu ex?

— Garota — diz Alorah com a boca em uma linha fina. — No dia que seu pai e eu terminamos, uns dez caras passaram no meu quarto. Eu superei *rápido*. Ele tinha sido o meu único por quatro anos. Eu estava pronta para algo diferente.

Eu assinto, rindo.

— Entendi.

— Enfim, esta idiota se casou com ele mesmo assim.

— Ei. — Minha mãe ri. — E fizemos uma linda garotinha.

— Sim — concorda Alorah, sorrindo para mim. — Ela é linda.

Minhas bochechas esquentam.

— E inteligente. Apesar das notas, vejo que você tem uma cabeça boa. — Alorah tira o canudo da água e o deixa cair lá dentro de novo. — Você terá uma resposta final da administração no final do turno amanhã.

Ergo a sobrancelha.

— O que isso significa? Eu entrei? — pergunto.

— Não. — Ela me olha, séria. — Significa o que eu falei. Você terá uma resposta final da administração no final do turno amanhã.

Minha mãe me olha com um sorriso, como se soubesse de algo que eu não sei. Ou talvez ainda esteja viajando nas memórias. De qualquer maneira, sorrio para ela.

## – 26 –

## TODAS AS VEZES EM QUE QUEBREI SUA CONFIANÇA

Minha mãe está no celular com o diretor Falcon quando estaciona na frente da escola.

— Entendo, sim. Obrigada.

Então se vira para mim de olhos arregalados.

— O que aconteceu?

— Gia foi expulsa. Ela não vai poder se graduar.

Arregalo os olhos.

— Sério?

— Destany só foi suspensa. Ela não vai poder ir à formatura, mas receberá o diploma.

Assinto, abaixando o olhar.

— Isso é bom para ela.

— É?

— Sim. Ela deve ser recompensada pela honestidade e por ter se desculpado.

Vejo o olhar curioso de minha mãe. Ela sorri e traz meu rosto para os lábios.

— Quando foi que você ficou tão madura?

Dou uma risadinha, meu peito se enchendo de luz e amor.

— Ontem?

Ela limpa o batom da minha bochecha.

— Mãe, obrigada pela ajuda com tudo.

Ela assente devagar, ainda decepcionada que mantive tanta coisa em segredo. Desço da Land Rover, me perguntando o que poderia ter sido diferente se eu tivesse contado tudo desde o começo, se eu não tivesse ficado com tanto medo de desapontar ela e meu pai.

Quando entro, a sexta aula está prestes a começar. Os corredores estão lotados de pessoas que já ouviram sobre Destany e Gia. Sei pela maneira como me encaram, com tantas desculpas.

Assim, chego ao meu armário. É onde o encontro, apoiado na porta usando jeans azuis, uma camiseta branca simples, a corrente dourada e aqueles brincos na orelha. Diminuo os passos. Eu não o vejo desde a noite passada, pouco antes de ler a lista dele de motivos para ter lido meu diário. Ele se afasta do meu armário quando me aproximo. Assim que abro o armário, ele diz:

— Nem sei o que te dizer agora.

Carter está apoiado no armário ao lado do meu, preenchendo meu espaço com seu peso e seu calor e seu cheiro.

Passo as mãos nos meus livros. Não me lembro de qual estou procurando, nem de qual aula tenho no sexto período.

— Você contou para os seus pais sobre a Columbia, foi ver a Hattie, acabou com as chantagistas. Estou tão orgulhoso de você.

Um sorriso provoca meus lábios. É difícil resistir, porque ainda estou tão cheia de amor do meu momento com minha mãe e Alorah. Mas resisto, porque Carter não merece me ver sorrir.

Ele murcha, vendo minha expressão séria. Finalmente me lembro que estou indo para a aula de biologia, então pego o livro certo.

— Deixa comigo. — Carter tenta pegá-lo da minha mão, os olhos suaves nos meus.

— Consigo carregar meus próprios livros — digo, tirando do alcance dele.

Passo por ele, indo para a aula da srta. Yates.

Carter me segue.

— Não sei se você leu minha lista ou não, mas...

— Eu li — digo, parando no meio do corredor.

Ele também para, surpreso.

— Foi ótimo — digo, séria. — Agora sei por que você leu meu diário. Mas não melhora o fato de você ter lido.

— Eu sei.

Ele parece prestes a dizer mais alguma coisa, mas eu o interrompo.

— Ainda não sei quem você é. — Rio. — Ainda não sei se alguma coisa entre nós, se algo que você me disse, foi real.

Ele estende as mãos para mim.

— *Tudo* entre nós foi real.

— Impossível. Não quando você estava brincando, esse tempo todo, com macetes. — Assinto. — Suas palavras, não minhas.

Carter olha para o chão, assentindo de sobrancelhas franzidas.

— Você está certa. É por isso que quero te dar isso. — Ele enfia a mão no bolso e tira um pedaço de papel dobrado.

Rio.

— Mais um? Esse é sobre o quê, todas as vezes que você mentiu para mim?

Ele busca meus olhos, solene.

— Na verdade, sim.

Carter deixa o papel sobre meu livro de biologia e se afasta.

Olho por sobre o ombro, meu coração doendo, mas ele não olha para trás. Odeio isso. Odeio brigar com ele, mas não consigo evitar ficar enjoada ao pensar no que ele fez.

Depois que me sento na aula da srta. Yates, desdobro o bilhete dele.

TODAS AS VEZES EM QUE QUEBREI SUA CONFIANÇA
1. Quando li seu diário.
2. Quando te disse que não tinha lido mais do que a primeira página.
3. Quando te disse que pensei ter deixado seu diário no ônibus. Eu estava em pânico. Sabia que estava com ele na primeira aula, mas depois ele simplesmente desapareceu. Esperava encontrá-lo mais tarde e te devolver.
4. Quanto te disse que não me importava com você ou com seu futuro, menti.
5. Quando estávamos a caminho da casa de Auden, e falei que não gostava de você daquele jeito. Eu com certeza gostava de você daquele jeito.

6. Quando convidei Livvy para ir para Houston conosco, convidei principalmente porque eu sabia que você se sentia culpada por conta da campanha de difamação. Pensei que seria uma boa chance de você esquecer aquilo... e pensei que vocês duas poderiam ser amigas. Principalmente porque, a vida todinha, Livvy ouviu que ela não é negra o bastante para agir como se fosse tão negra quanto age. Pensei que você pudesse se identificar.
7. "How You Gonna Act Like That" é a minha música preferida também. Isso não foi mentira.
8. Quando sugeri Matt como suspeito, só o fiz porque estava com ciúmes do tanto que você gostava dele. Infelizmente, não consegui parar de pensar em todas as fantasias sexuais que você escreveu sobre ele.
9. Mas nunca menti sobre você roncar. Você ronca. Muito alto.
10. Nunca menti sobre minha experiência na escola pública, nem sobre o que aconteceu com Derrick na festa da piscina.
11. Não menti quando disse que você foi minha primeira namorada, ou sobre o motivo de eu não ter uma.
12. Mas Imani e eu temos um pai, tecnicamente. Mas me recuso a falar com aquele homem de novo. Eu adoraria te contar o porquê.

Quando saio da aula, Carter está apoiado na parede, esperando por mim. O que é surpreendente, considerando como o tratei há cinquenta minutos. Pensei que ele tivesse cansado de tentar.

— E quando você adivinhou minha cor favorita? — pergunto. — Foi porque você leu no diário?

Estou do outro lado da porta, contra a parede. As pessoas passam por nós, entrando e saindo da sala. E sei que ele quer chegar mais perto de mim, mas não chega.

— Eu poderia ter adivinhado sua cor favorita no primeiro dia, no seu quintal. — Ele inclina a cabeça para enxergar ao redor de um grupo grande entrando na sala da srta. Yates. — Seu diário confirmou, mas eu já sabia que você ama azul-bebê.

— Humm. — Abaixo o olhar e enfio as mãos nos bolsos. — E você só levou a Olivia para Houston porque pensou que eu precisava me livrar da minha culpa?

Carter massageia o pescoço, evitando contato visual.

— Pensei que você pudesse se desculpar, e então não se sentiria mais culpada.

— Isso é se intrometer em coisas que não têm nada a ver com você.

Franzo as sobrancelhas, cruzando os braços.

Ele ergue o olhar.

— Sinto muito, não era da minha conta.

Passo por ele.

— Pois é.

Carter me segue, sem dizer nada. Sei que ele quer que eu pergunte sobre seu pai, mas não estou pronta para apaziguar ele ou suas intenções – como se ele me dar listas fosse consertar tudo entre nós.

Andamos em silêncio para a sala do sr. Green e me sento diante de Auden, que nos observa meticulosamente. Ele sabe que a tensão enfraqueceu, mas também não desapareceu por completo.

Então alguém se abaixa perto da mesa ao meu lado. Me viro e vejo que é Matt ajoelhado do meu lado. Fico tensa, porque dá para sentir Carter tenso.

— Ei — diz Matt. — Fiquei sabendo sobre Gia e Destany. Por que você não me contou?

Torço a boca.

— Não queria te envolver. E não queria estragar a Destany para você.

— Quinnzinha, não posso gostar de uma pessoa racista. Gostaria que você tivesse me contado o que estava acontecendo. Eu teria ajudado.

Sorrio.

— Sei que você teria. Obrigada.

Matt olha para Carter atrás de mim por um longo momento, e então se levanta:

— Estou feliz que Gia foi expulsa. Destany deveria...

— Ela teve o que mereceu — digo. — Estou feliz com os resultados.

Ele me olha, pensativo, torna a olhar para Carter e então coloca uma mão no meu ombro antes de ir embora.

Durante a aula, Carter e eu participamos do planejamento do projeto. Auden aceita nossa ajuda alegremente. Depois da aula, Carter e eu ficamos para fazer o teste novo. Auden já fez o dele de manhã, porque é claro que já fez.

Entregamos os testes, e depois Carter caminha comigo para o carro em silêncio. O silêncio entre nós está começando a ficar confortável. Ele abre a porta de trás. Enfio minhas coisas no banco. Ele abre a porta do motorista, mas não entro.

Olho para ele, inclinando a cabeça.

— Por quê? — pergunto.

Carter ergue as sobrancelhas, pego de guarda baixa.

— Por que você não fala com o seu pai?

Carter me olha com um sorriso fraco. Então ele enfia a mão no bolso e pega outro pedaço de papel dobrado. Comprimo os lábios em um sorriso divertido, balançando a cabeça. Ele dá uma risadinha enquanto eu o pego e entro no carro. Eu o observo caminhar para o ponto de ônibus, e então desdobro o papel.

POR QUE NUNCA MAIS VOU FALAR COM O MEU PAI
(EM ORDEM DE IMPORTÂNCIA)
1. Ele me deixou perder o funeral da minha avó.
2. Descobri no Facebook que ela morreu.
3. Ele não me contou que ela tinha morrido porque ele estava guardando rancor de mim.
4. Um homem adulto guardando rancor de mim, o filho dele de dezesseis anos, porque, supostamente, eu era ingrato por todas as coisas legais que ele me comprava.
5. Ele concordou com o acordo da minha mãe de pagar a mensalidade da escola em vez de pagar pensão, sabendo que, se pagasse a pensão, poderíamos estar bem melhor.
6. Ele acha que pode comprar o meu amor.
7. Ele acha que comprar roupas de grife para mim conta como estar presente.
8. Ele acha que pagar minha mensalidade conta como estar envolvido na minha educação.
9. Ele acha que, só porque tenho o nome dele, estou interessado em assumir os negócios da família.
10. Ele deixou que minha mãe me nomeasse em homenagem a ele, sabendo que ele não estaria por perto para ser pai. No que me diz respeito, meu nome não tem nada a ver com ele.

Carter Bennett é Carter Bennett II?

Nunca senti que o entendia tanto quanto sinto neste momento. O amor dele por Imani e sua recusa em deixá-la crescer sem uma figura paterna, como ele teve que fazer. Juro, se meu pai me deixar perder o funeral da Hattie, pode ser que eu o mate. Não consigo imaginar a dor de perder o funeral dela. De nunca poder dizer adeus. Meu coração dói por ele.

Auden está sentado na mesa de Olivia, passando pelas fotos que ela tirou no terreno de Hattie ontem. Ela e eu estamos sentadas na cama dela, pintando as unhas dos pés de Imani. Aparentemente, Carter saiu para jogar basquete com os amigos, e Imani não queria ficar na arquibancada, então está aqui, pintando as unhas de rosa e roxo.

— Quero unhas azuis como as suas — diz Imani, colocando seu dedo pequenino sobre o meu polegar.

— Ela pode ter o que quiser — diz Livvy. — Você viu o boletim dela? Exemplar em tudo. — Livvy faz cócegas na barriga dela. — Ela é tão inteligente!

— Isso é incrível! — digo, sorrindo. — Queria ter notas boas assim.

— Você tem notas ruins? — pergunta Imani, surpresa.

— Não são tão boas quanto as suas.

— Carter sempre tem boas notas — diz ela, olhando para mim com pena. — Acho que você deveria deixar ele te ensinar.

Sorrio, terminando as unhas roxas dos pés dela.

— Talvez eu devesse.

— Livvy, venha ver isto — diz Auden, gesticulando para ela.

Olivia deixa o esmalte rosa de lado e corre para se juntar a ele na tela do computador. Quando estou abrindo o esmalte azul, observo Livvy deixar o braço descansar no ombro de Auden.

— Audee, isto é incrível. — Ela olha para ele. — Você é um editor de fotos talentoso.

Ele dá de ombros.

— Só sou bom porque você é boa.

Desvio o olhar, mas então Livvy chama.

— Quinn, venha ver.

Ela pega o esmalte azul da minha mão, e trocamos de lugar. Estou ao lado da cadeira de Auden, olhando para uma foto fantástica minha na piscina natural, pendurada no balanço de pneu. Estou de roupas íntimas, e meu corpo, com todos os defeitos, exposto. Meu cabelo está desgrenhado e ao vento, a boca aberta em um sorriso, uma mão na corda, o outro braço bem aberto. Pareço mais do que livre, feliz, assim como quando estava com Hattie.

E do jeito que Auden editou, minha pele retinta se destaca contra as árvores verdes e a água azul. Não me misturo ao fundo. Eu me destaco.

Estou sem fôlego, olhando para mim mesma.

— Você vai nesta parede — diz Olivia, gesticulando para a parede vazia atrás da cama dela.

Olho para a tapeçaria da mãe dela e me imagino como tapeçaria.

— Vocês dois formam um ótimo time — digo, tirando os olhos da foto.

— Formamos, não é? — Livvy sorri para Auden.

Pego o esmalte dela, deixando-a voltar ao lado dele, e termino as unhas de Imani. Então ouvimos batidas na porta, e antes que alguém possa responder, Carter entra.

— Carter, Carter, Carter! — Imani pula e corre para ele. — Olha as minhas unhas! A Queen fez as minhas unhas!

*Queen. Rainha.* Sorrio e solto uma risada pelo nariz.

Ele arfa, pegando as mãos dela.

— Lindo, 'Mani.

— São azuis como as dela.

Carter me olha e sorri.

— É. São lindas. — Ele olha para Livvy e Auden juntos, e então para mim. — Você está pronta, 'Mani?

— Espera, tenho que pegar minhas coisas — resmunga ela, correndo pelo quarto, pegando as coisas com cuidado para não estragar as unhas.

— Tudo bem, meu amor. Vou esperar lá fora. — Carter me olha e inclina a cabeça. — Posso falar com você?

Penso por um segundo antes de segui-lo pelo corredor escuro. Quando chegamos na sala de estar, ele beija a mãe de Olivia na testa.

— Tudo bem, mamãe.

Ela assente.

— Te amo.

— Também te amo.

Então ele me conduz pela porta da frente e ficamos sozinhos, mais ou menos. Estamos no meio da cidade, então a vida fervilha ao nosso redor, mas o topo destas escadas parece isolado e privado, principalmente quando Carter se vira para mim.

— Obrigado por fazer as unhas dela. Sei que ela ama isso.

Está escuro, mas ainda consigo vê-lo. Vou até o corrimão, me apoio e inspiro. Mesmo que o sol já tenha se posto, o ar está morno, como ao entrar no banho.

Expiro e digo:

— Sinto muito pela sua avó.

Carter está atrás de mim, e ele toma o cuidado de manter distância. Gosto disso.

— E sinto muito pelo seu pai. Se meu pai um dia fizesse algo assim comigo, eu nunca mais falaria com ele também.

Me viro para ficar diante dele, pendurando meus cotovelos sobre o corrimão.

— Obrigado. — Carter sorri, passando a mão na nuca.

Olhamos um para o outro em silêncio. Tento avaliar o que sinto por Carter. Minha boca fica azeda quando penso em quantas mentiras ele contou e o quanto sabe sobre mim. Mas quando olho em seus olhos, posso ver o quanto ele está comprometido em ganhar meu perdão. E quando olho para seus lábios, posso sentir o quanto quero perdoá-lo. Então olho para ele como um todo, e minha boca fica azeda de novo.

Olho para baixo. Então falo, porque não consigo evitar. Conto a ele sobre meu almoço de hoje e que posso ir para a Universidade de Houston, e ele parece animado de verdade com a perspectiva. Conto a ele sobre Alorah e meus pais e a história deles.

Carter ri.

— A melhor amiga da sua mãe é a ex do seu pai?

— Algo assim.

— Isso é incrível — diz Carter. — Nossa, espero que você entre.

Olho para os olhos dele.

— Eu também.

Então Imani aparece com uma grande mochila de plástico nas costas. Ela para quando nos vê, mas então corre e abraça minhas pernas.

— Tchau, Queen.

— Tchau, Imani. — Passo a mão nas tranças dela.

Então ela agarra a mão de Carter. Ele segue a irmã pela escada. Olhando por sobre o ombro, ele diz:

— Tchau, Queen.

Reviro os olhos e sorrio. Quando Carter chega aos pés da escada, pega Imani no colo, arrancando a risada mais fofa dela. Ele olha para cima e assente para mim antes de desaparecer na esquina.

– 27 –

# POR QUE NÃO CONSIGO ESCREVER OUTRA LISTA

Meus pais estão jantando no quintal. Subo a escada, presa em várias percepções. Tenho uma prova de biologia amanhã e, na pausa do estudo, estou relendo meu diário.

Abro na lista *Se eu pudesse beijar qualquer um* e olho para o nome de Carter bem no final, o nome de Matt no topo e todas as pessoas famosas no meio. A lista está tão errada agora.

Olho para todos os meus momentos com Matt e minhas fantasias sexuais. Releio cada memória aterrorizante. Nada parece tão ruim agora, e a maioria das coisas que eu nunca admitiria em voz alta, já admiti.

Então olho para os meus momentos com Hattie. Se ela está perdendo todas as memórias dela, não é minha responsabilidade guardá-las para ela? Mas talvez nada disso importe. Talvez a única coisa de que eu precise me lembrar é do meu nome, de quem amo e do que amo sobre a vida. Isso é tudo de que Hattie se lembra. Talvez isso seja tudo o que importe.

Percebi no caminho para casa que não escrevi uma nova lista desde que recebi meu diário de volta. E o pensamento de tentar escrever uma nova lista revira meu estômago. Não parece mais seguro.

E nem parece bom como antes. Guardar meus sentimentos neste diário explodiu da pior maneira imaginável. Não é que eu estou traumatizada. Apenas estou diferente. Não preciso disso, não desde que comecei a estourar. Sempre pensei que, no segundo em que estivesse maluca o bastante para me livrar do meu diário, teria métodos adequados para lidar com isso, mas depois que o perdi, acho que posso tê-los desenvolvido.

Volto à lista de tarefas que deu início a tudo.

COISAS PARA FAZER ANTES DE ME FORMAR
1. ~~Visitar as duas universidades que me aceitaram.~~
2. ~~Admitir que amo Matthew Radd.~~
3. ~~Experimentar a vida noturna supostamente incrível de Austin.~~
4. ~~Contar para os meus pais que não entrei em Columbia.~~
5. ~~Visitar a vovó Hattie.~~
6. ~~Contar para Destany o real motivo do meu sumiço.~~
7. Deixe por último. Você sabe o que tem que fazer.

Acho que talvez eu esteja pronta para fazer a última coisa.

Na manhã seguinte, acordo antes de o sol nascer. Me maquio porque sei que não vou chorar hoje. Pego um vestido verde de amarrar na barra, na altura das coxas, estilo camiseta. Pinto de laranja as unhas dos pés, calço um par de anabelas e coloco um par de brincos de argola grandes, pegando uma página do livro de Alorah.

Quando desço, minha mãe sorri ao me ver.

Meu pai franze a testa.

— Vá se trocar — diz ele.

Minha mãe pousa a mão no braço dele.

— Ela está linda e *crescida*. — Ela me olha com um sorrisão. — Assim como uma futura caloura da Universidade de Houston.

— Espera, o quê? — Fico boquiaberta.

— Alorah ligou. Ela não podia esperar para me contar.

— Tá falando sério?

Meus olhos enchem de lágrimas. *Caramba!* Olho para cima. Jurei não chorar hoje. Minha mãe me puxa para os braços, então meu pai abraça nós duas.

Ele beija minha testa.

— Parabéns.

— Você não está bravo? — pergunto a ele.

— Estou furioso. — Ele me olha como se eu tivesse enlouquecido, mas então os olhos suavizam. — Mas ainda estou orgulhoso de você. Sei que Hattie vai ficar feliz com a notícia. Você não terá que se mudar para longe dela agora.

Viu só? Só precisou disso. Uma lágrima de alegria passa pela máscara nos meus cílios inferiores.

— Tá, preciso ir. — Me afasto dos meus pais. Já estou arruinando minha maquiagem e nem cheguei na escola ainda.

— Quinn, venha para casa depois da escola — diz meu pai. — Temos que arrumar o resto das coisas da Hattie hoje.

Meus passos cambaleiam, meu estômago revirando. Parece cedo demais. Acabei de ter Hattie de volta, e agora tenho que dizer adeus para um grande pedaço que nos fazia ser *nós*. Os olhos do meu pai se desculpam quando a boca não consegue. Me viro, grata, sabendo que isso é muito mais do que o que eu receberia algumas semanas antes.

Chego na escola e vejo Carter esperando por mim no estacionamento. Um sorriso desafiante aparece no meu rosto. Mal posso esperar para dar a notícia para ele.

Quando saio do carro, ele me olha de cima a baixo, abrindo a boca.

— Caramba. — Então se recompõe e pigarreia. — Desculpa. Hã, me deixa pegar sua mochila.

O calor sobe do meu pescoço até minhas têmporas. Enquanto ele abre a porta de trás, inspiro fundo, endireitando meu vestido.

— Adivinha — digo, ansiosa, enquanto ele se inclina lá dentro.

— O quê? — Carter me olha por sobre o ombro.

Um sorriso animado toma conta do meu rosto.

— Eu entrei.

Carter para, segurando minha mochila, olhando para mim de olhos arregalados. Então bate minha porta.

— Isso é incrível, Quinn!

Ele me puxa para um abraço, me tirando do chão. Dou um gritinho, surpresa por ele quebrar a parede que esteve separando nossos corpos por três dias.

Então Carter também se lembra da parede. Ele me põe no chão e dá um passo para trás. É fofo, porque ele parece não conseguir se conter hoje. Endireito meu vestido com um sorriso constrangido.

— Parabéns — diz ele, educadamente. — Estou muito feliz por você.
— Obrigada.

Então caminhamos lado a lado para o prédio, o silêncio bem menos confortável agora. O selo se partiu, e agora tenho esse desejo intenso de que ele me toque de novo.

Entre a terceira e a quarta aula, estou apoiada nos armários, e Carter está à minha frente. Ele me entrega um pedaço de papel dobrado.

Me sentindo ousada, leio na frente dele.

POR QUE NÃO CONSIGO PARAR DE PENSAR EM VOCÊ
1. Você alugou um triplex na minha cabeça, e não importa quantas ordens de despejo eu envie, você não vai embora.
2. Não quero que você vá embora nunca.
3. Imani não para de perguntar sobre você.
4. Olivia não para de falar sobre você.
5. E não consigo tirar meus olhos de você.
6. Sempre consigo sentir quando você está perto. Minha energia muda para abrir espaço para a sua.
7. Nem seu diário poderia responder todas as perguntas que tenho sobre você.

É o último item que leio de novo e de novo. Porque talvez esse seja um medo que eu não percebi que tinha – já que Carter leu meu diário, ele praticamente sabe tudo sobre mim, então não há necessidade de me conhecer.

Talvez por isso o "intrometimento" dele foi tão horrível. Porque ele fez suposições baseadas no que leu no meu diário, como se soubesse de que eu precisava sem ter que falar comigo primeiro.

Quando ergo o olhar, engulo em seco.
— Isso é bacana. Obrigada.
Ele sorri.
— De nada.

Depois da escola, Carter me leva para o carro. Ele pergunta como fui na prova de biologia. Eu digo a ele "bem o suficiente". Então penso no que Imani disse sobre ele me dar aula. Ele lê minha mente, porque diz:

— Da próxima vez, a gente deveria estudar junto.

Sorrio comigo mesma.

— É, talvez.

Depois de colocar minha mochila no banco de trás, ele abre a porta do motorista para mim.

— Parabéns de novo. A gente deveria comemorar.

Então Carter pega outro papel dobrado do bolso.

Não sei se consigo dar conta de mais uma lista. Eu a aceito, tímida, decidindo não ler na frente dele. Não sou corajosa o suficiente para deixá-lo me ver desenrolar.

— Você acha que posso te ligar hoje? — pergunta Carter.

Meu coração dá um salto. Pisco e assinto antes de entrar. Ele fecha a porta e acena antes de ir para o ponto de ônibus. Reviro o bilhete entre os dedos, observando-o no retrovisor. Então abro.

### PORQUE É ÓBVIO, E EU SOU OBSERVADOR

1. Você não escreveu no diário desde que o pegou de volta. Tenho certeza de que ter tanta gente lendo seus segredos mais profundos e obscuros arruinou o diário para você. Sinto muito.
2. Você está feliz agora. Dá para ver. Você está brilhando.
3. Você sabe exatamente como é sexy. Não se engane.
4. E você sabe como fico de pernas bambas quando você sorri para mim. Você deveria explorar mais isso.
5. Você morde o lábio inferior quando está tentando se conter. Me pergunto o que pode acontecer se você não tentar mais se conter.

Eu flutuaria, eu me deixaria ir, eu pularia do carro e o chamaria, como estou fazendo agora.

— Ei!

Carter se vira a meio caminho do ponto de ônibus.

Fico na porta aberta do meu carro, incapaz de pensar em uma coisa só, ter só uma emoção, uma diretiva.

Ele vê minha relutância e volta até mim, atravessando o tráfego do estacionamento. Quando para diante de mim e eu o olho, sei que estou pronta para conversar. Estou mais do que pronta para conversar. Preciso explodir e dizer cada palavra azeda que está girando na minha cabeça.

— Sério mesmo, me ligue hoje à noite. Tá bom?

Carter assente, examinando meu rosto.

— Vou ligar.

— E garanta que vai estar com tempo, porque tenho muito a dizer.

Ele sorri, umedecendo os lábios.

— Manda ver. Tenho todo o tempo do mundo pra você.

— Ótimo. — Assinto, olhando para o chão entre nós. — Isso é ótimo.

Então ergo a cabeça, nervosa. Não sei o que quero dele, mas não quero que Carter vá embora ainda. Ele me observa com atenção.

Depois, ele se aproxima. Meu coração acelera. Não sei se o quero mais perto. Ele dá outro passo, devagar, observando meus olhos, e para, seus tênis a um metro das minhas anabelas. Ele tenta alcançar minha mão. O indicador e o dedo do meio dele tocam as pontas dos meus.

Expiro, olhando para os dedos dos meus pés, e espero que os pés dele se aproximem. Prendo a respiração para que o corpo dele se pressione contra o meu, mas em vez disso Carter dá um passo para trás, estendendo meu braço pelas pontas dos dedos, e eu posso respirar de novo. Olho em seus olhos, e ele está sorrindo gentilmente. Então solta minha mão, se vira e vai embora.

Meus dedos voam até meus lábios, fico surpresa que Carter não tentou me abraçar ou me beijar. Viro as costas para ele e olho novamente por cima do ombro. Ele está olhando para mim também.

Quando entro no meu carro, tento recuperar o fôlego. Ele percebeu que eu estava indecisa, então não me pressionou. Estou tão feliz por ele não ter me pressionado.

Eu dirijo devagar sobre o cascalho, pedrinhas batendo embaixo da minha Mercedes. Um caminhão está estacionado na garagem de Hattie quando paro. A porta da frente está aberta. Meu pai sai segurando a ponta do meu velho colchão de solteiro, seguido por minha mãe na outra ponta.

Saio do carro enquanto eles o colocam no caminhão. Está quente, e não estou usando a roupa certa para isso. Minha mãe coloca a mão no meu ombro, me levando pela calçada até a varanda. Ela não diz nada. Apenas me abraça. Meu pai esfrega a parte inferior das minhas costas enquanto passa por nós nos degraus da varanda.

— Agora que a Quinn está aqui, podemos pegar os estrados — diz ele.

Minha mãe entra atrás dele. Mas paro na varanda e me agarro a um dos pilares de madeira, escorregando pelos calcanhares, sentindo a madeira arenosa familiar sob as solas dos pés. Sigo meus pais até o quarto de Hattie, e, embora esteja vazio, é difícil não ver como ele era.

As prateleiras do lado de fora do quarto estavam sempre cheias de cobertores e toalhas limpas. Sua TV de tubo antiquada, onde sempre assistíamos a Judge Judy antes de dormir, ficava numa estante no canto do quarto, em cima de um pano de renda branco.

Sob o pano havia prateleiras cheias de lixo, como aquele copo vermelho cheio de pregos e chaves de fenda, dois clipes de papel e um pente de cabelo rosa.

A cômoda ficava ao lado, coberta de esmaltes e batons, principalmente em tons de vermelho porque Hattie sempre foi ousada, mesmo antes das campanhas de batom vermelho para pele retinta. A janela dela ficava na parede oposta, com cortinas de renda branca que na verdade eram apenas rolos de tecido pregados na parede.

O armário sempre tinha vestidos chiques pendurados dentro e por toda a porta, envoltos em sacos plásticos daqueles comprados em lavanderias. Ela sempre pendurava o conjunto vermelho na maçaneta. Não o usava com frequência, mas eu sabia que era o seu favorito.

O edredom de Hattie, nem me lembro de como era. Acho que era branco, ou talvez bege. Mas me lembro exatamente de como me sentia. A cama dela era a cama mais confortável em que já deitei. Não sei se foi por causa do colchão dela, daquele edredom macio e pesado, ou se era apenas por me deitar ao lado dela, mas sempre dormi melhor na cama dela.

Nada disso está aqui agora. Tudo o que resta é o estrado da cama.

Meu pai está encostado na parede em uma extremidade do estrado. Minha mãe está mais perto de mim, do outro lado.

Meu pai diz:

— Quinn, já te contei de quando Hattie conheceu sua mãe?

Balanço a cabeça, curiosa.

Ele se recosta na parede, massageando a barba, e minha mãe se senta na beirada do estrado da cama.

— Sua mãe voltou para Chicago para o verão depois do nosso primeiro ano, mas quando chegou lá...

De repente, meu pai parece desconfortável.

Mas minha mãe ergue a cabeça e diz:

— Eu não tinha uma casa para a qual voltar. Minha mãe estava na rua. Ninguém sabia onde ela estava, ou se estava viva. E minha família não foi exatamente acolhedora, então o anjo em pessoa, Hattie Jackson, me convidou para morar aqui durante o verão.

Ela olha para o meu pai. Ele diz:

— Pagamos a passagem de avião e ela ficou no seu antigo quarto.

— Sério?

*Como é que só estou sabendo disso agora?*

Meu pai assente.

— Sua mãe chorou por duas semanas direto. Ela temia ser um fardo...

— E estava com medo, porque e se as coisas não dessem certo entre Dez e eu? Para onde eu iria?

— Tentei garantir a ela que, o que quer que acontecesse, ela teria um lugar para ir. Mas... — Meu pai balança a cabeça. — Por fim, sua mãe estava adoecendo de tanto chorar. Hattie a chamou na cozinha e, do nada, ensinou Wendy a cozinhar feijões-verdes mexicanos.

— Nunca tinha comido feijões-verdes mexicanos. — Minha mãe ri. — Mas Hattie *arrasava* na cozinha.

Sorrio. Isso aí, ela arrasava.

— Ajudá-la a cozinhar me distraiu, e me fez sentir que eu estava contribuindo, então parei de chorar, e ela me ofereceu um emprego na loja de ração.

— Sabe a loja de ração do seu avô? — pergunta meu pai.

— É claro.

Meu avô tinha uma loja de ração na cidade. Mas quando nasci, meu avô já tinha partido, e Hattie não conseguiu mantê-la sozinha, então a vendeu.

— Então, por todo o verão, trabalhei na loja. Paguei o aluguel. — Minha mãe sorri. — E, toda terça-feira, Hattie me recompensava ao cozinhar meus favoritos: feijões-verdes mexicanos, frango frito e costeletas de porco defumadas. Então nós nos sentávamos, só nós duas, e assistíamos a novelas. Ela amava novelas, e comecei a gostar muito também. Sinceramente, querida — minha mãe se inclina à frente com olhos marejados —, eu nunca soube o que era ter uma mãe até ficar aqui com Hattie.

De repente, ela olha para o meu pai, inclinando a cabeça. Quando se volta para mim, está chorando. Meus lábios tremem. Não posso vê-la chorar. Não posso. Me aproximo e a abraço.

Meu pai nos observa de braços cruzados e sorrindo. Seco os olhos da minha mãe.

Ela diz:

— Eu te amo, te amo, amo tanto, e espero que você nunca duvide disso.

— Nunca duvidei.

Nós fazemos uma pausa, e então tomamos posição nas extremidades do estrado.

— Temos que virá-lo de lado para passar pela porta — diz meu pai. Depois, olha para mim. — Quinn, esperei que você trouxesse seu namorado. Teria sido útil a força extra.

Desvio o olhar, e minha boca se abre um pouquinho.

Minha mãe diz:

— Desmond.

— O quê? — diz ele, confuso. — Não é como se fosse segredo. Eu os peguei se beijando. Você não precisava ver aquilo.

Minha boca abre mais. Isso é tão constrangedor.

— Dez, a Quinn tem dezoito anos. Só porque ela beijou um rapaz, isso não o torna namorado dela. — Então ela me olha de queixo erguido. — Não é?

Reviro os olhos e suspiro.

— É.

— Os tempos mudaram — comenta meu pai.

Minha mãe contrai os lábios para mim.

— Não mudaram tanto assim.

Quando colocamos o estrado de volta no caminhão, meus pais dirigem o Gator pela rampa. Eu cruzo o jardim nas minhas anabelas, o diário em mãos. Na extremidade do quintal, há uma parte com cinzas, como um buraco na grama verde, onde Hattie queimou folhas e arbustos e coisas de que não precisava mais.

Esse é o espírito que estou tentando invocar agora. Tenho um isqueiro e uma pequena pilha de gravetos e uma tonelada de papel que não me serve mais. Rasgo minha primeira lista de coisas a fazer, a lista que começou tudo isso, e a incendeio. Feito. E agora que está feito, tenho muito espaço nas minhas prateleiras para todas as coisas que esta nova Quinn vai fazer.

Como todas as novas memórias que vou criar com Hattie todo fim de semana. E todas as coisas novas que vou experimentar com meus novos amigos. Porque, sem este diário, não terei um monte de listas ditando quem eu sou. Talvez minha nova cor favorita seja verde ou vermelho ou talvez seja azul para sempre. Vou decidir na hora. E todas as novas fantasias que tenho com Carter. Mas, desta vez, farei o que puder para torná-las reais.

Jogo a lista de coisas para fazer na pilha de gravetos e os vejo pegar fogo. Então olho para o diário vermelho de espiral na minha mão. Eu o aperto com força, sabendo que, sem ele, terei muito espaço para brilhar. Ele guardou meus sentimentos quando eu não sabia como expressá-los em voz alta, mas agora não consigo mais fazer isso. Eu não posso ser contida. Sou grande demais para este diário.

Então eu o jogo no fogo sem me permitir pensar demais. Eu o vejo queimar, minha mão sobre a boca. Quase quero correr e apagar as chamas, porque parece que minhas memórias estão desaparecendo diante dos meus olhos. Quando anotei pela primeira vez os momentos em que chorei feio? Quando foram os melhores dias da minha vida?

Mas dou um passo para trás, afastando essas perguntas. Sei quem eu sou. Sou a garota que foi rejeitada pela Columbia. Sou a garota que é péssima em inglês, mas boa em escrever legendas engraçadas. Sou a garota que aprendeu a se defender. Sou a garota que enfrentou todos os seus medos.

A capa vermelha fica preta. Dou meia-volta e digo adeus ao que restou da propriedade de Hattie enquanto as cinzas dos medos de ontem sobem ao céu.

– 28 –

## SE CARTER NÃO TIVESSE PERDIDO O MEU DIÁRIO

— Desculpe eu ter demorado tanto para te ligar. Imani estava agitada.
— Está tudo bem.
— Você está na cama? Te acordei? — pergunta ele.
— Estou na cama, mas não estava dormindo.
Estamos quietos. Carter espera que eu comece, mas não sei bem como. Fiquei praticando na minha cabeça, mas agora que ele está do outro lado da linha, estou paralisada.
— Carter — digo. É um começo pesado, o nome dele. Acho que faz dias que não o digo.
— Sim, Quinn.
Inspiro fundo.
— Me guie. Você estava estudando para história. Abriu a última parte do diário e viu minha lista de *Se eu pudesse beijar qualquer um*. E aí?
— Depois disso, soube que o diário era seu e não meu. Mas não consegui me impedir de ler a lista toda. Quando vi meu nome no final... — ele inspira fundo, falando quando exala — comecei a passar as páginas, procurando pelo meu nome. Na hora, não percebi o que estava fazendo.
— Você não tinha sentimentos por mim naquela hora.
— Eu não te conhecia. A única coisa que sabia era que você é linda.

— Tudo bem — digo, absorvendo a informação. — Você decidiu mentir para mim sobre ter lido porque...

— Porque eu estava com vergonha. E porque sabia que você ficaria com vergonha. Na hora, pensei em te devolver o diário e acabar com a coisa toda. Você nunca saberia que eu tinha lido.

— Porque você não tinha planos de me conquistar?

— Bem... nunca planejei te tornar minha namorada.

Arfo.

— Você ia me levar para a cama e pronto?

Ele ri.

— Quinn!

— Que audácia! Sou uma *dama*. — Sorrio.

— Se você quisesse, eu também ia querer, só digo isso.

Imagino se eu ia querer. Não consigo me imaginar querendo ele apenas para sexo e nada mais.

— Tá, de volta ao assunto.

— Sim, senhora.

Me viro de lado, apoiando o celular entre minha cabeça e o travesseiro.

— Por que você foi tão malvado comigo naquele primeiro dia na minha casa?

Ele suspira.

— Te julguei como uma garota rica metida. E uma Negresco. Não era seu maior fã na época.

— Mas isso não mudava o fato de que você queria...

— Te pegar? — Carter ri. — De jeito nenhum. Quer dizer, eu não era cego.

Mordisco o lábio inferior.

— Humm. Tá. Então você estava me ajudando com a lista. Fomos para Houston e você se deu a liberdade de convidar Livvy, porque achou que seria uma boa oportunidade para eu me desculpar...

Carter está quieto.

— Sabe toda a intromissão que mencionei? — pergunto.

— Aham.

— Sabe por que me irritou?

Ele faz uma pausa.

— Por quê?

— Você pensou que sabia o que era melhor para mim. Só porque leu meu diário, não significa que sabe tudo sobre mim.

Ele gagueja:

— Nunca pensei que sabia tudo sobre você.

— Ótimo. Porque você não sabe. Há coisas sobre mim que você não vai entender lendo meu diário.

— Eu sei, Quinn. Como eu disse, quero conhecer você por inteiro. Não só o que você pensou ser interessante o bastante para colocar nas suas listas.

Mordisco a parte de dentro do meu lábio inferior.

— Bem, acho que deve ser mais fácil agora que o queimei.

— Como assim queimou?

— Essa era a última coisa da lista: me livrar de vez do diário.

Carter inspira, e eu ouço, em busca de soluços.

— Uau. Eu nunca teria adivinhado.

— Você nunca teria adivinhado que eu pudesse ser tão corajosa?

— Não, sei que você é corajosa. Eu nunca teria adivinhado que o último item seria tão... evoluído. E antes que você interprete errado...

— Eu não *ia* — digo, sorrindo.

— Humm — ele murmura, pouco convencido. — Bem, o que quis dizer foi: queimar o diário é uma coisa tão madura de se fazer. Você sabia que era um mau hábito e queria parar.

Escuto o ar-condicionado soprar do meu teto. Ouço ele virar na cama.

— Carter? — chamo.

— Sim?

— Você leu minhas memórias mais aterrorizantes, não foi?

— Li.

— Até aquela sobre quando eu estava no jardim de infância?

— Sim. — A voz dele está mais baixa.

— O que você achou quando leu?

— Fiquei um pouco surpreso, mas nada comparado às suas fantasias sexuais. Você põe tantos detalhes... Deveria escrever literatura erótica.

Eu rio.

— Tá, deixa pra lá. Próximo assunto.

— É sério! Você poderia fazer disso uma carreira.

— Próxima pergunta — digo, sorrindo.

Carter se acalma, então diz no meu ouvido:

— Qual a sua próxima pergunta, amor?

Um formigamento se espalha pelo meu centro, descendo pelas minhas coxas.

— Aconteceu alguma coisa entre você e Emily Hayes?

— Tá falando sério? — Ele ri. — Você acreditou nessa mentira?

— Bem, não tive certeza. Ela é uma garota bonita.

— Ela não é nem um pouco o meu tipo.

— Qual *é* o seu tipo?

— Você. — Ele deixa a palavra me agitar. Depois, completa: — Obviamente.

Sorrio, um frio percorrendo minha barriga. Tento me livrar dele, mas é o oposto exato do meu choro feio. Perco o controle completo dos meus músculos faciais. Eu digo:

— Tá bom. Próxima pergunta.

Meu pai volta ao trabalho. Minha mãe ainda está se vestindo quando desço. Pego uma maçã da fruteira, cansada de ter ficado a noite toda no telefone com Carter, mas ainda animada para vê-lo hoje.

Saio de casa, me sentindo confiante e animada até ver uma garota na entrada com as mãos nos bolsos da calça, o cabelo em um rabo de cavalo alto.

— Oi, Quinn — diz ela baixinho.

— Destany?

Estamos sentadas no meio-fio. Pensei em convidá-la para entrar, mas não queria conter a tensão entre nós. É demais.

Ela se inclina para abraçar os joelhos contra o peito.

— Quinn. — Destany suspira, olhando para o sol matutino. — Eu estava com raiva.

Abro a boca. Quase bato nela, porque *eu estava com raiva* nunca é uma boa desculpa, mas seguro a língua.

— Você não estava falando comigo, e pensei que estivesse jogando nossa amizade fora por causa daquele garoto estúpido. Então peguei seu diário. Eu não ia ler. Só ia... mantê-lo refém até que você falasse comigo. Foi a Gia que começou a ler. A chantagem foi ideia dela. E, sei lá. Ela me convenceu de que você gostava mais do Matt do que de mim. Fui burra. Desculpe.

Olho para as minhas mãos no colo. Me sinto um pouco melhor.

— Tem sido muito difícil saber que você acha que eu sou racista. Você sabe que nunca pensei menos de você por causa da cor da sua pele, não é?

Olho para o outro lado da rua, para a casa dos Johnson, a entrada da garagem vazia, os aspersores jogando água na grama verde.

— Acho que você estava tentando não enxergar a raça.

— Sim, exatamente. Sempre esqueci que você era negra. Sabe? Tipo, não é uma coisa sobre a qual eu pensasse.

Olho para ela e para o rosto limpo dela, sem maquiagem.

— Isso não é bom.

Ela ergue as sobrancelhas.

— Quando você pensar em mim, quero que se lembre de que sou negra. É uma grande parte da minha identidade.

— Você quer que eu pense constantemente sobre como somos diferentes?

— Quero que você seja capaz de celebrar nossas diferenças. Preciso que você esteja consciente de que nossas diferenças nos darão resultados diferentes na vida. E preciso que você saiba que só porque não me encaixo nos seus estereótipos, não significa que sou menos negra. — A última frase sai entredentes. Se ela não ouvir nada do que eu falei, tomara que pelo menos seu coração ouça essa parte.

— Quinn, eu estava brincando com a coisa do "praticamente branca".

— Mas você entende que isso não é engraçado? E como foi uma piada inapropriada naquele momento? Gia estava usando uma gíria racial repetidamente, e isso me *magoou*. Aquela palavra me *magoa*.

— Eu não sabia disso. Quer dizer, já usamos essa palavra antes, e você nunca disse nada. Eu queria saber disso. Queria que você tivesse me contado.

Olho para baixo, suspirando.

— Eu só queria não ter que te contar. Queria não ter que ter esta conversa com você. É exaustivo.

Destany parece ofendida.

— Desculpe. Eu só queria conversar. Queria que você entendesse.

— Sei disso. — Inclino a cabeça. — E agradeço. Só odeio que precise ser explicado. Mas, Destany — me viro para ela —, por favor, não pare de fazer perguntas. Estou feliz por você se importar o bastante para perguntar. E estou disposta a falar, se você estiver disposta a ouvir.

— Claro que estou. Temos alguns meses antes que eu me mude para Dallas. Aliás, para onde você vai?

— Para a Universidade de Houston.

— Ah? — Os olhos dela sorriem. — Isso é ótimo.

— Obrigada.

Destany se levanta e me oferece a mão.

— Te ligo mais tarde?

Pestanejo, pensando, sem ter certeza se quero ter outra conversa assim tão cedo.

— Talvez eu possa ir à sua casa semana que vem? — Pego a mão dela e deixo que me puxe para cima.

Ela assente e sorri, indo em direção ao carro.

— Combinado, então. Espero que Carter não fique com muito ciúme.

Também sorrio, esperando que até lá eu esteja pronta para falar. Achei que, depois de encontrar meu diário na casa de Destany, nunca mais falaria com ela de novo. Como eu poderia? Nosso relacionamento sempre foi carregado de toxicidade, mas se eu não me der a chance de explicar minha dor, então sempre será assim. E estou cansada de deixar a dor no controle. Agora é a hora de deixar o amor conduzir.

— Quinn, você precisa ficar parada.

— Mas Carter está mandando mensagem.

Escondo um sorriso, olhando para o celular. Ele diz: **O que você vai fazer depois do shopping? Quero mais tempo com você.**

— Levante a cabeça. — Livvy suspira, fazendo o possível para juntar todo o meu cabelo entre as mãos.

Digito: **O que você quiser. Quero mais tempo com você.**

— Tudo bem, acabei.

Coloco o celular na mesa.

Olivia penteia a parte da frente do meu cabelo e o prende na mão, deixando o pente no meu colo. Fecho os olhos e relaxo na proximidade dela. Faz dois dias que queimei meu diário. O desejo de escrever listas ainda me visita, mas nunca entra. Olha pelas minhas janelas e me observa explodir e rir e viver minha vida. Estive tão ocupada vivendo que mal senti falta do diário.

Mas tendo a pensar em listas. Tipo, quando Livvy ficou para dormir aqui ontem à noite, pensei em todas as coisas que poderíamos fazer juntas. Então percebi que eram todas coisas que eu faria com Destany e descartei a lista. Em vez disso, eu a deixo decidir o que vamos fazer.

Ela queria nadar, então depois nós lavamos e hidratamos nossos cabelos, assistimos a filmes e comemos bolo.

Olivia amarra uma faixa ao redor do meu cabelo, deixando-o cair sobre a minha testa, mas quando meu celular vibra, eu o pego sem pensar.

— Quinn!

Leva duas horas para ficarmos prontas. Livvy faz minha maquiagem e escolhe um vestido preto curto e justo com alças que eu não uso desde que engordei uns quatro quilos, mostrando todas as curvas do meu corpo. Mas pelo menos ela não me faz usar saltos.

Quanto a Livvy, eu finalizo o cabelo cacheado natural dela, na altura do ombro, partindo-o ao meio e prendendo em dois coques, um de cada lado no alto da cabeça. Ela usa uma blusa branca de renda transparente com um sutiã preto por baixo e shorts pretos de cintura alta. *Estamos mais que gostosas.*

Então descemos a escada, cheirando a baunilha e manteiga de karité, e meu pai balança a cabeça na cozinha.

— Troquem de roupa. Vocês duas.

Livvy me olha, de olhos arregalados.

Minha mãe vem ao nosso resgate, falando da sala de estar.

— Dez, deixe-as em paz. Elas são adultas.

— Hã, querida. Você não está vendo o que eu estou vendo.

Então ela aparece com seus óculos de leitura na ponta do nariz. Quando nos vê, se encolhe.

— É, não dá. Vão se trocar.

— Mãe — choramingo, inclinando a cabeça.

Ela inclina a cabeça também, cética.

— Pelo menos coloque um casaco.

Olho para Olivia. Depois olho para a minha mãe, concordando.

— Tá bom.

Jogamos os casacos no banco de trás e damos o fora.

Os garotos nos esperam na praça de alimentação.

— Tudo bem, Quinn. Cabeça erguida. Ombros para trás. Anda — diz Livvy quando Auden e Carter entram no nosso campo de visão. Eles estão sentados juntos em uma mesa, e ainda não nos viram.

Livvy anda rebolando e, caramba, ela é boa nisso, a pele negra e dourada livre e exposta. Geralmente não vejo o cabelo natural dela. Ela não gosta de ficar sem as microtranças por muito tempo, porque odeia ficar cuidando do cabelo, mas é lindo. *Ela* é linda.

Auden fica de queixo caído quando a vê. Nervoso, ele passa a mão em seus cabelos cacheados, sem tirar os olhos dela nem por um segundo.

Carter percebe e se vira, seguindo o olhar dele.

Caminho rebolando por uns três passos, mas me sinto um peixe fora d'água. Caminho o mais normal que consigo, mas não sei o que fazer com as minhas mãos.

De qualquer forma, Carter está hipnotizado. Ele corre a mão pela boca, até a barba. Então se levanta de repente e se apressa na nossa direção. Está usando o boné preto de beisebol com a aba para trás, uma camiseta estampada e jeans azuis. Simples, mas tão sexy.

Ele se apressa pela multidão, esquecendo dos bons modos. Quando nos alcança, Livvy para na frente dele.

— Ei, Carter.

Ele mal para.

— Sai da frente!

Ele passa por ela e vem até mim.

— Grosso — reclama Livvy, indo em direção a Auden.

Carter para diante de mim, mordendo o lábio inferior, os olhos nas minhas coxas, ambas as mãos ajustando o boné na cabeça. Então olha nos meus olhos.

— Queen Jackson, não sou digno.

Cubro meu sorriso com a mão. Ele estende a dele, tira a minha dos meus lábios e a beija.

— Pronta para pegar nossas roupas para a formatura? — pergunta ele, se aproximando.

— Acho que sim. — Ele passa meu braço por seu pescoço, apoiando a mão no meu quadril. Coloco meu outro braço ao redor do pescoço dele, olhando em seus olhos. — Eu não me importo muito — digo. — Vou estar toda coberta pela beca, então que diferença faz?

— Verdade. — Carter olha para os meus lábios, mas então desvia o olhar, expirando. Ainda não nos beijamos. Não desde que começamos a "construir confiança". Nós dois queremos, mas não parece certo. O gosto azedo na minha boca ainda permanece, mesmo depois que as palavras ruins se foram. Levou um minuto para que voltasse a ser um doce desejo.

Em vez disso, Carter me puxa contra o peito.

— Mas é importante. Estamos nos formando.

— É — concordo, me perdendo no calor do pescoço dele.

— Carter Bennett, solte ela agora. Se você estragar todo o meu trabalho, vou te matar.

Livvy e Auden estão atrás de nós, esperando.

— Tá! — Livvy bate palmas quando nos separamos. — Vamos.

Me junto a ela na frente, os garotos seguindo atrás. Ela agarra meu braço e sussurra no meu ouvido:

— Auden estava literalmente sem palavras quando tentei falar com ele.

— Aposto que sim. Você está sexy pra caramba.

Olivia morde o lábio.

— Acho que vou chamar ele pra sair hoje.

— Você está pronta para isso?

Ela dá de ombros, sorrindo.

— É, acho que sim.

Feliz, bato meu quadril no dela. Ela e Auden seriam perfeitos juntos.

Quando chegamos na primeira loja, Olivia corre para a ala de promoções enquanto eu fico para trás, distraidamente mexendo em croppeds perto da entrada. Carter se aproxima e me observa por um segundo. Olho para ele.

— Quer provar um desses?

— Ah, não, estou bem. Não sou muito fã deste lugar. Não faz meu estilo.

Carter olha para as minhas curvas.

— Vem aqui — diz ele, pegando minha mão.

Olho por sobre o ombro. Livvy está passando a cabeça de Auden em um cabide, enrolando um vestido elegante no corpo dele. Os dois riem.

Sorrio enquanto Carter me conduz para fora da loja. Ele me coloca contra a parede, fora do fluxo de pessoas, e se vira para me encarar. Há propósito nos olhos dele, como se ele tivesse algo a dizer.

— O que é? — pergunto.

Ele segura minhas mãos na dele, fazendo um tipo de ponte entre nós.

— Desculpe, Quinn, por ter te machucado.

Abaixo os olhos.

— Eu sei.

— Se não fosse por mim, seu diário nunca teria se perdido e nada disso teria acontecido.

— É, então talvez ele ter se perdido tenha sido uma coisa boa. — Olho para a nossa ponte de braços. — Se você não tivesse perdido o meu diário, eu sei com certeza que eu não teria encarado a lista de coisas para fazer.

— Não acredito nisso. — Ergo o olhar, e Carter está balançando a cabeça. — Você é forte. Teria feito sozinha.

— Ah é?

Ele assente.

Tento imaginar como minha vida seria se Carter não tivesse perdido meu diário. Não sei se algum dia eu teria uma conversa com Olivia, ou Auden, ou *com ele*. Talvez eu tivesse a coragem de cumprir a lista sozinha, mas eu não teria nem um pouquinho da diversão que tive derrotando meus medos com meus amigos ao lado.

— Queria que a gente tivesse começado a conversar mais cedo — digo. — Tipo, depois do projeto de inglês no segundo ano.

— Eu também. — Carter sorri.

— E eu poderia ter te conhecido mais cedo. Você e a Olivia.

— E o Auden — diz ele.

— E a Imani. — Eu ergo as sobrancelhas.

Carter sorri, mostrando os dentes.

— Ela queria vir, mas... — Ele balança a cabeça. — Eu queria você só para mim hoje. Estou animado para o nosso encontro depois daqui. Vou fazer um tour exclusivo com você pelo East Side. — Observo os olhos dele brilharem enquanto lista todos os lugares que quer me mostrar, e me sinto tão sortuda de ter a chance de conhecê-lo. De conhecê-lo *melhor*.

— A arte é incomparável, assim como a comida. Prometo que você vai amar.

— Carter — dou um passo para me aproximar —, onde sua mãe trabalha?

Vejo a surpresa na expressão dele.

— Ela tem dois empregos. Ela é cabeleireira no MLK e é estoquista noturna na Target.

Dou outro passo à frente.

— É por isso que seu cabelo está sempre tão bonito?

Carter sorri.

— Acho que sim. — Então ele faz uma pausa. — Espera, por quê?

Olho para o espaço entre nossos sapatos.

— Porque tenho tantas perguntas sobre você quanto você tem sobre mim.

Carter me olha, sem palavras. Em seguida, coloca meu rosto entre as mãos.

— Quinn. — Desta vez, ele diz meu nome como se fosse parte da base dele. — Tenho algo para você.

Carter solta minhas bochechas e mexe nos bolsos de seus jeans azuis. Ele tira um pedaço de papel dobrado em quatro.

— Mais uma? Carter, você não precisa fazer isso.

— Confia em mim. Só leia.

LISTA DO CARTER DE COISAS PARA FAZER ANTES DA FACULDADE
1. Compartilhar minha pior memória com Quinn — as coisas que eu não admitiria em voz alta.
2. Dizer para o Derrick o real motivo de eu ter me afastado dele.

3. Tentar me acertar com o meu pai.
4. Finalmente perguntar para ele onde minha avó está enterrada.
5. Visitá-la.
6. Contar para a minha mãe que vou me mudar no outono, e não em dois anos, como ela pensa.
7. Deixe por último. Você sabe o que tem que fazer.

— Eu esperava que você me ajudasse com a minha — diz ele.
Ergo o olhar, meus olhos marejando.
— Qual é o último item? — pergunto, minha voz embargada.
— Você vai ver.
Rio, sustentando o olhar dele.
— É claro que vou te ajudar com sua lista. Eu adoraria.
Meu sorriso aumenta. Cresce e cresce, como uma planta que a gente molha todo dia, como uma cicatriz que se cura com paciência, como o tempo que a gente tira para garantir que está bem. Bem grande e luminoso.
— É um acordo? — Carter estende a mão.
— Um aperto de mãos? — pergunto, inclinando a cabeça.
Ele também inclina a dele, dando um sorrisinho.
— De que outra forma selaríamos um acordo?
Eu pego a mão dele e a coloco na parte baixa das minhas costas, me aproximando, me banhando no calor que emana do corpo dele. Carter coloca a outra mão nas minhas costas enquanto as minhas mãos sobem para a nuca dele. Brinco com a aba do boné dele, nas pontas dos pés.
— Tem certeza de que você está pronta? — pergunta ele, olhando para os meus lábios.
— Sim.
Me inclino. E, ao sentir os lábios dele, inspiro fundo.
A sensação de beijar Carter é aquela de estar exatamente onde eu preciso. Como se tudo tivesse acontecido só para que eu terminasse aqui, livre de mentiras e medo e culpa, com amigos que me entendem e me respeitam e um garoto que não é perfeito, mas é paciente e tem uma luz que ilumina toda a minha escuridão. *Finalmente.*

## AGRADECIMENTOS

A jornada de *Desculpa se não fico linda quando choro* começou com minha agente mágica, Brianne Johnson. Bri, você não percebe como mudou completamente o curso da minha vida com seu e-mail. Obrigada por vasculhar sua pilha de bagunça e fazer não apenas o meu, mas os sonhos de tantos autores se tornarem realidade.

Minha editora, Alyson Day, obrigada por acreditar neste livro, por se apaixonar por Quinn e Carter tanto quanto eu, por estar aberta às minhas ideias e me ajudar a moldar este livro em algo de que possa me orgulhar nos próximos anos. Obrigada, Aly e Eva Lynch-Comer, por responderem a todos os meus e-mails de novata em pânico e por me ajudarem a respirar.

Agradeço a todos da HarperCollins. Maya Myers e Laura Harshberger por perceberem todas as coisas que deixei passar. Molly Fehr, pelo belo design da capa e as fontes, e Mlle Belamour, por dar vida à Quinn e a Carter com seu gênio artístico. Eu amo, amo, amo essa capa!

Obrigada a todos da Hot Key Books! Vocês ganharam meu coração logo de cara com a enorme quantidade de esforço que colocam em tudo o que fazem. Não consigo expressar o quanto sou grata por estar trabalhando com vocês. À minha editora, Carla: seus e-mails são sempre o ponto alto do meu dia. Você não entende o quão reconfortante é tê-la no meu time, porque você se importa muito – com Quinn e Carter, com os leitores negros, com a representatividade negra e comigo.

Eu não consigo agradecer o suficiente. E para Sophie, a designer desta capa incrível, obrigada pelo cuidado que você teve para deixá-la perfeita. Agradeço à imensamente talentosa Sarah Madden pela bela ilustração. Eu amo tanto, tanto minha capa do Reino Unido!

Agradeço a todos da Writers House: Cecilia De La Campa por este título incrível. GAROTA. Todos que ouviram o título se apaixonaram instantaneamente. À Cecilia e Alessandra Birch, por seu trabalho incrível ao falar deste livro para pessoas de todo o mundo. Eu não poderia imaginar a recepção que recebemos. À Alexandra Levick, por cuidar tão bem de mim e de todas as coisas dos bastidores.

Este livro passou por tantas rodadas de revisão. Agradeço a todos os meus leitores beta e parceiros de crítica.

Jenevieve Gray: encontrei você em um grupo aleatório no Goodreads e estou muito feliz por isso. Você leu duas versões diferentes deste livro, e eu agradeço muito por você ter me dado alguns dos conselhos e comentários mais úteis que alguém já tirou um tempo para dar. Você foi muito dura com Carter, e sou muito grata. Ele era tão tóxico!

Noni Siziya: estou tão grata por você não ter tido papas na língua, principalmente quando se tratava de Quinn. Seus olhos foram especialmente valiosos, porque você me deu comentários sobre a experiência do leitor negro. Me lembro de que você disse que nunca percebeu o quanto precisava ler sobre um casal negro até agora, e que isso a deixou ridiculamente feliz. Isso me marcou e me fez continuar. Espero poder fazer isso por todos os meus leitores.

Obrigada, sra. Shevlin, minha professora de inglês favorita, embora eu odiasse inglês mais do que tudo. Você foi mais do que uma professora para mim. Você foi minha conselheira, terapeuta, amiga quando realmente precisei falar sobre toda a minha angústia debilitante. Muito obrigada por estar lá por mim e por tantos de seus alunos. Eu te amo!

Agradeço aos meus chefes da Kia, Adam e Aaron, por me deixarem receber ligações durante o horário de trabalho.

Obrigada, mãe, por criar nomes de personagens aleatórios e outras coisas na hora. Por atender a todas as minhas ligações comemorativas e se animar tanto quanto eu com cada pequena notícia boa.

Liguei para você chorando tantas vezes. Sinto muito, mas não acabou ainda.

Obrigada, Blake. Você aguentou firme enquanto eu me trancava por horas. Você acreditou nas minhas capacidades quando eu duvidei de mim mesma. Você me fez enviar meus questionários. E obrigada por me deixar falar com você sobre minhas ideias e por ser o melhor parceiro de brainstorming que uma escritora poderia pedir. Você é o verdadeiro destaque do time.

Por último, obrigada, Francis Mae Harden (A-May), pelas lembranças que você deu a mim e à minha irmã em sua casa, em sua igreja, em seu jardim e na parte de trás de seu Chevrolet Blazer vermelho. Te amo e sinto muita saudade.

Editora Planeta
Brasil
20 ANOS

**Acreditamos nos livros**

Este livro foi composto em Elena Basic e
impresso pela Gráfica Santa Marta para a
Editora Planeta do Brasil em abril de 2023.